CONTE verlag

Carolin Römer

Kein Grab für die Ewigkeit

Ein Fin O'Malley Krimi

CONTE *krimi*

Bibliografische Information der Deutschen Nationalbibliothek
Die Deutsche Nationalbibliothek verzeichnet diese Publikation in der Deutschen Nationalbibliografie; detaillierte bibliografische Daten sind im Internet über http://dnb.d-nb.de abrufbar.

ISBN 978-3-95602-180-0

Am Rech 14
66386 St. Ingbert
Tel: (0 68 94) 1 66 41 63
Fax: (0 68 94) 1 66 41 64
E-Mail: info@conte-verlag.de
Verlagsinformationen im Internet unter www.conte-verlag.de

Umschlag und Satz: Markus Dawo
Druck und Bindung: Faber, Mandelbachtal

Früher war alles besser.

Wie oft hatte er diesen Satz gehört. Und wie oft hatte er ihn selber ausgesprochen. Aber noch nie hatte in diesen vier Worten so viel Wahrheit gesteckt wie in dieser Nacht.

Er zog an seiner Zigarette, inhalierte tief und ließ den Rauch durch die Nase strömen, beobachtete, wie er sich langsam mit dem Schwarz der Nacht verwob, bis er sich aufgelöst hatte. Normalerweise beruhigte ihn das. Heute aber nicht. Ein letztes Mal ließ er die Zigarette aufglühen, ehe er sie sorgfältig an der Schuhsohle ausdrückte und einsteckte. Er hatte früh gelernt, keine Spuren zu hinterlassen. Manche sagten, er übertreibe damit, aber er hatte seine Vorsicht nie bereut.

Außerdem war es gefährlich, die glimmende Kippe achtlos wegzuwerfen. Das Gras um ihn herum war knochentrocken, ein Funke genügte, um eine Hölle zu entfachen.

Er schob die Hände in die Hosentaschen und blickte aufmerksam über das Moor. Seine Augen hatten sich längst an die Dunkelheit gewöhnt. Vom Dry Hill aus konnte er weit übers Land schauen, sogar bis zum Atlantik, wo ein nahezu perfekter Vollmond auf der Meeresoberfläche glänzte und das Wasser wie die Splitter eines Diamanten glitzern ließ. Weit draußen tanzten die Positionslampen eines Kutters auf und ab. Im fahlen Licht konnte er Konturen erkennen, dort am Horizont, wo das Meer auf Land traf, die stumpfe Silhouette des Mourne Hill. Drüben in der Ferne das schwache Licht im Fenster einer abgelegenen Farm. Ein Paar Scheinwerfer, das sich vorsichtig über die schmale Landstraße auf dem gegenüberliegenden Hügel tastete.

Aber nichts, das ihn beunruhigen musste.

Seit zwei Wochen hatte es nicht mehr geregnet. Der Sommer war außergewöhnlich warm in diesem Jahr, sogar hier oben im Norden Irlands war die Temperatur in den letzten Tagen stets über die 20-Grad-Marke geklettert. Ein lauer Wind wehte das ferne Blöken von Schafen weit über das Moor.

Und das leise Murmeln der beiden Männer, das Geräusch ihrer Spaten, die sich ein ums andere Mal knirschend in den schweren Torfboden schoben.

Es erinnerte ihn an früher, als er als kleiner Junge mit seinem Großvater zum Torfstechen ins Moor gegangen war. Sein Großvater war es auch gewesen, der ihm die Geschichte dieses Hügels erzählt hatte, auf dem er jetzt stand. Die Legende vom *Cnoc Tirim*, dem trockenen Hügel. Einst hatte ein reicher Bauer hier gelebt, dem Kobolde prophezeiten, dass auf dem Grunde seines Brunnens ein Schatz zu finden sei. Wohl ahnte er, dass die listigen Wichte ihren Schabernack mit ihm treiben wollten, trotzdem hatte er zu graben angefangen und nicht mehr aufgehört, bis er im Brunnen verschwunden war und mit ihm das ganze Wasser der Umgebung. Ein Brunnen, mehrere hundert Meter tief, ein ganzer Landstrich ohne Wasser, dazu Elfen und Kobolde … Er hatte diese Geschichte nie geglaubt. Schon als Kind war er eher Realist gewesen.

Die Zeiten hatten sich geändert, die alten Geschichten hatten neuen Platz gemacht, aber die Menschen waren dieselben geblieben, die Menschen und ihre Gier nach Reichtum.

Diese Gier, die auch Jamie am Ende zum Verhängnis geworden war. Auch er hatte den Hals nicht voll genug kriegen können. Dabei war der Junge eigentlich ein helles Bürschchen, der Einzige aus dem Murphy-Clan, der es mal zu was hätte bringen können. Er hätte wissen müssen, dass niemand zwei Herren gleichzeitig dienen konnte. Stattdessen hatte er ihn für dumm verkaufen wollen. Hatte gedacht, er, der Alte, würde es nicht merken. Vielleicht wäre er damit durchgekommen, aber Jamie hatte etwas Entscheidendes übersehen.

Immer gab es irgendwo einen, der redete. Und einen, der zuhörte. Und dann wieder einen, der redete. Und noch einen, der zuhörte.

Und am Ende gab es ihn. Den Alten.

Er hatte eine Nase für Verräter. Und er hatte sich nie geirrt.

Alle hatten sie gekriegt, was sie verdienten. Meist hatte ein kleiner Denkzettel genügt. Ein Schuss ins Knie. Ganz so wie früher. Wie in den guten alten Zeiten. Die natürlich nicht so gut gewesen waren, wie man sich im Nachhinein immer gerne erinnert hatte. Auch wenn sich vieles geändert hatte in den letzten Jahren, manches war gleich geblieben. Und das war gut so.

Er hatte nie einen Fehler gemacht. Bis heute Abend. Heute Abend war alles schiefgelaufen, was schieflaufen konnte.

Er schüttelte den Kopf. Vielleicht war er einfach zu alt für so was. Er sollte ernsthaft über seine Zukunft nachdenken. Über das bisschen Zeit, das ihm auf dieser Welt noch blieb.

Später.

Zuerst musste er dafür sorgen, dass das Grab tief genug wurde. Eigentlich müsste er zwei Gräber ausheben lassen. Aber dafür blieb keine Zeit, im Osten kratzte bereits das erste zarte Morgenrot am Himmel. Die Sommernächte waren kurz hier oben im Norden Irlands.

Und dann würde er sich Gedanken darüber machen müssen, wie es weiterging. Er hatte eine schwerwiegende Entscheidung getroffen, eine Entscheidung, die ihm einerseits nicht leicht gefallen war. Andererseits konnte sie die Lösung für einige seiner Probleme sein. War es deshalb eine gute Entscheidung?

Hatte er denn eine Wahl gehabt? Die beiden Männer, die ein paar Meter weiter mühsam eine Grube schaufelten, sie würden schweigen, darauf konnte er sich verlassen. Und er hatte sich eine gute Geschichte zurechtgelegt, auch darüber musste er sich keine Sorgen machen. Doch je länger er über seine Entscheidung nachdachte, desto fragwürdiger kam sie ihm vor. Er hatte sich hinreißen lassen. Aber zurück konnte er nun nicht mehr.

Er seufzte.

Nein, irgendwie ahnte er es bereits. Es war keine gute Idee gewesen. Er hätte es lieber nicht tun sollen.

1. Foley

»Liaison von *Black-and-White-Pudding*-Ravioli an Cider-Sahne-Sauce.« Isobel rückte ihre Brille zurecht und studierte den handgeschriebenen Zettel. »Gefüllte Moorhuhnbrust im Kräuternest an Guinness-Risotto.« Sie schaute auf. »Also, ich weiß nicht, Finbar, wer soll das essen?«

Fin konnte es nicht leiden, wenn ihn jemand Fin*bar* nannte. »Wir könnten es doch wenigstens versuchen.«

»Was passt dir an unserer Speisekarte nicht? Ist dir mein Essen nicht mehr gut genug?«

»Darum geht es doch gar nicht«, beschwichtigte Fin, »ich will ja nichts verändern. Nur vielleicht etwas ergänzen.«

»Ist das nicht zu exotisch?« Isobel blieb skeptisch.

»Exotisch? Was soll an einem Moorhuhn exotisch sein? Wenn du hundert Meter in den Bog hineinläufst, stolperst du über die Viecher.«

»Nein, das meine ich nicht. Ich meine eher die Zubereitungsart.«

»Es wird mit Guinness gemacht. Ist jetzt auch nicht so wahnsinnig exotisch.«

»Ja, sicher, ich mache auch schon mal Bier in meinen *Beef Stew*. Trotzdem …«

»Es ist so eine Art *Cross-Over*-Küche. Traditionelle Küche in neuem Gewand«, versuchte er sie zu überzeugen. »Warum willst du es nicht mal auf die Speisekarte draufsetzen?«

»Weil es niemand bestellen wird.«

»Was macht dich da so sicher? Versuch es doch wenigstens mal.« So schnell gab Fin sich nicht geschlagen.

»Ach Fin, du kennst doch die Leute in Foley. Was Essen angeht, sind sie halt eher etwas … zurückhaltend.«

»Zurückhaltend?« Fin sah sie ungläubig an.

Isobel suchte nach einem passenderen Wort. »Konservativ?«

Fin fiel spontan eine ganze Menge Wörter ein, die die Leute im Dorf treffend charakterisierten. Banausen. Ignoranten. Hinterwäldler. Aber er hütete seine Zunge.

Sie standen in der Küche des *Fisherman.* Das Tagesgeschäft war vollbracht, Geschirr und Töpfe sauber am Platz und die Küche auf Hochglanz poliert, während draußen im Schankraum noch ein paar Unverdrossene ihre Stühle bis zur Sperrstunde warmhielten und sich von Ronan, dem Wirt, ein weiteres Pint auf den Deckel schreiben ließen. Fin hielt es für den idealen Zeitpunkt, um Isobel seine Ideen nahezubringen.

In den letzten Monaten war er ihr oft zur Hand gegangen, sie waren zu einem eingespielten Team in der Küche geworden und alles, was er übers Kochen gelernt hatte, wusste er von ihr. Den Rest hatte er sich in seiner Freizeit beigebracht, hatte sich Kochsendungen im Fernsehen reingezogen, einschlägige Bücher und Magazine konsultiert und Ideen ausprobiert, wenn er die Küche für sich alleine hatte. Isobel hatte ihn ermutigt und anerkennend genickt, wenn er ihr eine seiner Kreationen zum Probieren gegeben hatte. Und ihm so im Lauf der Zeit immer mehr von ihrem Terrain in der Küche abgegeben, solange es um Suppen oder Salatsaucen ging.

Aber alles hatte seine Grenzen. »Fin, die Leute hier sind zufrieden mit einem einfachen Stew, Fish & Chips, einer Seafood-Platte oder einer Hühnchen-Pastete mit Kartoffelstampf. Die wollen nichts anderes.«

Weil sie nichts anderes kennen, ergänzte Fin im Geiste. Es lag ihm fern, Isobel zu kritisieren, sie war eine famose Köchin.

Aber manchmal musste man eben etwas riskieren. »Ich hab' mich zu einem Kochwettbewerb angemeldet«, gestand er ihr.

»Du?«

Er nickte.

»Kochwettbewerb?«

»Ich hab' mich bei *Boiling Point* beworben.«

»Die Kochshow von Mitch Faraday?«

»Exakt.«

Gesucht wurde der Hobbykoch des Jahres. Jede Grafschaft schickte ihre Vertreter zum Vorentscheid nach Dublin, wo in einem ersten Wettbewerb die vier Sieger gekürt wurden, die am Ende für die vier irischen Provinzen in einer großen Abendshow im Fernsehen gegeneinander antraten. Er rechnete sich gute Chancen aus, für die Provinz Ulster ins Rennen zu gehen. Auch wenn der Wettbewerb die Grafschaften aus dem britischen Norden Irlands einbezog, hatte sich das Interesse dort in Grenzen gehalten. Aus ganz Nordirland hatten sich nur elf Bewerber gemeldet. Aus den restlichen drei republikanischen Grafschaften Monaghan, Cavan und Donegal waren es insgesamt nur acht, die Konkurrenz schien also überschaubar.

Dennoch. »Das schaffst du nie«, meinte Isobel belustigt.

»Etwas mehr Enthusiasmus könnte nicht schaden, schließlich vertrete ich mit meinem Rezept Donegal«, konterte Fin.

»Träum weiter …«

Er hätte sich etwas mehr Unterstützung gewünscht. »Mir ist dein Urteil sehr wichtig, Isobel. Je mehr Leute das Gericht probieren und bewerten, desto besser. Dann kann ich immer noch ein bisschen am Rezept rumfeilen, bis es perfekt ist. Caitlin jedenfalls hat es geschmeckt.«

»So. Na dann …« Isobel stapelte die Zettel fein säuberlich übereinander und schob sie rüber zu Fin. »Ich muss noch den Küchenplan für nächste Woche schreiben.«

Er durfte gehen.

Fin würde es wohl nie verstehen. Warum reagierten die Leute im Dorf noch immer so verschnupft, wenn er Caitlins Namen nur erwähnte? Sie war Polizistin, arbeitete bei der Garda in Letterkenny, und ihr Anblick stieß einigen nicht ganz so gesetzestreuen Bürgern von Foley noch immer sauer auf. Und von denen gab es nun mal jede Menge. Dabei hatte Caitlin im Laufe der Zeit dazugelernt und drückte schon mal beide Augen zu, wenn sie Witterung aufnahm, zumindest wenn es um kleine Betrügereien ging und nicht um Kapitalverbrechen. Aber die Leute in Foley konnten halt nicht raus aus ihrer Haut. Er, Fin, war zwar auch lange Polizist gewesen, doch genau da lag der Unterschied – in dem kleinen Wörtchen *gewesen*. Mit ihm lebten sie immerhin schon eine ganze Weile zusammen, ließen sich ihr Pint von ihm zapfen oder auch mal einen Stew servieren. Aber er machte sich keine Illusionen, er war immer ein Außenseiter geblieben und das würde sich auf absehbare Zeit auch nicht ändern.

Er sammelte seine Rezepte ein, wünschte Isobel eine gute Nacht und machte sich auf den Weg in sein Häuschen hinter dem Pub. Es regnete in Strömen, als er im Laufschritt den Hof überquerte. Bisher hatte der Sommer nicht gehalten, was der trockene, milde Frühling versprochen hatte. Trotz des schlechten Wetters der letzten Wochen war er mit der Renovierung des kleinen Cottages gut vorangekommen, hatte sich eben erst beim Austauschen der Fenster blutige Fingernägel geholt und wagte sich schon an einen Blick in die Zukunft und an die Frage, ob er sich wohl noch vor dem Winter ein neues Dach würde leisten können. Der Hauptgewinn beim Kochwettbewerb waren 25.000 Euro, die kämen ihm da gerade recht.

Seine Katze begrüßte ihn, strich ihm um die Beine und maunzte ihn schlechtgelaunt an, als wolle sie sich beschweren, dass er so lange ausgeblieben war. Den verregneten Tag hatte sie komplett verschlafen und sich anschließend ganz offensichtlich gelangweilt, was man aus den frischen Kratzspuren an der Kommode schließen konnte. Aber Fin war es egal, wenn sie seine Möbel zu Sägespänen verarbeitete, die Sachen waren alle Secondhand, und auf eine Schramme mehr oder weniger kam es nun auch nicht an.

Es war fast Mitternacht, aber er hatte noch keine Lust, schlafen zu gehen. Kurzentschlossen warf er ein paar Brocken Torf in den Kamin und fachte ein Feuer an. Morgen konnte er mit gutem Gewissen ausschlafen, ihn erwarteten keinerlei Pflichten. Mittags würde er Isobel im Pub helfen, danach vielleicht seine Eingangstür streichen, wenn denn der Wetterbericht ausnahmsweise mal stimmte und er mit einem halbwegs trockenen Nachmittag rechnen konnte.

Wenig später saß er auf seinem Lieblingsstuhl vor dem Kamin, einen Whiskey in Reichweite und eine warme, schnurrende Katze auf seinem Schoß.

Caitlin hatte ihm vergangenes Wochenende Gesellschaft geleistet und war über Nacht geblieben. Manchmal besuchte er sie in Letterkenny, aber viel Zeit verbrachten sie eigentlich nicht miteinander. Konnte man das eine Beziehung nennen? Wenn Lily, seine Tochter, ein einziges Mal mit einem Jungen ausging, dann hatte man in ihrer Generation gleich eine Beziehung. Das, was ihn und Caitlin verband, konnte er dagegen nicht so leicht einordnen.

Wenigstens lag sie ihm nicht mehr damit in den Ohren, wieder zur Polizei zurückzukehren. Er hatte den Dienst verlassen, eine Rückkehr war ausgeschlossen, so lauteten die Spielregeln, und über die konnte sich auch Caitlin da Silva nicht hinwegsetzen. Mittlerweile schien sie es akzeptiert zu haben. Auch wenn der Job in ihrem Leben an erster Stelle stand, redete sie nicht viel über ihre Arbeit. Manches war vertraulich, aber sie hörte sich seine Meinung zu diesem oder jenem an. Fin war nur vage darüber informiert, womit sie sich gerade beschäftigte. Viel passierte nicht hier oben im Norden der irischen Republik. Mal verschwand eine Herde Schafe, die eine Woche später an anderer Stelle wieder auftauchte, mal verschwand ein Traktor, der nie wieder auftauchte, oder ein paar Jugendliche hatten sich drüben in Nordirland irgendeinen ominösen Stoff gekauft und konsumiert, geraucht oder geschluckt, mit dem zweifelhaften Ergebnis, dass das Auto der Eltern nach einem Höhenflug an Selbstüberschätzung in irgendeinem Graben landete. Meist ging die Sache glimpflich aus. Aber Fin verspürte nicht die geringste Lust, jener Polizeibeamte zu sein, der die Eltern informierte, wenn es am Ende doch Tote gegeben hatte.

Aber seit er seinen Job bei der Polizei geschmissen hatte, herrschte notorisch Ebbe in seinem Geldbeutel. Auf lange Sicht musste er sich etwas einfallen lassen.

Sein Handy klingelte. Die Katze quietschte und schreckte hoch. Fin sah auf die Uhr. Wenn jemand um diese Zeit anrief, dann sollte es wichtig sein. Er dachte sofort an Caitlin. Und an Lily. Aber auf dem Display wurde keine Nummer angezeigt.

Er meldete sich. »Ja?«

»Mr O'Malley, ich hoffe, ich störe Sie nicht.«

Eindeutig niemand, der sich verwählt hatte.

»Wer spricht da?«

Eine Frauenstimme. »Wie geht es Ihnen?« Eine angenehme Frauenstimme, weich, fast samtig. Eine Stimme, die er schon einmal gehört hatte. Eine Stimme, die in seinem Gedächtnis hängengeblieben war und von der er einst ganz sicher gewesen war, dass er sie nie vergessen würde. Eine Stimme, die trotz ihrer oberflächlichen Wärme wie ein eisiger Fallwind aus der Arktis über ihn kam.

Die Schneekönigin.

Er sah sie vor sich, eine betörend schöne junge Frau mit langem rotblonden Haar und meerblauen Augen. Sie hatte eines Abends auf diesem Stuhl gesessen, demselben Stuhl, auf dem er gerade saß. Und genau wie er hatte sie die rote Katze auf dem Schoß gehabt. Es war kaum mehr als ein halbes Jahr her.

Woher hatte sie seine Nummer?

»Was wollen Sie?«, fragte er misstrauisch.

»Warum so unfreundlich?«

»Ich kann mir nicht vorstellen, dass Sie mich mitten in der Nacht anrufen, nur um mich zu fragen, wie es mir geht.«

»Vielleicht möchte ich nur ein wenig mit Ihnen plaudern.«

»Ich wüsste nicht, worüber.« Das stimmte nicht ganz. Er konnte sich durchaus vorstellen, worüber die Tochter von Tiny Tim Anderson mit ihm reden wollte. Irgendwann würde er, Fin, vor Gericht eine Aussage machen müssen. Eine Aussage, die ihren Vater schwer belasten würde, auch wenn sie nur ein verhältnismäßig kleines Puzzlestück in der Anklage gegen den alten Herrn sein würde.

»Ich bin enttäuscht von Ihnen, Mr O'Malley. Mein Vater hat Sie damals nur um einen kleinen Gefallen gebeten.«

»Hören Sie, Mrs …« Wie war noch ihr Name? War sie verheiratet? Er konnte es sich nicht vorstellen. »Hören Sie, Miss Anderson, ich habe seine Bitte erfüllt. Ich habe herausgefunden, wer seine Leute auf dem Gewissen hatte.«

»Sie waren dabei sehr eifrig. Vielleicht sogar etwas übereifrig.« Ihre Stimme klang vorwurfsvoll.

»Das lag vielleicht daran, dass Ihr Vater ein paar Dinge getan hat, die … nun ja, mit meiner Vorstellung von Moral …« Was redete er da für einen Blödsinn zusammen? »Er ist ein Gangster.« Nicht mehr und nicht weniger.

»Er hat Ihnen nichts getan.«

»Mir nicht. Aber anderen Menschen.«

»Nichts von dem, was man ihm vorwirft, stimmt.«

Sie war eine erwachsene Frau, sie konnte nicht ignorieren, was ihr Vater getan hatte. Was gab es groß schönzureden an Menschenhandel, Drogenschmuggel oder Auftragsmord? Tiny

Tim Anderson hatte die Unterwelt von Derry regiert, bis er im vergangenen Winter festgenommen worden war. Die Beweisaufnahme war noch lange nicht abgeschlossen, sie gestaltete sich schwierig, weil Anderson diesseits und jenseits der Grenze seine Fäden gezogen hatte. Es konnte noch Monate dauern, bis alle Verflechtungen in Andersons Firmen entwirrt und ans Tageslicht befördert waren. Ein Termin für eine Gerichtsverhandlung lag noch in weiter Ferne. Andersons Anwälte hatten versucht, ihren Mandanten gegen Kaution auf freien Fuß zu bekommen oder die Untersuchungshaft wegen des Alters und des schlechten Gesundheitszustandes des Angeklagten in Hausarrest abzumildern, aber die Justiz in Nordirland war nicht auf den Deal eingegangen. Die Fluchtgefahr erschien einfach zu groß. Nun saß Timothy Anderson seit einem halben Jahr in Belfast im Gefängnis. Auch wenn er gute Verbindungen sowohl außerhalb wie auch innerhalb der Gefängnismauern hatte und sich so gewiss ein paar Annehmlichkeiten während der Haft erkaufen konnte – Knast blieb trotz allem am Ende Knast.

»Er hat keinem Menschen je ein Haar gekrümmt«, widersprach seine Tochter fast trotzig.

»Das mag sein«, erwiderte Fin, »er hatte schließlich genug Leute auf seiner Gehaltsliste, die die Drecksarbeit für ihn erledigt haben.« Unter anderem Sean O'Malley, sein eigener Bruder, der als Kronzeuge gegen Anderson aussagen würde und seit seiner Festnahme irgendwo in Dublin an einem geheimen Ort lebte und auf den Prozess wartete.

Sie konnte unmöglich von ihm erwarten, dass er den Aufenthaltsort seines Bruders preisgab.

»Sie haben eine Tochter, nicht wahr?«

Fin erwischte der Themenwechsel auf dem falschen Fuß. »Wie bitte?«

»Ich glaube, Lily ist ihr Name, oder?«

»Meine Tochter geht Sie nichts an!« In seinem Kopf schrillte eine ganze Batterie Alarmglocken.

»Ist sie auch Daddys Mädchen?«, fragte sie in aller Unschuld, »ich nehme an, dass Ihre Tochter Sie gern hat. Wissen Sie, mein Vater und ich, wir haben uns immer sehr nahe gestanden.«

»Lassen Sie Lily aus dem Spiel!«

»Ich glaube, sie wäre untröstlich, wenn ihrem Vater etwas zustoßen würde.« Ihre Stimme klang warm und sanft, als sie sich verabschiedete. »Passen Sie auf sich auf, Mr O'Malley. Und auf Ihre Lieben.«

2. Dublin

Vier Wochen später war er seinem neuen Dach einen entscheidenden Schritt näher gekommen. Den Unkenrufen zum Trotz hatte er es geschafft. Anhand der eingereichten Rezeptideen hatte eine fachkundige Jury unter der Leitung von Starkoch Mitch Faraday eine Vorauswahl getroffen, und nun saß Fin zusammen mit zwölf weiteren Hobbyköchen aus der ganzen Republik in einem großen Aufenthaltsraum beim Fernsehsender RTÉ in Dublin und wartete auf seinen Auftritt in der ersten von vier Vorentscheidungen.

Am frühen Nachmittag hatte das Fernsehteam mit allen Kandidaten geprobt, jeder wusste nun, wo er zu stehen und in welche Kamera er zu schauen hatte. Der komplette Ablauf der Sendung war durchexerziert worden, allerdings ohne das alles entscheidende Kochen. Und auch ohne den Sternekoch. Mitch Faraday war ein Profi, er würde erst am Abend dazustoßen und als einer von drei Juroren die Ergebnisse bewerten.

Bis dahin hieß es warten. Die Kandidaten vertrieben sich die Zeit bei Getränken und kleinen Snacks, nervös die einen, gelassen die anderen. Ob mit Zeitschrift oder Smartphone, jeder beschäftigte sich mit irgendetwas. Fin lümmelte sich auf einem halbwegs bequemen Sofa und sortierte interessiert die Veranstaltungsflyer in seiner Reichweite. Geredet wurde nicht viel, stattdessen beobachtete man die anderen und versuchte, die Konkurrenz einzuschätzen. Die Mehrheit der Teilnehmer waren Frauen, und den meisten von ihnen sah man an, dass sie gerne und häufig in der Küche standen und bei der letzten Landwirtschaftsshow zum wiederholten Mal den ersten Preis für das beste Sodabrot eingeheimst hatten. Nur eine einzige knochige Bohnenstange legte bei Fin die Vermutung nahe, dass ihr Beitrag möglicherweise vegan oder zumindest vegetarisch sein könnte.

Aber vegan war angesagt, auch in Irland. Vielleicht war am Ende sie seine schärfste Konkurrentin. Oder die Dame mit der frischen lavendelfarbenen Dauerwelle, die am anderen Ende seines Sofas saß und unentwegt in ihrem Rezept blätterte. Sie musste die älteste Teilnehmerin sein, Fin schätzte sie auf mindestens achtzig.

Er brauchte keine Unterlagen, er kannte sein Rezept auswendig. Trotzdem machte sich allmählich Nervosität breit. Hatte er auch wirklich an alles gedacht? Würde er mit dem ungewohnten Herd zurechtkommen? Wie würde es sich anfühlen, unter den Augen von hunderten von Zuschauern zu kochen? An die Tausende draußen an den Bildschirmen mochte er lieber nicht denken.

»Sie sind die Liaison von Black Pudding und Cider-Schaum?«, riss ihn jemand aus seinen Gedanken.

Eine junge Frau schaute fragend auf ihn herab, eine Studentin oder Praktikantin, die die undankbare Aufgabe hatte, die Kandidaten bei Laune zu halten. Sie trug den Stöpsel eines Headsets im Ohr, ein Klemmbrett mit unzähligen Listen in der Hand und eine wichtige Miene zur Schau. Ein kleines Namensschild wies sie als Sonja aus. Assistentin. Von wem auch immer.

Fin nickte. Sonja bedankte sich, machte irgendwo auf dem Papier einen schwungvollen Haken und pirschte sich an den nächsten Kandidaten heran.

Das Motto der Kochshow lautete »Tradition trifft Moderne«, und Fin hatte sich für die Blutwurst-Ravioli entschieden. Und falls er es in die nächste Runde schaffen sollte, würde er die Jury mit seinem Dessert überzeugen. Einem lauwarmen Whiskeykuchen mit flüssigem Schokoladenkern. Auf sowas standen die Preisrichter, das wusste er aus den unzähligen Kochshows, die er in den letzten Monaten im Fernsehen eingehend studiert hatte. Und seinem Schokoladenkuchen hatte noch nie jemand widerstehen können, was nicht nur an dem hochprozentigen *Poteen* lag, der im heimischen Pub nur zu besonderen Gelegenheiten hervorgeholt wurde.

Hatte er die richtige Wahl getroffen? Oder hatte Isobel Recht und sein Gericht war am Ende doch zu exotisch? Wieder machte sich das Lampenfieber bemerkbar. War er wirklich gut genug?

Für einen Moment wünschte er sich zurück an den heimischen Herd im *Fisherman*. Und dass alles vorbei wäre.

Nach der Sendung würde er seiner Ex-Frau noch einen Besuch abstatten. Genau genommen wollte er seine Tochter Lily sehen, wenn er denn schon mal in Dublin war. Das Verhältnis zu Susan war seit der Scheidung etwas besser geworden. Zwar gab es hin und wieder Unstimmigkeiten, wenn es um die gemeinsame Tochter ging, aber sie redeten wenigstens miteinander. Vielleicht lag es an Matthew, Susans neuem Partner, dass sie Fin gegenüber etwas milder gestimmt war.

Von seinem Fernsehauftritt hatte er weder Susan noch Lily etwas verraten. Kochshows standen nicht gerade ganz oben auf der Liste ihrer liebsten Freizeitbeschäftigungen, und so würde sich Fin auch nicht rechtfertigen müssen, wenn der Abend ein Desaster werden sollte. Als Grund für seinen Abstecher nach Dublin hatte er der Einfachheit halber einen Besuch bei seiner Mutter vorgeschoben, womit er umgehend für ein schlechtes Gewissen gesorgt hatte, weil er bei ihr viel seltener vorbeischaute als es ein anständiger Sohn eigentlich tun sollte.

Er hatte sein Smartphone auf lautlos gestellt, als es in der Tasche seines Jacketts sanft vibrierte. Störungen konnte er gerade jetzt überhaupt nicht gebrauchen. Hoffentlich war es nicht Isobel mit ein paar letzten gutgemeinten Tipps.

Er riskierte einen diskreten Blick aufs Display.

Caitlin.

Außer den Leuten im Dorf war sie die Einzige, die er in sein Vorhaben eingeweiht hatte.

Er stand auf, stellte sich ein paar Schritte abseits an ein Fenster und meldete sich.

»Hallo Fin, wie läuft's?«

»Bisher gut, aber es ist auch noch nicht viel passiert.«

»Ich sitze heute Abend vor dem Fernseher und drücke dir wie versprochen die Daumen.«

Fin studierte die Aussicht auf einen regengrauen Parkplatz, auf nasse Bäume, die sich unter einem sommerlichen Gewitterschauer schüttelten. Er hätte sie lieber an seiner Seite gehabt. Als moralische Unterstützung. »Hast du nicht erzählt, du wärst heute Abend auf Grenzpatrouille und jagst Dieselschmuggler?«

»Das war der ursprüngliche Plan, aber McIntyre meinte, ich wäre die ganze Woche im Einsatz gewesen und hätte mir einen freien Abend verdient.«

Fin ertappte sich zum wiederholten Mal bei der Frage, ob er Caitlins neuen Chef mochte. »Ich dachte, ihr seid so knapp an Personal.«

»Er übernimmt selber die Nachtschicht.«

Nein, er mochte McIntyre nicht. »Viel zu tun?«

»Der ganz normale Wahnsinn. Ein betrunkener Kutscher hat fünf Verkehrsampeln demoliert, zwei Farmer haben sich gegenseitig fast über den Haufen geknallt, weil sie sich über einen Grenzzaun nicht einig werden konnten, ein Rentner hat eine Supermarktkassiererin mit einem Hurlingschläger attackiert und halb Letterkenny sucht nach zwanzig geklauten Polizeiuniformen«, zählte sie auf, »abgesehen von ein paar staubigen alten Akten, die sich auf meinem Schreibtisch stapeln. Diese *Cold Case Unit* ist eine total blödsinnige Idee, wenn du mich fragst.« Der neue Chef schien das Lieblingsprojekt seines Vorgängers übernommen zu haben. »Warum landen ausgerechnet auf meinem Schreibtisch immer so viele ungeklärte Mordfälle, die ihre Wurzeln in der Vergangenheit haben?«

»Vielleicht weil Irland so viel davon hat?«

»Was? Mordfälle?«

»Vergangenheit.«

»Wirst du jetzt philosophisch?« Er konnte ihr Grinsen förmlich hören. »Als Koch bist du mir lieber.«

Er starrte auf die Scheibe und verfolgte einen Regentropfen auf seinem Weg zur Fensterbank. »Nur als Koch?«

Sie schien ernsthaft darüber nachzudenken. »Ja, als Koch«, antwortete sie schließlich, »aber nur heute Abend.« Sie wünschte ihm viel Glück und beendete das Gespräch.

Fin ließ das Smartphone wieder in seiner Jacke verschwinden. Wenn er den Wettbewerb gewann, würde er als erstes Caitlin ins *Roísin's* einladen. Mitch Faradays Luxusrestaurant im Hafen von Howth war auf Monate ausgebucht, aber irgendwie würde er es schaffen, einen der begehrten Tische zu ergattern.

Er schaute auf die Uhr. Schon nach acht. Keine halbe Stunde mehr bis zur Sendung. Hatte man heute Nachmittag nicht gesagt, dass sie rechtzeitig auf der Bühne sein mussten? Lange vor dem Publikum? Lange bevor die eigentliche Show anfing?

Ein paar der Kandidaten hatten sich um einen Fernsehmonitor geschart, der an der Wand hing und das aktuelle Programm von RTÉ One ausstrahlte. Der Ton war auf stumm geschaltet, aber etwas hatte ihre Aufmerksamkeit erregt. Immer mehr Mitstreiter fühlten sich magisch angezogen.

Verwackelte Kamerabilder zeigten eine große Menschenmenge, uniformierte Polizeibeamte drängten Leute zurück, bahnten einen Korridor zwischen Fotoapparaten und Mikrophonen, die wild gestikulierend über Köpfe gehalten wurden.

Fin trat näher.

Zwischen Uniformen und rangelnden Reportern wurden Personen in ein Gebäude eskortiert. Die Kamera schwenkte an der Fassade empor. Das nächste Bild zeigte offenbar eine Pressekonferenz, Menschen wurden auf ein Podium geleitet und an einen Tisch gesetzt, Mikrophone in aller Eile zurechtgerückt. Einige der Gesichter kamen Fin vage bekannt vor. Ein Mann in Polizeiuniform ergriff das Wort, sein Namensschild wies ihn als Pressesprecher aus. Er wandte sich mit stummen Lippen an sein Publikum, ehe er das Mikrophon an eine blonde Frau zu seiner Linken weiterschob.

Fin konnte sich keinen Reim darauf machen, was da gerade passierte. Im Augenwinkel bemerkte er Sonja, die Assistentin, die etwas ratlos in der Tür stand und hektisch in ihr Headset sprach. Sie winkte mit ihrem Klemmbrett und versuchte vergeblich, die Aufmerksamkeit der Kandidaten zu erhaschen. Sie wirkte wie eine Schafzüchterin, deren Border Collie abhandengekommen war und die nun zusehen musste, wie sie ihre Schäfchen alleine ins Trockene brachte. Irgendetwas lief hier gerade nicht nach Plan.

Schließlich fasste sie sich ein Herz und kam herüber. »Kann sein, dass wir ein paar Minuten geschoben werden«, murmelte sie nur, zog eine Fernbedienung hervor und schaltete den Ton ein.

Die gebrochene Stimme einer Frau dröhnte durch den Raum. »… wer auch immer Sie sind und warum auch immer Sie das getan haben … er ist noch so jung … tun Sie ihm nicht weh, bitte! Lassen Sie ihn frei …!« Die blonde Frau in dem schlichten dunklen Kleid war in Tränen aufgelöst, der Mann an ihrer Seite nahm sie schützend in seine Arme. Eine Hand reichte ihm das Mikrophon, aber er hatte sichtlich Mühe, sich ein paar

Worte abzuringen. »Wenn Sie das hier sehen ... und ich bin sicher, dass Sie das tun ... dann melden Sie sich. Nennen Sie uns Ihre Forderungen. Egal, wie hoch sie sind, ich zahle Ihnen jeden Preis. Aber bitte ... tun Sie dem Jungen nichts ...« Er schüttelte den Kopf und winkte ab, er war nicht in der Lage weiterzusprechen. Eine unruhige Kamerafahrt zog in die Totale, ein älterer Mann in der Uniform eines Garda Commissioners ergriff das Wort. Er bemühte sich, ruhig zu sprechen. »Lassen Sie die Eltern nicht weiter im Ungewissen. Melden Sie sich. Wir sind sicher, eine Lösung für die Situation zu finden. Aber bitte, gefährden Sie nicht weiter das Leben dieses jungen Menschen und nehmen Sie Kontakt auf. Danke.« Die Menschen standen auf, die Kamera schoss auf den Mann zu, der die blonde Frau abschirmte.

»Irgendwoher kenn ich den«, meinte Fin.

»Aidan Cole«, antwortete Sonja, die neben ihm stand. »Sein Sohn wurde vor drei Tagen entführt. Geht seit heut' Morgen durch die Presse.«

Jetzt fiel es Fin wieder ein. Er hatte im Radio davon gehört, auf der Fahrt von Donegal nach Dublin. Aber er war so in Gedanken mit seinem Fernsehauftritt beschäftigt gewesen, dass er alles andere ausgeblendet hatte.

Wieder zeigten die TV-Bilder die Straße, Kamerawagen mit Satellitenschüsseln, Reporter, die für ihren Sender Aufsager produzierten, Polizisten, die Kameraleute davon abhielten, ins Gebäude zu gelangen.

»Ist das hier in Dublin?«

»Nein, in Cork. Ich glaube, Cole hat dort unten irgendwo ein Haus.«

Aidan Cole. Rockmusiker. Charismatischer Frontmann der Band *COLE!*, die zu ihrer besten Zeit in Irland Kultstatus hatte, eine lebende Legende und geschätzt einige Millionen schwer.

Die Bilder begannen sich zu wiederholen, unterbrochen von einem Moderator, der die Zuschauer auf den aktuellen Stand der Dinge brachte. Ein unscharfes Schwarzweißfoto wurde eingeblendet, das Samuel Cole zeigen sollte, einen Teenager von gerade mal achtzehn Jahren. Sonja drehte den Ton leiser und unterhielt sich über ihr Headset mit der Regie. Fin hörte nur ein unverständliches Gequäke am anderen Ende der Leitung.

Ausschnitte von Konzertauftritten der Band flimmerten derweil über den Bildschirm, dazwischen immer wieder Interviewschnipsel von Aidan Cole, aktuelle Fotos und Filme aus vergangenen Jahren, die den Musiker mit anderen Größen des Musikbusiness zeigten. Phil Collins, Van Morrison, ein Duett mit Adele, ein Charity-Auftritt mit Justin Timberlake, ein Umweltprojekt mit Sting … die Liste war endlos. Seit Bekanntwerden der Entführung war das Medieninteresse durch die Decke gegangen und bescherte den TV-Sendern unverhoffte Einschaltquoten. Fin musste nicht lange warten auf den ersten Werbeblock. Das Leben konnte so banal sein.

In solchen Momenten mochte Fin nicht mit den Schönen und Reichen tauschen. Ruhm und Geld konnten eine feine Sache sein, machten einen aber auch angreifbar. Und Neid und Hass trieben immer bizarrere Blüten.

Natürlich berührte ihn das Schicksal dieser Familie, aber gleichzeitig waren diese Menschen so weit von ihm entfernt, dass sie fast schon unwirklich schienen. Andererseits war er selbst Vater und er konnte sich nur zu gut vorstellen, wie sich Aidan Cole in diesem Augenblick fühlte.

Würde jemand Lily auch nur ein Haar krümmen, Fin würde ausrasten.

»Der Beginn der Livesendung verschiebt sich um eine halbe Stunde«, holte Sonja ihn wieder ins Hier und Jetzt zurück. Sie lächelte aufmunternd. »Es geht bald los. Faraday ist jedenfalls schon im Sender.« Sie eilte davon.

Eine halbe Stunde noch. Ein paar der Kandidaten verschwanden für eine letzte Zigarette nach draußen, und Fin verzog sich auf seinen Platz auf dem Sofa. Zeit genug, den Schalter umzulegen und wieder nervös zu werden. Aber so weit kam es gar nicht. Sein Smartphone meldete sich.

Er schaute aufs Display und wunderte sich. Susan. Hatte irgendwer seine Klappe nicht halten können?

»Hallo Susan, was gibt's?«

Wehe, wenn das jetzt nicht wirklich wichtig war.

Am anderen Ende schnappte jemand hörbar nach Luft.

»Lily ist verschwunden ...«

3. Susan

Lily.

Susan kannte das Schlüsselwort. Sie wusste, wo sie ihn treffen konnte, welchen Knopf sie bei ihm drücken musste, damit er funktionierte. Auf einem der Knöpfe stand LILY. In Großbuchstaben.

Er hatte etwas von einem »familiären Notfall« gefaselt, war unter den erstaunten Blicken von Sonja und den anderen Kandidaten aus dem Studio gestürzt, quer über den Parkplatz zu seinem Wagen gerannt und losgefahren.

»Lily ist verschwunden!« Viel mehr hatte Fin nicht aus Susan herausbekommen. Sie war nicht zum Abendessen erschienen, normalerweise war sie pünktlich oder sie rief an, wenn es später wurde. »Jemand hat sie entführt!«

Übertrieb Susan jetzt nicht ein bisschen? Nur weil der Sohn eines Millionärs entführt worden war und sich die Pressemeldungen seit diesem Morgen überschlugen? Selbst wenn er sich eingestand, dass er selber als ehemaliger Bulle nicht frei von düsteren Ahnungen war, weil er nur zu gut wusste, wozu Menschen fähig waren, hielt er diesen Gedanken doch für verdammt weit hergeholt.

Wahrscheinlich gab es eine mehr als banale Erklärung dafür, dass Lily nicht zum Essen erschienen war. Sie war irgendwo mit ihren Freundinnen hängengeblieben und hatte die Zeit verquatscht. Aber Susan war vollkommen hysterisch gewesen, und Fin kannte seine Ex lange genug, um zu wissen, dass Panik für sie ein Fremdwort war.

Dabei gab es doch überhaupt keine Verbindung zu Aidan Cole. Und Samuel Cole war bereits vor drei Tagen entführt worden. Die Eltern hatten sich erst an die Polizei gewandt, als weitere Kontaktaufnahmen der Entführer ausgeblieben waren.

Fin schaltete das Autoradio ein. Vielleicht gab es zwischenzeitlich Neuigkeiten. Der Auftritt von Samuels Eltern im Fernsehen war natürlich die Meldung des Abends, der Appell an den oder die Entführer wurde wieder und wieder eingespielt, umrahmt von den wenigen Fakten, die die Medien zu diesem Zeitpunkt hatten. Samuel Cole war vor drei Tagen in der Nähe von Cork entführt worden. Die Familie lebte übers Jahr in Dalkey bei Dublin, wo sie eine imposante und vor der Öffentlichkeit gut abgeschirmte Villa ihr Eigen nannte. Die Sommerferien verbrachte man in Baltimore in West Cork, üblicherweise unbehelligt von Fans und Presse. Das würde sich nun rasch ändern.

Der Weg vom Fernsehstudio zu Susan war nicht weit. Seit ihrer Scheidung wohnte sie zusammen mit Matthew ganz in der Nähe des Herbert Parks. Ballsbridge war das, was man gemeinhin eine gediegene Wohngegend nannte. Nicht ohne Grund hatten die Macher von Monopoly für die Dublin-Ausgabe dieses Viertel zu einer der teuersten Adressen des Spiels gekürt, in der neuesten Ausgabe allerdings hatte es zugunsten banaler touristischer Highlights wie Temple Bar und Phönix Park weichen müssen. Den Dublinern, die hier wohnten, war das herzlich egal. Sie hatten das nötige Kleingeld und zeigten es nach wie vor ungeniert. Alleen mit altem Baumbestand, edwardianische und viktorianische Fassaden, hier mit dem angestaubten Charme vergangener Zeiten, dort durch kostspielige Modernisierung den Bedürfnissen der Neuzeit angepasst. Überall üppig grüne Vorgärten, perfekt getrimmte Rasenflächen und schmiedeeiserne Zäune. Roter Backstein, dunkles Fachwerk und weißabgesetzte Fenster, ein solches Haus hätte

Fin Susan von seinem eher bescheidenen Gehalt als Polizist nicht bieten können. Matthew Clarke arbeitete beim Fernsehen und brachte eindeutig mehr Geld nach Hause.

Der Regen hatte aufgehört. Pfützen standen auf den Straßen und spiegelten die dichtbewachsene Allee. Durch das Laub der alten Bäume blitzten die zarten Strahlen der letzten Abendsonne und kleine Fetzen blauen Himmels.

Fin stellte seinen Land Rover neben Susans kleinen Stadtflitzer. Matthews Wagen war nirgends zu sehen.

Kaum hatte er den Motor abgestellt, wurde die Haustür aufgerissen. Susan kam auf ihn zugelaufen. »Hat sie sich bei dir gemeldet?«, warf sie ihm atemlos entgegen.

Fin stieg aus. »Warum sollte sie sich ausgerechnet bei mir melden?«

Susan sah ihn ratlos an. »Ich weiß nicht …« Sie fuhr sich hektisch durch ihre langen blonden Haare, die ungewohnt zerzaust wirkten, nicht glatt und glänzend wie sonst.

»Habt ihr Krach gehabt? Ist das vielleicht der Grund, weshalb sie nicht nach Hause kommt?« Fin spürte den Ärger in sich hochsteigen. Vielleicht war sie das schon, die einfache Erklärung. Lily hatte sich mit ihrer Mutter gezofft und wollte ihr nun eine Lektion erteilen. Und Susan hatte nichts Besseres zu tun, als ihn, Fin, da hineinzuziehen. Verstohlen schaute er auf seine Uhr. Nein, zurück ins Studio würde er es nicht mehr schaffen. Zumindest nicht bis zum Beginn der Livesendung.

»Hast du denn nicht die Nachrichten gehört?« Susans Stimme kletterte in eine unangenehme Höhe. »Samuel Cole–«

»Susan, ich bitte dich–«

Sie ließ ihn nicht ausreden. »Wenn diese Leute nun auch Lily–«

»Susan!« Fin fiel ihr ins Wort und packte sie an den Schultern. »Jetzt komm mal runter! Lilys Verschwinden hat nichts mit Samuel Cole zu tun! Warum sollte jemand so was tun?

Weder du noch ich haben Geld! Aidan Cole spielt in einer ganz anderen Liga, der hat ein paar Millionen auf der hohen Kante!«

Drinnen im Haus klingelte das Telefon. Susan riss sich los und lief hinein. Fin folgte ihr widerstrebend. Er hörte Susans schrille Stimme »Hallo?« schreien. »Hallo, wer ist da? Melden Sie sich!«

Sie hielt das Telefon noch in der Hand, als er eintrat. »Aufgelegt …«

»Wahrscheinlich verwählt.«

»Fin, verdammt, hörst du mir nicht zu?« Sie pfefferte das Telefon in eine Ecke. »Unsre Tochter ist entführt worden und du … du …«

Fin schloss die Haustür hinter sich und holte einmal tief Luft. Wenigstens er sollte versuchen, vernünftig zu bleiben. »Vielleicht ist sie bei einer Freundin und hat einfach die Zeit vergessen. Hast du versucht, sie zu erreichen?«

»Natürlich hab' ich das, du Idiot, aber sie meldet sich nicht. Sie wollte nach dem Handballtraining zu ihrer Freundin Rachel«, erklärte Susan ungeduldig, »ich hab' bei Rachels Mutter angerufen. Lily ist schon vor mehr als drei Stunden dort weg.« Sie verschränkte die Arme vor ihrer Brust und grub die Finger in den Stoff ihrer Bluse, als ob ihr kalt sei. »Fin, da stimmt was nicht. Sie ist doch sonst so zuverlässig …«

Fin schaute sich im Flur um. »Hat sie den Hund mitgenommen?«

Susan nickte stumm.

»Vielleicht ist sie mit Pebbles spazieren?«

»Bei dem Wetter?« Sie schüttelte den Kopf. »Nein, Fin, da ist was passiert. Das spüre ich.« Sie sah ihn an. »Fin, du musst was tun! Du bist doch Polizist!«

»Ich war Polizist!«, gab Fin leicht genervt zurück. »Wo ist Matthew?«

Sie schien seine Frage nicht gehört zu haben. »Sie kennen sich.«

»Wer?«

»Lily und Sam. Sie gehen auf die gleiche Schule.«

So wie hunderte andere Kinder auch, dachte Fin. St. Finian war eine öffentliche Schule. Aber sollte ihm das nun zu denken geben? Nein, er wunderte sich lediglich, dass so ein Oberklassen-Sprössling nicht auf einem Internat war oder wenigstens von teuren Privatlehrern zu Hause unterrichtet wurde.

»Wenn sie in dieselbe Schule gehen, heißt das noch lange nicht, dass sie einander auch kennen.«

»Es gibt ein Geschichtsprojekt an der Schule, frag mich nicht, worum es da genau geht, aber es ist klassenübergreifend. Lily macht da mit, Sammy Cole auch.«

»Und wahrscheinlich noch ein paar andere Schüler.« Oder machte Susan sich nicht doch vielleicht zu Recht Sorgen?

Fin nahm sein Smartphone und pickte Lilys Nummer aus dem Telefonbuch. Nach einem kurzen Moment meldete sich die Mobilbox. Er ging ein paar Schritte in den Flur und wartete auf das Ende der Ansage. »Hi Lily, hier ist dein Dad. Melde dich bitte sofort, wenn du das hier abhörst.« Er war vor der Tür zum Wohnzimmer stehengeblieben und ließ das Telefon sinken. Er blickte Susan an. »Was ist denn hier passiert?«

Das ganze Zimmer war auf den Kopf gestellt. Sämtliche Schranktüren standen offen, Schubladen waren herausgerissen, auf dem Boden lagen Zeitschriften, Bücher und CDs zwischen den Polsterkissen des Sofas. Unter den Scherben einer zerbrochenen Blumenvase breitete sich eine Wasserlache auf dem hellen Teppich aus.

»Einbruch …«, murmelte Susan nur.

»Wann ist das passiert?«

Sie zuckte hilflos mit den Schultern. »Keine Ahnung. Ich hab's entdeckt, als ich nach Hause gekommen bin.«

»Hast du die Polizei gerufen?«

Wieder kämmten ihre Finger nervös durch ihre Haare. »Nein, wollte ich ja, aber ... ich bin noch nicht dazu gekommen ...«

Fin war fassungslos. »Wie bitte?«

»Wegen Lily ... ich meine, wenn das nun dieselben waren, die ...«, stotterte sie, »wir müssen doch zuerst Lily finden ...«

Vorsichtig trat er ins Zimmer, darauf bedacht, keine möglichen Spuren zu zerstören. Trotz des Durcheinanders registrierte der Polizist in ihm sofort, dass dies kein gewöhnlicher Einbruch war. Fernseher und Musikanlage waren noch da. Auf dem Couchtisch war ein vergoldetes Feuerzeug liegengeblieben. Hier hatte niemand etwas gesucht, was sich schnell zu Geld machen ließ. »Wie sieht der Rest der Wohnung aus?«

Susan seufzte. »Genauso.«

»Hast du Matthew Bescheid gesagt?«

Sie kam ins Zimmer, hob einen Bilderrahmen auf und stellte ihn an seinen Platz auf der Kommode. Sie schien seine Frage nicht gehört zu haben.

»Lass die Sachen bitte, wo wie sie sind. Du weißt schon, wegen möglicher Fingerabdrücke«, mahnte Fin. »Wo ist Matthew?«

Sie wandte sich ab. »Keine Ahnung.«

»Was soll das heißen, du hast keine Ahnung?«

»Er ist unterwegs!«, schnauzte sie zurück.

Irgendetwas stimmte hier nicht. »Susan, was ist hier los?«

Susan senkte den Blick, versteckte sich hinter einem Vorhang aus blonden Haaren. Ehe sie antworten konnte, drehte sich ein Schlüssel im Schloss der Haustür.

Sie sahen einander an.

Etwas Weißes huschte durch den Flur, Sekunden später ertönte ein lautes, nasses Schlabbern aus der Küche.

»Scheiß-Akku!«

Lily tauchte in der Tür auf, die Hundeleine in der einen Hand, ihre Umhängetasche in der anderen. »Hi Mom. Hi Dad.« Ihr nächster Blick galt dem Zustand des Wohnzimmers. Wenig überrascht blickte sie von Mutter zu Vater. »Habt ihr euch wieder gestritten?«

»Wo warst du? Ich versuch seit Stunden, dich zu erreichen!« Susan nahm ihre überraschte Tochter in die Arme und drückte sie an sich.

»Ähm, ich hab' doch gesagt, ich geh' noch zu Rachel.« Lily schien einigermaßen irritiert von der unerwarteten und innigen Umarmung. »Dann bin ich mit Pebbles noch ein Stück am Kanal entlanggegangen, und als es dann zu regnen anfing, haben wir uns bei der alten Fabrik untergestellt. Aber das hat ja nicht mehr aufgehört ...« Sie schaute ihren Vater an in Erwartung einer Erklärung. Nicht für den Wolkenbruch, eher für den Umstand, dass ihre Mutter sie offenbar nicht mehr loslassen konnte. »Ich wollte ja anrufen, aber mein Akku war alle. Das Teil ist echt Steinzeit. Ich brauch unbedingt ein neues. Am liebsten ein iPhone.«

»Deine Mutter hat sich Sorgen gemacht, weil du nicht zum Essen zu Hause warst«, sagte Fin.

»Du nicht?«

»Doch. Ich auch.«

»Ich dachte schon, man hätte dich entführt«, meldete sich Susan mit hörbarer Erleichterung zu Wort.

»Entführt? Wie Sammy? Spinnst du jetzt total?« Lily starrte ihre Mutter entgeistert an.

»Na ja, immerhin ist bei euch eingebrochen worden. Und du warst verschwunden ...« Fin hatte eigentlich nicht die Absicht, Susan in Schutz zu nehmen.

»Eingebrochen? Echt?« Sie schaute sich um. »Und ich entführt ...?« Lily konnte sich trotz allem ein Grinsen nicht verkneifen. »Was wär' ich euch denn wert gewesen?«

Susan löste die Umarmung und sah ihre Tochter an. »Solche Scherze solltest du nicht machen, hörst du?«

Aus dem Flur näherte sich eiliges Pfotengetrappel. Ein weißer Schäferhund stürmte um die Ecke, erspähte Fin und setzte zum Sprung an.

»Pebbles!«

Im nächsten Augenblick fand sich Fin eingeklemmt zwischen Sofa und Sessel auf dem Boden, ein nasses Bündel Fell auf seiner Brust und eine noch nassere Zunge in seinem Gesicht.

»Pebbles, lass das! Hör auf!«

Die Schäferhündin jaulte vor Begeisterung und dachte nicht im Traum daran, von ihrem Opfer abzulassen. Ihr Schwanz wedelte eine Kerze vom Couchtisch.

»Lily! Bitte!« Fin würde nie dahinterkommen, wieso die Hündin immer derart ausflippte, wenn sie ihn sah. Okay, wahrscheinlich hatte er ihr einst das Leben gerettet, aber, verdammt, sie war bloß ein Hund!

Lily erbarmte sich schließlich, packte das Halsband und zog Pebbles runter von ihrem Vater. »Sie liebt dich eben, finde dich endlich damit ab«, lachte sie und nahm den Hund mit nach draußen.

Fin rappelte sich auf, wischte sich das Gesicht ab und die weißen Haare von Hemd und Jackett.

»Warst du eigentlich schon bei deiner Mutter?«, fragte Susan ganz verdutzt, als ob ihr jetzt erst in diesem Moment aufgefallen war, dass Fin nach ihrem Hilferuf fast Minuten später vor ihrer Haustür gestanden hatte.

»Nee, aber das ist 'ne längere Geschichte«, winkte er ab, und er hatte keine Lust, sie zu erzählen.

»Nein, sag schon.«

»Ich ruf besser mal die Garda«, lenkte er ab. Er wählte nicht den Notruf, sondern rief direkt beim Einbruchsdezernat an und ließ sich mit dem zuständigen Beamten verbinden.

Vielleicht hatte einer seiner alten Kollegen Dienst und konnte ihm weiterhelfen. Er hatte Glück, man versprach, sofort jemanden vorbeizuschicken.

»Warum seid ihr eigentlich in Dublin?«, fragte er Susan.

»Wo sollten wir sonst sein?«

»In Urlaub. Lily hat schließlich Ferien.«

»Ist gerade etwas ungünstig. Meine Werbeagentur hat 'nen Riesenauftrag an Land gezogen, da fällt Urlaub erst mal flach.«

»Als wir noch zusammen waren, hätte es das nicht gegeben. Wir sind in den Ferien immer mit Lily weggefahren, egal was–«

»Da spricht gerade der Richtige!«, fiel ihm Susan verärgert ins Wort. »Du kümmerst dich doch kaum um unsre Tochter!«

»Ich darf ja nicht! Bei allem, was Lily angeht, bleib ich doch außen vor!«, wehrte sich Fin.

Susan holte tief Luft, wie immer in solchen Situationen eine Spur zu theatralisch. »Jetzt reicht's aber! Als ob ich jemals etwas über deinen Kopf hinweg entschieden hätte!«

Fin hätte ihr auf Anhieb ein paar Beispiele aufzählen können, aber er wusste, es war sinnlos, sich mit Susan zu streiten. Sobald die Polizei da war, würde er sich verziehen. Sie würde auch ohne seine Hilfe klarkommen.

Fin nutzte die Zeit und sah sich im Rest des Hauses um. In der Küche und im Bad herrschte nur mäßige Unordnung, schlimmer sah es im Schlafzimmer aus und in dem Zimmer, das Matthew ganz offensichtlich als Arbeitszimmer diente. Hier hatte jemand ganz gezielt nach etwas gesucht. Sämtliche Schubladen waren herausgerissen und umgestülpt worden, der komplette Inhalt des Schreibtischs lag über den Boden verstreut, Bilder waren von den Wänden genommen worden, wohl auf der Suche nach einem versteckten Safe. Und Fin verwettete seinen Hintern, dass der Computer fehlte.

»Also. Wo steckt Matthew?«, wiederholte Fin seine Frage.

Susan stand neben ihm und betrachtete das Chaos. »In Kinsale.«

»Und was macht er dort?«

»Er ist in seinem Ferienhaus.«

»Ohne dich?« Gab es da etwas, das er wissen sollte? Hing da etwa der Haussegen schief?

»Nicht das, was du jetzt denkst.« Susan schien seine Gedanken lesen zu können. »Ein Nachbar hat angerufen und Matthew informiert, dass es einen Wasserrohrbruch gegeben hat. Er ist runtergefahren, um sich die Sache anzusehen und reparieren zu lassen.«

»Wann war das?«

»Vorgestern.«

»Und was dauert so lange?«

»Find' du mitten in den Sommerferien mal einen Handwerker ...« Sie wandte sich ab. »Und jetzt hör auf mit deiner blöden Fragerei. Man möchte meinen, du seist immer noch ein Guard.«

Wahrscheinlich hatte sie Recht. Er würde den Polizisten wohl bis an sein Lebensende nicht abschütteln können. Auch das damit verbundene Misstrauen nicht. Denn irgendwie wurde Fin das Gefühl nicht los, dass Susan ihm nicht die ganze Wahrheit sagte.

»Was macht Matthew eigentlich beim Fernsehen?« Er folgte Susan in die Küche.

»Er ist Redakteur.«

Fin konnte sich wenig darunter vorstellen. »Und was macht so ein Redakteur?«

Susan setzte Wasser auf und nahm ein Päckchen Tee. Das Geschirr war im Schrank geblieben, die Einbrecher hatten das, was sie interessierte, offenbar nicht in der Küche vermutet. »Er betreut Sendungen. Unter anderen das Magazin *People.*« Als sie Fins fragenden Blick auffing, fügte sie hinzu: »Im weitesten

Sinne ein Unterhaltungsmagazin. Prominente, Skandale, mal ’n bisschen Politik, mal Sport. Was die Leute aktuell eben so umtreibt.«

Ein Gedanke kam Fin in den Sinn. Ein Gedanke, der ihm überhaupt nicht gefiel. »Hat Matthew mal den Namen Anderson erwähnt?«

»Anderson? Wer soll das sein?«

»Timothy Anderson.«

Susan dachte nach. »Ist das nicht dieser Gangster, mit dem du letztes Jahr aneinandergeraten bist?«

»Aneinandergeraten« war gut. Wegen Fin saß der alte Mann gerade hinter schwedischen Gardinen. »Demnächst soll der Prozess beginnen. Vielleicht hat Matthew in dem Zusammenhang was recherchiert?«

Susan schüttelte den Kopf. »Nein, Kriminalfälle sind eher nicht Matthews Ressort.«

»Mal was von Kerry Anderson gehört?«

Das Wasser kochte, sie goss den Tee auf. »Nein, sagt mir nichts. Wer ist das?«

»Nicht so wichtig. Vergiss es.«

Kerry Dawn Anderson. Sie sah nicht nur aus wie ein Model, sie hieß auch noch so. Der Anruf vor einigen Wochen hatte Fin keine Ruhe gelassen. Er hatte sich schlau gemacht über Tiny Tim Andersons Tochter. Viel hatte er allerdings nicht herausbekommen. Er wusste, wo sie zur Schule gegangen war. Dass sie studiert hatte und nun als Eventmanagerin in Belfast arbeitete. Dass sie einen Sohn hatte und mit dem Vater des Kindes zusammenlebte, aber ohne Trauschein. Und dass sie angeblich mit den Geschäften ihres Vaters nichts zu tun hatte. Er hatte nichts herausgefunden, worüber er sich Sorgen machen müsste. Aber er wusste es besser.

Ihre Drohung würde Fin nicht vergessen.

Steckte am Ende die Schneekönigin hinter all dem?

Was wollte sie von ihm? Seine Aussage vor Gericht war geradezu unbedeutend im Vergleich zu dem belastenden Material, das sein Bruder Sean der Polizei ausgehändigt hatte. Im Gegenzug hoffte Sean auf Strafmilderung.

Eigentlich war also Sean ihr Ziel. Hoffte sie, über ihn, Fin, an seinen Bruder heranzukommen? Würde ihr dazu jedes Mittel recht sein? War am Ende Lily in Gefahr? Oder Susan und Matthew?

Er hörte Lily aus ihrem Zimmer fluchen. »Scheiße, die haben meinen Laptop mitgehen lassen!«

4. Lily

»Die Einbrecher sind zur Hintertür rein?«

»Sieht so aus. Kamen vermutlich durch den Garten.«

»Und die Hintertür wurde also aufgebrochen.«

»Ja. Sonst wären sie nicht reingekommen, oder?« Susan gab sich alle Mühe, ruhig zu bleiben.

»Sind Sie sicher, dass die Hintertür abgeschlossen war?«

»Würden Sie eine Tür aufbrechen, die offen ist?«, versuchte Fin, sich einzubringen.

Detective Sergeant Richardson schaute von seinem iPad auf. Der Blick über seine randlose Brille verriet, dass er Fins Bemerkung für mehr als überflüssig hielt. »Wir werden im Garten nach Fußspuren suchen. Heute Abend macht das wenig Sinn, dazu ist es schon zu dunkel. Gegebenenfalls wird ein Kollege morgen früh noch mal vorbeischauen.« Er senkte wieder den Blick auf das, was er bisher notiert hatte. »Konnten Sie schon feststellen, was gestohlen wurde?«

»Keine Ahnung, dazu hatte ich noch keine Zeit. Matthew wird da einen besseren Überblick haben.«

»Matthew?« Sein fragender Blick drehte eine Runde, aber niemand klärte ihn auf. Er beließ es erst mal dabei. »Nun, Mrs O'Malley, was genau haben Sie vorgefunden, als Sie nach Hause gekommen sind? Und um wie viel Uhr genau war das?«

»Ich bin gegen 17 Uhr nach Hause gekommen. Das Wohnzimmer war durchwühlt, in der Küche standen sämtliche

Schränke offen und wie der Rest des Hauses ausgesehen hat, wissen Sie ja.«

Auf Fins Anraten hatte Susan alles so belassen, wie sie es vorgefunden hatte, und auf das Eintreffen der Polizei gewartet. Die Beamten waren mit verhaltenem Eifer ans Werk gegangen. DS Richardson wollte ihnen keine Hoffnung machen, die wenigsten Einbrüche wurden aufgeklärt. Schnell stellte sich heraus, dass die Einbrecher natürlich Handschuhe getragen hatten und neben fehlenden Fingerabdrücken auch sonst wenig Verwertbares hinterlassen hatten. Während die Spurensicherung die restliche Wohnung unter die Lupe nahm, saß Susan zusammen mit Fin und Lily im Wohnzimmer und versuchte, die Fragen des Polizeibeamten so gut es ging zu beantworten.

»Haben Sie noch jemanden im Haus angetroffen?«

»Gott sei Dank nicht.«

DS Richardsons Finger kreisten über seinem iPad wie ein Adler auf der Suche nach Beute. Während sein Geist bereits digital arbeitete, mühte sich sein Körper noch analog. In Zeitlupentempo nahm das Protokoll Form an.

»Warum zeichnen Sie unsere Aussagen nicht einfach auf?«, schaltete sich Lily ein. »Ihr iPad hat doch bestimmt eine Aufnahmefunktion. Mit 'ner guten Voicerecorder-App–«

»Lily!«, zischte Susan.

Lily duckte sich und ließ sich schmollend ins Polster des Sofas zurückfallen. Demonstrativ gelangweilt blickte sie aus dem Fenster und spielte mit ihren langen Haarsträhnen. Die Geduld ihrer Mutter schien sie nicht geerbt zu haben. Drei Fragen später stand sie mit einem übertriebenen Seufzer auf und trollte sich. Fin hörte, wie sich in der Küche die Tür zur Terrasse öffnete.

»Und Sie, Mr O'Malley, wann sind Sie nach Hause gekommen?«

»Er wohnt nicht hier«, fuhr Susan dazwischen, ehe Fin die

Sachlage klären konnte, »das Haus gehört meinem Freund, Mr Matthew Clarke.«

»Und Sie sind?«, wandte sich Richardson an Fin.

Wieder war es Susan, die antwortete. »Mein Ex.«

»Ihr Ex?«, fragte Richardson etwas verwundert und rückte seine Brille zurecht. »Und wo ist Mr Clarke?«

»Er ist unterwegs. Beruflich«, entgegnete Susan, ohne mit der Wimper zu zucken.

»Und Sie, Mr O'Malley, wohnen hier in der Nähe?«

Endlich gelang es Fin, den Mund aufzumachen. »Nein, in Donegal.«

»In Donegal, soso«, Richardson schien verwundert, »und was machen Sie dann hier in Dublin?«

Das ging niemand was an. »Meine Mutter lebt hier.« Das sollte als Antwort genügen.

DS Richardson schien noch nicht restlos überzeugt. »Können Sie mir verraten, wo Sie heute Nachmittag waren?«

Fin glaubte sich verhört zu haben. »Wann heute Nachmittag?«, fragte er scharf.

»Sagen wir bis gegen siebzehn Uhr?«

Die Anspielung, die hinter dieser Frage steckte, gefiel Fin überhaupt nicht. »Ich glaube nicht, dass ich mir das länger anhören muss.«

»Hören Sie, Mr O'Malley, ich wollte damit keinesfalls andeuten–«

»Und warum tun Sie's dann?«

»Ich muss diese Fragen stellen, um auszuschließen, dass–«

»Das ist lächerlich, um nicht zu sagen absurd«, unterbrach Fin unfreundlich und stand auf, »meine Frau–, meine Ex-Frau hat mich auf dem Handy angerufen, ich bin sofort hergekommen, mehr habe ich dazu nicht zu sagen.«

Er wartete Richardsons Reaktion gar nicht erst ab, sondern stapfte aus dem Zimmer, quer durch den Flur, wo ein

Mitarbeiter der Spurensicherung noch mit der Hintertür beschäftigt war, und fand sich in der Küche wieder. Die Schränke standen noch immer offen, auf den glatten Oberflächen der Türen waren graue Reste von Puder zurückgeblieben, mit dem die Spurensicherung nach möglichen Fingerabdrücken gesucht hatte.

Er musste jetzt was trinken, seine Kehle war wie ausgedörrt. In der Kanne war noch ein Rest kalten Tees, im Kühlschrank entdeckte er ein paar Dosen Bier, aber ihm stand nicht der Sinn nach Alkohol. Obwohl er allen Grund hatte, sich zu besaufen. Am Ende redete dieser Sergeant Susan noch ein, er habe was mit dem Einbruch zu tun. Warum sonst war er so schnell am Ort des Geschehens gewesen? Hatte er dem neuen Lover seiner Ex-Frau eins auswischen wollen? So ein Blödsinn!

Natürlich wäre es ein Leichtes gewesen, diesem Richardson zu erklären, wo er den Nachmittag verbracht hatte. Und er hatte jede Menge Zeugen dafür. Aber es ging ihn nichts an. Und Susan, verdammt noch mal, auch nicht.

Er schaute auf die Küchenuhr. Die Sendung war längst zu Ende, das schöne Geld den Bach runter. Er war sich sicher, er hätte den Vorentscheid gewonnen. Ja, im Nachhinein ließ sich gut reden.

Er füllte ein Glas mit Leitungswasser und trank es in einem Zug aus. Ein vergeblicher Versuch, den ganzen Ärger einfach runterzuspülen.

Durchs angelehnte Küchenfenster hörte er eine leise Stimme. Lily hockte draußen auf der dunklen Terrasse und telefonierte offenbar. Ein leiser Luftzug wehte eine Ahnung von Zigarettenrauch herein.

»… Rachel spielt sich doch bloß auf. Als ob sich alles immer nur um sie drehen müsste … Nein, natürlich war die Polizei auch schon bei ihr. Gestern Abend noch … Keine

Ahnung, davon hat Sammy nie was gesagt. Zumindest nicht zu mir … Nee, glaub ich nicht. Aber so gut kenn' ich ihn nun auch wieder nicht …«

Ganz offensichtlich ging es um Samuel Cole. Fin widerstrebte es, seine Tochter heimlich zu belauschen, auch wenn die väterliche Neugier nur allzu verständlich war. Er öffnete die Terrassentür, gerade so laut, dass Lily es hören konnte.

Trotz des verregneten Tages war es ein milder Abend. Lily saß mit angezogenen Knien auf einem Gartenstuhl, der schwache Lampenschein, der durchs Küchenfenster fiel, ließ ihre blonden Haare schimmern. »Du, ich muss Schluss machen«, hörte er sie noch sagen, »wir sehen uns morgen Abend bei Emily. Ja, um acht. Bis dann.« Sie beendete das Gespräch, das Smartphone verschwand, die Zigarette, die sie eben noch in der Hand gehalten hatte, wurde hastig ausgedrückt. Fin tat, als hätte er sie nicht gesehen.

»Hi, Dad, ist der Kerl endlich weg?«

Er schüttelte den Kopf. »Nee, aber ich konnte ihn nicht mehr ertragen.«

Fin zog sich einen Stuhl heran und setzte sich neben sie. Wann sonst hatte er schon mal die Gelegenheit, seine Tochter ganz für sich alleine zu haben?

Etwas Weißes löste sich aus der Dunkelheit. Pebbles kam angetrottet und hatte nichts Besseres zu tun, als ihre nassen dreckigen Pfoten auf Fins Hose zu platzieren. »Lass das, Pebbles.« Er versuchte, sie wegzudrücken, aber die Hündin hatte ihren eigenen Kopf.

»Du könntest ihr ruhig mal ein paar Manieren beibringen«, sagte er zu Lily, »du lässt ihr viel zu viel durchgehen.«

»Och, sie kann 'ne ganze Menge«, widersprach Lily, »soll ich's dir zeigen?«

Ohne eine Antwort abzuwarten, stand sie auf. »Pebbles, komm her.« Pebbles gehorchte, setzte sich artig zu ihren Füßen und spitzte aufmerksam die Ohren. Lily hob den Zeigefinger. »Pebbles, böser Hund! Schäm dich!«

Sofort senkte Pebbles den Kopf und legte sich eine Pfote quer über die Schnauze.

»Sehr beeindruckend«, meinte Fin amüsiert.

»Warte, sie kann noch mehr.« Lily hob die Hand. »Pebbles! Sweetheart!«

Aufs Stichwort sprang die Hündin an ihr hoch und drückte ihr einen feuchten Hundekuss auf die Wange.

»Kann sie auch was Richtiges?«

»Klar. Sitz oder Platz. Aber das ist doch langweilig«, fand Lily und setzte sich wieder.

Irgendwo im Garten zwitscherte ein verspäteter Vogel. Laub raschelte. In der Dunkelheit konnte Fin nicht einschätzen, wie groß das Anwesen war. Die kurzgeschnittene Rasenfläche vor der Terrasse verlor sich irgendwo im Schwarz von Büschen und Bäumen. Die Mauer zu den Nachbargrundstücken konnte man bestenfalls erahnen. Man musste kein Polizist sein, um zu prophezeien, dass Einbrecher hier leichtes Spiel hatten, egal ob bei Nacht oder Tag.

»Kennst du ihn gut?«

»Wen?«

»Samuel Cole.«

»Was heißt schon kennen«, wich Lily aus.

»Deine Mutter sagte, ihr beide seid in derselben Projektgruppe in der Schule.«

»Ach das …« Sie machte keinerlei Anstalten, ihren Vater einzuweihen.

»Worum geht es da?«, hakte Fin nach.

»Geschichte. Ahnenforschung.«

»Und?«

»Wir sollen über die Sommerferien einen Familienstammbaum basteln. Mit Hilfe von Archiven, Internet und so weiter«, erklärte Lily und setzte eine finstere Miene auf, »alles, was ich bisher zusammengetragen habe, ist auf meinem Laptop. Und der ist jetzt weg.«

»Hast du irgendwas Spektakuläres herausgefunden?«, fragte Fin nicht ganz ernsthaft. »Stammen wir alle am Ende doch von der gefürchteten Piratenbraut Grace O'Malley ab?«

Lily grinste. »Schön wär's.«

»Und Samuel?«

»Woher soll ich das wissen? Ich denke mal, bei dem Vater wird er's einfacher haben. Über Aidan Cole wurde schon so viel geschrieben, da muss er vermutlich gar nicht lange suchen.« Es hörte sich nicht so an, als ob sie Samuel besonders mochte. »Außerdem haben die doch so viel Kohle, dass er sich die Arbeit nicht mal selber machen muss ...« Bei der Erwähnung von Geld schien ihr die augenblickliche Situation plötzlich wieder einzufallen. »Hätte ich vielleicht jetzt nicht sagen sollen ...«

»Ich finde es ungewöhnlich, dass so ein Junge auf 'ne normale öffentliche Schule geht«, sagte Fin.

»Na ja, wir finden's natürlich irgendwie cool, dass der Sohn von Aidan Cole bei uns auf der Schule ist«, gestand Lily, »ich hab' mal gehört, der Vater hätte ihn lieber auf ein Internat gesteckt, aber Sammy wollte das nicht. Ich glaube nur, der kann mit Publicity nicht so gut umgehen.«

»Inwiefern?«

»Fändest du es toll, wenn man dich laufend auf deinen berühmten Alt–, äh, Vater anspricht? Aidan Cole hier, Aidan Cole da ...«

»Hat doch bestimmt auch Vorteile.« Genug Taschengeld zum Beispiel, dachte Fin.

»Ich weiß nicht. Ich glaub' nicht, dass ich mit ihm tauschen möchte«, erwiderte Lily, was Fin zugegebenermaßen ein klein wenig tröstete, »da weißt du doch nie, was das für Leute sind, die sich da an dich ranwanzen. Nennen sich Freunde und wollen im Grunde genommen doch bloß selber 'n bisschen … Rachel zum Beispiel. Meine Freundin. Nee, ist nicht mehr meine Freundin. Mit der hab ich mich heute Mittag so richtig gefetzt. Deshalb bin ich ja früher von dort weg und einfach 'n bisschen rumgelaufen.«

»Worum ging's?«

»Sie ist stinksauer, weil sie in der Presse nirgendwo erwähnt wird. Diese Möchtegern-Barbie hält sich für Sammys Freundin und keinen Reporter scheint's zu interessieren. Sie will bloß irgendwie auf die Titelseite, das ist alles. Dabei ist Sammy ihr im Grunde scheißegal. Da hab ich ihr halt mal die Meinung gesagt. Fand sie überhaupt nicht witzig.«

War da nicht doch ein winziger Funken Eifersucht mit im Spiel? »Und du? Wie findest du Sammy so?«

Lily zuckte mit den Achseln. »Mann, ja, er ist nett. Sieht gut aus. Aber mein Typ ist er echt nicht, Dad, da mach dir mal keine Sorgen.«

Beruhigte ihn das jetzt?

»Ich find ihn 'n bisschen neurotisch.«

»Neurotisch?«

Lily dachte einen Augenblick nach, suchte nach den passenden Worten für ihre Einschätzung. »Na ja, alles dreht sich immer irgendwie um seinen Alten. Und er ist immer nur der Sohn von Aidan Cole. Ich glaub', Sammy möchte einfach nur mal er selbst sein.« Ihr Mitgefühl schien ehrlich gemeint. »Irgendwie ist er schon 'ne arme Socke.«

Fin glaubte zu wissen, was sie meinte. Kinder von Prominenten lebten in einem permanenten Belagerungszustand. Belagert von Fotografen, belagert von der Neugier der Öffentlichkeit, belagert von den Ansprüchen der eigenen Eltern. Man las oft genug darüber in der Regenbogenpresse. Es gab nur wenige Prominente, die ihr Privatleben erfolgreich von der

Öffentlichkeit abschirmen und ihrem Nachwuchs eine einigermaßen ungestörte Kindheit bieten konnten.

»Ich glaub', bei denen zu Hause fliegen öfter mal die Fetzen«, schob Lily noch hinterher.

»Und die Mutter?«

»Keine Ahnung. Kenn' ich nicht.«

Zwischen Vätern und Söhnen kam es häufig zu Spannungen, das wusste Fin nur zu gut aus eigener leidvoller Erfahrung. Warum sollte es in prominenten Familien anders zugehen? Wie wäre es ihm ergangen, wenn er statt einer Tochter einen Sohn hätte? Wäre er in der Lage, mit ihm so eine Art Männergespräch zu führen, wenn es nötig war? Oder würde er sich aus der Verantwortung stehlen, wie sein Vater es getan hatte? So wie es vielleicht auch Aidan Cole tat?

Nein, er hatte nie einen Sohn gewollt. Er war froh, dass er Lily hatte. Sie war genau die Tochter, die er sich gewünscht hatte. Vaters Tochter.

Die Worte der Schneekönigin kamen ihm plötzlich in den Sinn. Ob auch sie ihres Vaters Tochter war? Bestimmt …

Er stand auf und strich Lily sanft übers Haar. »Es ist spät. Hast du nicht morgen Schule?«

»Dad, es sind Ferien«, erinnerte sie ihn nachsichtig.

Drinnen hatte die Polizei das Feld geräumt. Detective Sergeant Richardson hatte seine Vernehmung beendet und war gegangen, nicht ohne Susan daran zu erinnern, dass am nächsten Morgen bei Tageslicht noch weitere Spuren ums Haus herum gesichert werden sollten.

Das Wohnzimmer sah wieder halbwegs bewohnbar aus, die Vorhänge waren zugezogen, der Fernseher lief mit leise gedrehtem Ton. Die meisten Szenen waren Fin mittlerweile vertraut, immer wieder Aidan Cole und seine Frau, dazwischen Clips aus den Tiefen der Fernseharchive, Auftritte der Band *Cole*, Interviews, Videoclips, Fotos, die bis weit in die Achtziger zurückreichten. Ein paar aktuelle Aufnahmen zeigten das Anwesen von Aidan Cole in der Nähe von Cork, das von der Presse regelrecht umzingelt war, obwohl die Polizei das Gelände weiträumig abgesperrt hatte. An diesem Tag schien es keine anderen Nachrichten auf dieser Welt zu geben.

Er hörte Susan in der Küche rumoren, einen Augenblick später tauchte sie auf, drückte ihm wortlos eine Dose Bier in die Hand und setzte sich aufs Sofa. Wie selbstverständlich setzte er sich dazu, nahm die Fernbedienung und drehte den Fernsehton lauter.

Ein Nachrichtensprecher versuchte sich gerade an einer Analyse der Situation, aber weit kam er nicht mit seinen Bemühungen. Zwischen den Zeilen wurde schnell klar, dass es keine Neuigkeiten gab, weder was den Verbleib von Samuel Cole noch die Identität seiner Entführer anging.

Es war ein allgemeines Rätsel, weshalb die Täter sich ausgerechnet den Sohn von Aidan Cole ausgesucht hatten. Aidan Cole war im Grunde genommen das, was man manchmal etwas despektierlich einen Gutmenschen nannte. Er hatte Geld, aber er spendete auch reichlich und engagierte sich bei Wohltätigkeitsveranstaltungen. Wo er es für nötig hielt, fand er klare Worte, wenn es um Missstände auf diesem Planeten ging, und er scheute auch nicht davor zurück, diese Worte den Mächtigen dieser Welt direkt ins Gesicht zu sagen, wenn sich die Gelegenheit ergab. Beinharte Fans hatten in ihm schon mehrfach den nächsten Friedensnobelpreisträger gesehen.

Aber auch solche Menschen hatten Feinde. Wer Geld hatte, der hatte auch Neider. Ein geschasster Mitarbeiter war schnell in den Fokus der polizeilichen Ermittlungen geraten, ebenso wie besessene Fans, die immer mal wieder versuchten, ihrem Idol näher zu sein als gut für sie war. Oder gut für Aidan Cole. Irgendein Spaßvogel brachte sogar die IRA als Urheber der Entführung ins Spiel.

Aber so sehr man auch in der nahen und fernen Vergangenheit wühlte, es fand sich keine heiße Spur. Ein Reporter brachte die banale Erkenntnis schließlich auf den Punkt: Als Täter kam wohl nur jemand in Frage, der dringend Geld brauchte. Das wiederum traf auf einen Großteil der irischen Bevölkerung zu. Fin eingeschlossen.

Sie schauten eine Weile zu und tranken schweigend ihr Bier. Es fühlte sich fast an wie früher, als sie noch verheiratet waren, nur die Umgebung war fremd. Einmal meldete sich Fins Handy, aber er drückte den Anruf weg. Das Display hatte Caitlins Namen angezeigt, und er konnte sich denken, weshalb sie anrief. Sie hatte wohl vergeblich auf seinen großen Auftritt im Fernsehen gewartet. Aber er verspürte keine große Lust, ihr jetzt und hier Rede und Antwort zu stehen.

»Da ist Samuel«, bemerkte Susan und deutete mit dem Kinn auf den Bildschirm, als müsse sie Fin extra darauf aufmerksam machen.

Die Szene zeigte Aidan Cole nebst Gattin und Sohn bei einer Preisverleihung in Dublin Anfang des Jahres. Fin musste Lily Recht geben, Samuel Cole sah tatsächlich gut aus, wenn man das von einem Achtzehnjährigen behaupten konnte. Das Aussehen hatte er ganz offensichtlich von seiner schönen Mutter in die Wiege gelegt bekommen, er war blond wie sie, nicht besonders groß, eher schmal, fast zerbrechlich. Für die Kameras hatte er nur einen scheuen Blick übrig, ganz im Gegensatz zu seinem souveränen Vater, der den Umgang mit den Medien gewohnt war. Es schienen die aktuellsten und wohl auch die einzigen Aufnahmen der Familie zu sein. Aidan Cole führte mit seiner Familie ein eher zurückgezogenes Leben.

»Ich mag mir gar nicht vorstellen, dass dieser Junge noch vor zwei Wochen an unserem Küchentisch gesessen hat.«

Fin sah Susan überrascht an.

»Er und Matthew haben sich lange unterhalten.«

»Worüber?«

»Nichts Besonderes. Samuel wollte von Matt ein paar Tipps haben, wie man recherchiert. Er ist schließlich Journalist und kennt sich mit so was aus«, antwortete Susan, »es ging wohl um dieses Geschichtsprojekt in der Schule.«

Als zum wiederholten Mal der Appell der Eltern an die Entführer eingespielt wurde, drehte Fin den Ton leiser. »Als ich dich heute Abend gefragt habe, wo Matthew ist, sagtest du zuerst, du hast keine Ahnung. Warum hast du mir nicht gleich gesagt, dass er in Kinsale ist?«

Susan zuckte nur mit den Achseln.

»Dem Polizisten eben hast du gesagt, Matthew sei beruflich unterwegs.«

»Na und? Spielt das eine Rolle?«

Er schaltete den Fernseher aus und sah seine Ex-Frau an. »Susan, was läuft hier?«

»Nichts«, erwiderte sie mit ausdrucksloser Miene, »was soll sein?«

Da war er wieder, dieser leise aggressive Unterton. Susan war wieder auf Konfrontationskurs. Fin fragte sich, wann sie damit angefangen hatte, diese Mauer um sich herum hochzuziehen und zu glauben, sich ständig verteidigen zu müssen, auch wenn sie gar nicht angegriffen wurde. Dann fing sie an, jede Frage, die ihr nicht passte, mit einer Gegenfrage zu beantworten. In den letzten Jahren ihrer Ehe hatte Susan diese Taktik perfektioniert, und Fin hatte sich oft genug die Zähne ausgebissen. Dieses Mal wollte er nicht so schnell aufgeben. Doch ehe er etwas sagen konnte, klingelte das Telefon. Susan sprang auf und griff danach wie nach einem Rettungsring.

»Hallo …?« Sie lauschte. »Hallo … wer ist da?« Sie ließ den Hörer sinken und schaute Fin an. »Aufgelegt.«

Fin nahm ihr den Hörer aus der Hand, rief das Menü auf

und durchsuchte die Anruferliste. Bei keiner der Verbindungen der letzten zwei Tage war eine Rufnummer gespeichert worden. »Hat der Anrufer was gesagt?«

Sie schüttelte den Kopf.

»Ist das öfter vorgekommen in letzter Zeit?« Wieder fiel ihm die Schneekönigin ein.

»Nein, eigentlich nicht.«

Er wusste, dass sie ihn anlog. »Eigentlich?«

Das Telefon klingelte erneut.

Susan wollte danach greifen, aber Fin kam ihr zuvor. Er meldete sich mit einem schlichten »Ja, bitte?«

Es dauerte einen Moment, bis sich am anderen Ende der Leitung jemand räusperte. Eine raue kehlige Stimme, die nach zwei Päckchen Zigaretten am Tag klang. »Hören Sie, Clarke, lassen Sie die Finger von der Sache. Ist besser für Sie.«

Mehr nicht.

Fin wählte sich wieder in die Anruferliste ein, aber die Nummer war unterdrückt worden.

»Wer war es?«

»Falsch verbunden.«

Er sah ihr an, dass sie ihm nicht glaubte. Er legte das Telefon zurück in die Station und versuchte, seiner Stimme einen beiläufigen Klang zu geben. »Hat Matthew gesagt, wann er wieder zurück ist?«

»Konnte er noch nicht sagen. Er meinte zwar, der Wasserrohrbruch sei nur halb so schlimm, aber er hat offenbar Schwierigkeiten, einen Handwerker zu finden«, antwortete Susan.

»Wann hast du zuletzt mit ihm gesprochen?«

»Gestern Abend.« Sie sah auf die Uhr und korrigierte sich. »Nein, vorgestern Abend.«

»Hast du nicht versucht, ihn zu erreichen? Ich meine, wegen des Einbruchs.«

»Natürlich. Aber er geht nicht ran.« Auch Susan schien zu

spüren, dass hier etwas nicht stimmte. »Das ist eigentlich nicht seine Art …«

»Weißt du, an was er aktuell gerade arbeitet?«

»Nicht direkt. Ich weiß nur, dass RTÉ im Herbst mit einer neuen Magazinsendung startet, da hat er ziemlich viel Stress zurzeit.«

»Worum geht es da?«

»Ein Reise- und Urlaubsmagazin.«

Fin war sich sicher, woran auch immer Matthew Clarke gerade arbeitete, es hatte nichts mit weißen Stränden oder Kreuzfahrten zu tun. Er musste auf irgendetwas Interessanteres gestoßen sein. Etwas, das er nicht mal Susan anvertraut hatte. Und es hatte mit dem Einbruch zu tun. Wer heute am helllichten Tag ins Haus eingedrungen war, war nicht auf Diebesgut aus gewesen. Er hatte etwas gesucht. Etwas ganz Bestimmtes.

Fin war sich sicher, dass Matthew nicht wegen eines Wasserrohrbruchs in Kinsale war. Wenn er überhaupt dort war.

»Fin?«

»Ja?«

Der nächste Satz kostete Susan erhebliche Überwindung. »Kannst du heute Nacht hierbleiben …? Ich meine … ich würde mich sicherer fühlen, wenn du …«

Er nickte. Die Produktionsfirma hatte zwar Hotelzimmer für ihn und die anderen Kandidaten der Show gebucht, aber daran dachte er jetzt nicht mehr. »Klar, kein Problem. Ich kann auf dem Sofa schlafen.«

5. Matthew

Das Klingeln eines Telefons weckte ihn am frühen Morgen. Es war ein ungewohnter Signalton, ebenso ungewohnt wie die Umgebung, in der er aufwachte. Das Sofa war weich und modern, aber zum Schlafen nur bedingt geeignet. Wenigstens hatte er seine Sporttasche, die er für den Trip nach Dublin gepackt hatte, noch im Auto gehabt, so dass er nicht in Jeans und Hemd hatte schlafen müssen.

Noch während er sich vorsichtig ausstreckte, hörte er Schritte die Treppe runterkommen und einen Augenblick später Susans Stimme. »Matthew! ... Ich hab' den ganzen Tag versucht, dich zu erreichen! Wo steckst du, verdammt noch mal ...? Das interessiert mich gerade einen Scheißdreck ...«

Das hörte sich ganz nach einem veritablen Anschiss an. Fin konnte sich ein Grinsen nicht verkneifen. Es war schön, dass er Zeuge sein durfte, wie zur Abwechslung mal jemand anderes zur Zielscheibe für Susans schlechte Laune wurde.

Er nutzte die Gelegenheit und verschwand kurz aufs Klo, wobei es ihm gerade noch gelang, sich Pebbles vom Hals zu halten, die sich anschickte, ihn zu begrüßen wie einen lange vermissten Freund. Als er zurückkam, lief Susan Gräben in den Flur.

»Ich fahre nach Kinsale«, teilte sie ihm kurzentschlossen mit, als sie ihn erspähte.

»Was hat Matthew gesagt?«

»Er hat sein Handy verloren. Er musste sich erst ein neues

besorgen. Er hat mir die Nummer durchgegeben.« Sie deutete auf den Notizzettel neben dem Telefon.

»Hast du ihm von dem Einbruch erzählt?«

»Natürlich. Er meinte nur, die Polizei solle sich drum kümmern.« Es war Susan anzusehen, dass Matthew es sich in ihren Augen verdammt einfach machte. »Kannst du so lange auf Lily aufpassen?«

Nichts lieber als das, aber Lily war alt genug, dass sie gut alleine auf sich aufpassen konnte. »Was hast du vor?« Vermutlich nichts, was Fin gutheißen würde, wenn er an den Anrufer von gestern Abend dachte.

»Ich will wissen, was da los ist«, antwortete Susan, »ob … ob Matthew vielleicht …«

Ehe er darüber nachdenken konnte, waren die Worte schon raus. »Vielleicht eine andere hat?«, vollendete Fin an ihrer Stelle.

Natürlich gönnte sie ihm einen möglichen Triumph nicht. »Er hat keine andere.«

»Aber ganz sicher bist du dir nicht, oder?«

»Kann es sein, dass du eifersüchtig bist, Finbar O'Malley?«

»Wie bitte?« Er starrte sie an. »Eifersüchtig? Ich?«

»Bloß weil du jedem Rock hinterherhechelst, heißt das noch lange nicht, dass Matthew genauso ist. Du scheinst ja nur drauf zu warten, dass er mich betrügt.«

»Ich bin nicht eifersüchtig!«, gab Fin pampig zurück. Eigentlich konnte es ihm egal sein, aber wahrscheinlich irrte sie sich diesbezüglich sowieso. Da war etwas ganz anderes im Busch. Und Fin hielt es für keine gute Idee, dass Susan es unbedingt herausfinden wollte.

Wieder riss ihn ein Telefon aus seinen Gedanken. Dieses Mal war es sein eigenes, das noch im Wohnzimmer auf dem Tisch lag. Eine unbekannte Nummer.

»Hallo, Fin.«

Matthew.

Fin erinnerte sich, dass er ihm mal vor langer Zeit seine Nummer gegeben hatte. Und wunderte sich gerade, dass Matthew sie immer noch auswendig wusste, obwohl er sein Handy verloren hatte.

»Susan hat mir erzählt, dass du in Dublin bist. Du, ich bin dir echt dankbar, dass du dich um die Sache mit dem Einbruch kümmerst. Ich kann nämlich hier gerade nicht weg und ich mach' mir echt große Sorgen um sie.«

»Ja, sie ist ziemlich durch den Wind«, entgegnete Fin vorsichtig in Erwartung dessen, was da noch kommen würde. »Hast du endlich 'nen Klempner gefunden?«

»'nen Klempner? Äh ja, hab' ich. Läuft. Sag mal … hast du 'n bisschen Zeit übrig und kannst bei Susan in Dublin bleiben, bis ich wieder da bin? Würde mir echt 'n Stein vom Herzen fallen.«

»Könnte schwierig werden.«

»Schwierig?«

»Sie ist schon halb auf dem Weg zu dir.«

Spätestens jetzt wusste auch Susan, wer am anderen Ende der Leitung war.

»Bloß nicht! Hör zu, du musst sie davon abhalten, ja?«

»Matt, was ist los?«

»Ich kann sie hier gerade überhaupt nicht gebrauchen!«

»Du kennst sie, sie hat ihren eigenen Kopf.«

»Sie soll in Dublin bleiben! Und pass auf sie auf! Und auf Lily!« Es war fast schon ein Flehen. »Ich muss jetzt Schluss machen. Ich melde mich wieder, sobald ich kann.«

Er verschwand aus der Leitung.

»Und? Was wollte er von dir?«, verlangte Susan umgehend zu wissen.

»Du sollst in Dublin bleiben. Und ich soll auf dich aufpassen.«

Susan schnaubte verächtlich. »Vergiss es!« Sie öffnete einen Wandschrank im Flur und zerrte eine Reisetasche hervor. Er schaute ihr hinterher, wie sie die Treppe hinaufstampfte in Richtung Schlafzimmer.

»Musst du heute nicht arbeiten?« Es war ein halbherziger Versuch, sie von ihrem Vorhaben abzuhalten.

»Es ist Samstag, Fin!«, war die knappe Antwort.

Er blieb ratlos im Flur zurück. Wollte Susan allen Ernstes nach Kinsale fahren, weil sie überzeugt war, Matthew mit einer anderen anzutreffen? Hatte er ihr jemals einen Grund zu dieser Annahme gegeben? Susan war ein gebranntes Kind, was Untreue anging. Fin hatte ihr mehr als einen Seitensprung beichten müssen. Aber Matthew?

Was wusste er schon von ihm? Sie waren einander ein paar Mal begegnet, wenn er in Dublin war, um Lily zu sehen. Einmal hatte Susan Fin sogar zum Abendessen eingeladen, und er und Matthew hatten sich einen Abend lang über Gaelic Football unterhalten. Er war ein angenehmer Mensch, der die Tatsache, dass er zu Irlands besserverdienender Oberschicht gehörte, nie rauskehrte, was Fin, der notorisch pleite war, ihm wiederum hoch anrechnete. Er konnte nichts Schlechtes über Matthew sagen, und im Grunde gönnte er Susan diese neue Beziehung. Solange Matthew sich nicht als Vater von Lily aufspielte, was er bislang aber tunlichst vermieden hatte.

Er konnte sich keinen Reim darauf machen, was da gerade ablief. Eins allerdings war ihm als ehemaligem Polizisten klar. Einer von vielen Gründen für ein neues Handy, außer der Tatsache, dass man das alte verloren hatte, war der dringende Wunsch, nicht ausfindig gemacht zu werden. Und das gefiel Fin überhaupt nicht.

Er durfte Susan nicht fahren lassen. Eine Lösung musste her und zwar rasch.

Derweil kam Lily die Treppe runtergeschlurft, noch schlaftrunken, in einem übergroßen T-Shirt, und hauchte ihm einen Kuss auf die Wange. »Morgen, Dad.«

Er merkte es kaum.

Sie verschwand in der Küche, Sekunden später klapperten Tassen und der Wasserhahn wurde aufgedreht. »Willst du auch Kaffee?«, rief sie.

Er würde Susan nicht allein nach Kinsale fahren lassen. Was auch immer ihn dort erwartete, er war lange genug Polizist gewesen, um mit jeder Situation umgehen zu können. Vielleicht war es sogar gar keine schlechte Idee, aus Dublin wegzukommen. Schließlich wusste niemand, ob die Einbrecher gefunden hatten, wonach sie gesucht hatten. Vielleicht würden sie wiederkommen.

»Susan, ich fahre dich nach Kinsale!«, rief er über die Treppe nach oben.

»Brauchst du nicht. Ich kann alleine fahren.«

Sicher konnte sie das, aber er würde es nicht zulassen. »Kommt nicht in Frage. Ich fahre. Und wir nehmen meinen Wagen.«

Susans Kopf erschien am oberen Treppengeländer. »Und Lily?«

»Kommt natürlich mit.«

»Wie bitte?« Lily stand in der Küchentür und hatte alles mitangehört. »Kommt überhaupt nicht in Frage!«

»Das hast du nicht zu entscheiden. Zieh dich an und pack ein paar Sachen«, ertönte Susans Stimme von oben.

»Das geht nicht«, gab Lily patzig zurück, »Emily schmeißt heute Abend ihre Geburtstagsparty!«

»Keine Diskussion!«

»Und Pebbles?« Die Hündin tauchte neben ihr in der Tür auf und schaute neugierig von einem zum anderen.

Fin seufzte. »Sie kommt natürlich auch mit.«

Pebbles schmachtete ihn mit ihren schokoladenbraunen Augen an und wedelte mit dem Schwanz. Gerade so, als ob sie jedes einzelne Wort verstanden hätte.

Während Susan packte und Lily meckerte, sprang er kurz unter die Dusche und zog sich an. Als er seine Tasche ins Auto warf, wurde er stutzig. Irgendetwas war anders. Das Handschuhfach stand offen. Und der Handwerkskasten, der seinen Platz im Fußraum hinter dem Fahrersitz hatte, stand oben auf der Rückbank.

Fin schloss den alten Land Rover nie ab. Abgesehen davon, dass das Schloss kaputt war, würde niemand, der halbwegs bei Verstand war, diese alte Rostlaube klauen.

Jemand hatte den Wagen durchwühlt. Auf den ersten Blick fehlte nichts. Fin fragte sich, wonach der oder die Diebe gesucht haben könnten? Waren es dieselben wie gestern? Waren sie noch in der Nähe? Hatten sie geglaubt, in dem Wagen das zu finden, was sie im Haus vergebens gesucht hatten? Hatten sie etwa Fins alte Karre für Matthews Wagen gehalten? So wie der Anrufer ihn mit Matthew verwechselt hatte?

Oder hatte die Schneekönigin ihre Finger im Spiel? Auch wenn ihr Anruf bereits einen Monat zurücklag, hatte Fin ihre subtile Drohung nicht vergessen.

Ob sie ihn beobachtete?

Nein, das hier galt eindeutig Matthew Clarke.

Was, wenn der nächtliche Besucher mehr getan hatte, als nur den Wagen zu durchsuchen?

Fin öffnete vorsichtig die Kühlerhaube und warf einen Blick in den Motorraum. Alles sah aus wie immer.

Wäre er in Nordirland, wäre er ein Polizist oder eine andere Person von öffentlichem Interesse, würde er sich auf den Boden legen und unter den Wagen spähen, auf der Suche nach einem versteckten Sprengsatz, der hochging, sobald er den Motor startete. Aber hier und jetzt erschien es ihm albern. Trotzdem, ein mulmiges Gefühl blieb.

Er beschloss, die Entdeckung für sich zu behalten und Susan nicht unnötig zu beunruhigen. Aber es bestärkte ihn in seinem Plan, Susan nach Kinsale zu begleiten und Lily mitzunehmen.

Sein Handy klingelte.

»Du bist schwerer zu erreichen als unser Staatspräsident«, schmetterte ihm eine unverschämt muntere Caitlin da Silva statt eines Guten Morgen entgegen, »was war los? Warum warst du nicht im Fernsehen?«

»Mir ist was dazwischengekommen.«

»Wie das?«

Er schilderte ihr in knappen Worten, was sich seit gestern Abend ereignet hatte, auch das ungute Gefühl, das er bezüglich Matthew hatte. Er wusste, dass er vor Caitlin keine Geheimnisse haben konnte. Sie merkte schnell, wenn er ihr etwas vorenthielt, was hauptsächlich daran lag, dass er leicht zu durchschauen war.

»Pass auf dich auf, Fin, keine Alleingänge«, warnte sie, »denk dran, du bist kein Polizist mehr.«

»Das musst du mir nicht ständig unter die Nase reiben«, beschwerte er sich, »aber vielleicht ist alles ganz harmlos und er hat tatsächlich 'ne andere.«

»Trotzdem ... Ruf mich an, wenn was ist, okay?«

»Mach ich.«

»Versprochen?«

»Versprochen.«

Er beendete das Gespräch, als Susan mit ihrer Tasche in der Haustür auftauchte.

»Mit wem hast du geredet?«, fragte sie neugierig.

Susan kannte Caitlin nicht. Sie wusste zwar, dass es in Donegal offensichtlich jemanden gab, aber bisher hatte nur Lily Caitlins Bekanntschaft gemacht.

»Nicht so wichtig.«

6. Kinsale

»Es geht ans Meer. Freust du dich nicht?«

»Ich lebe in Dublin. Ich kann jeden Tag Meer haben, so viel ich will.« Fins Aufmunterungsversuch stieß auf taube Ohren. Lily saß auf der Rückbank und schmollte.

Er nahm einen neuen Anlauf. »Es sind Ferien, Lily, deine Freundinnen werden dich beneiden.«

Wohl kaum. Lily war keine zwölf mehr, mit Ponyreiten und Sandburgenbauen konnte man sie schon lange nicht mehr locken. Sie sonderte ein undefinierbares Grunzen ab, stopfte sich die Stöpsel ihres Smartphones in die Ohren und wandte sich ab. Ihr finsterer Blick strafte die vorbeiziehende Landschaft, seit sie Dublin verlassen hatten.

Er hatte den Land Rover ohne Probleme starten können, wenn man von den üblichen Protesten absah, die der Motor immer absonderte, wenn man ihn anließ. Trotzdem hatte er Susan erklärt, er müsse noch tanken, bevor sie sich auf den Weg machten. An der nächsten Tankstelle hatte er sich einen Mechaniker zur Seite genommen und was von merkwürdigen Geräuschen im Motor gefaselt. Der Mann hatte ihn verwundert angeschaut, verwundert, weil sich dieser klapprige Haufen Altmetall überhaupt noch von der Stelle bewegte. Er hatte ihn sich bereitwillig angeschaut, aber nichts gefunden, was Fin nicht schon wusste. Das alles kostete Zeit und ein paar von Susans eh schon spärlichen Geduldsfäden.

Fin nahm die M8 Richtung Cork. Misstrauisch beäugte er im

Rückspiegel jedes Auto, das länger als fünf Kilometer hinter ihnen blieb. Manchmal fuhr er absichtlich langsam, um den Hintermann zum Überholen zu zwingen. Es war nicht einfach, den Verkehr im Auge zu behalten, ohne dass Susan Verdacht schöpfte.

Mit ausdrucksloser Miene saß sie neben ihm, sie hatte nicht viel geredet, seit sie losgefahren waren. In der Eile des Aufbruchs hatte sie nur flüchtig Makeup aufgelegt und die langen dunkelblonden Haare der Einfachheit halber zu einem Pferdeschwanz gebunden. Sie trug nicht mal Schmuck, nur eine schmale goldene Armbanduhr. Fin hatte sie ihr zum zehnten Hochzeitstag geschenkt. Er wunderte sich, dass die Uhr nicht wie so viele andere Erinnerungsstücke in irgendeiner Schublade gelandet und verstaubt war. In der alten bequemen Jeans und der hellen Leinenbluse wirkte sie entspannt, gerade so als ob sie tatsächlich auf dem Weg in die Ferien war. Fin erinnerte sich an eine Fahrt nach Rosscarbery, sie hatten für drei Wochen einen Caravan direkt am Meer gemietet. Lily war damals höchstens zehn gewesen. Damals. Als die Welt noch in Ordnung gewesen war.

Eigentlich hatte er keinen Grund, Susan beizustehen. Sie hatte ihm seinen großen Auftritt vermasselt, seine Chance, endlich aus diesem Loch herauszuklettern, in dem er schon eine ganze Weile vor sich hin vegetierte, weil er keinen blassen Schimmer hatte, was er mit seinem Leben anfangen sollte, seit er seinen Job geschmissen hatte. Er hatte einen Silberstreifen am Horizont gesehen, und Susan hatte ihn ausgeknipst. Er hätte seinen Krempel packen und nach Donegal zurückfahren sollen. Sollte sie doch sehen, wie sie klarkam mit ihrem Matthew. Es war ihm egal.

Nein, war es nicht. Siebzehn Jahre geteiltes Leben hatten ihre Spuren hinterlassen. Bei Susan und bei ihm. Die gemeinsame Zeit konnte man nicht einfach wegwischen wie verschüttete

Milch. Er hatte diese Frau einmal sehr geliebt. Und er war nicht unschuldig am Ende ihrer Ehe.

Aber würde er sich freuen, wenn sich Susans Verdacht am Ende bewahrheitete und Matthew tatsächlich eine andere hatte?

Nein.

Ganz abgesehen davon, dass ihm seine Nase sagte, dass hinter Matthews merkwürdigem Verhalten etwas ganz anderes steckte als eine Affäre.

Und dann war da schließlich noch Lily.

Seit dem Anruf am gestrigen Abend hatte sich dieses dumpfe Gefühl von Bedrohung bei ihm eingeschlichen und es sich in seinem Inneren so richtig gemütlich gemacht. Und solange er nicht wusste, aus welcher Richtung diese Bedrohung kam, hätte er in Donegal keine ruhige Minute gehabt. In einer Hinsicht hatte Susan vollkommen Recht, er hatte seinen Dienstausweis und seine Waffe abgegeben, aber der Polizist in ihm lebte weiter.

Er schaute wieder in den Rückspiegel. Fuhr diese silberne Limousine nicht schon seit Dublin in ihrem Windschatten? Er war schon drauf und dran, einen Umweg zu riskieren, um das herauszufinden, als der Wagen hinter ihm die Abfahrt Richtung Kilkenny nahm.

Am frühen Nachmittag erreichten sie Kinsale. Sie hatten länger gebraucht als geplant. Die Straßen waren verstopft mit Urlaubern und Wochenendausflüglern, dicke Wohnmobile hatten kilometerlange Staus hinter sich hergezogen und Scharen von neonbunt gekleideten Radfahrern drängelten sich todesmutig zwischen die Stoßstangen.

Am Ortseingang übernahm Susan das Kommando und lotste ihn zu Matthews Ferienhaus. »Da vorne musst du links fahren«, dirigierte sie ihn.

Die Straße war eng und kurvenreich, hier und da blitzte ein Hausdach über die hohen wuchernden Hecken.

»Die Einfahrt ist direkt hinter der nächsten Kurve.«

Fin bremste ab. Er bog in die Einfahrt ein und fluchte, als er einem BMW ausweichen musste, der dicht an der Hecke abgestellt war. Es war Wochenende, die Touristen nutzten jeden verfügbaren Winkel, um ihre Autos loszuwerden. Fin stellte seinen Land Rover neben Matthews dunkelblauen SUV, der vor der Tür parkte.

Das Ferienhaus war ein hübsches kleines Cottage, mit einer weißgetünchten Fassade, einem tief herabgezogenem Dach mit zwei Gauben und einem Kamin auf jeder Seite des Hauses. Der Garten war eher von der pflegeleichten Art, der Rasen schien frisch gemäht, eine robuste Holzbank unter Palmen verbreitete mediterranes Flair. Mit ein paar mehr Blumen wäre die Idylle perfekt gewesen.

Susan hatte einen Schlüssel und betrat das Haus, ohne anzuklopfen. »Matthew?«

Sie bekam keine Antwort. Sie ging durch den winzigen Flur in die Küche und warf einen Blick ins Wohnzimmer, aber niemand antwortete auf ihr Rufen. »Matt scheint nicht da zu sein.«

»Aber sein Wagen steht vor der Tür«, bemerkte Lily überflüssigerweise, nahm ihre Tasche und trug sie hinauf unters Dach. Pebbles machte sich auf die Suche nach ihrem Futternapf.

Fin war Susan in die Küche gefolgt, schaute sich um und warf wie beiläufig einen Blick in die Spüle. »Hat er gesagt, wo der Wasserrohrbruch genau war?« Er drehte den Hahn auf und ließ das Wasser eine Weile laufen.

»Du glaubst nicht an die Geschichte, oder?«, fragte Susan mit einem schnippischen Unterton.

Fin verkniff sich eine Antwort. Das Wasser verschwand anstandslos im Ausguss. Sicherheitshalber wollte er auch das Bad inspizieren, als ihm etwas auffiel. Susan bemerkte es im selben Moment.

Die Tür, die aus der Küche in den hinteren Teil des Gartens führte, war nur angelehnt.

»Vielleicht ist er draußen.«

»Dann hätte er uns sicher gehört«, zweifelte Fin.

Er warf einen Blick nach draußen. Ein leichter Nieselregen hatte eingesetzt. Im Garten rührte sich nichts, nur eine Möwe stolzierte über den kurzgeschorenen Rasen. Alles wirkte friedlich, doch die Idylle hatte Risse bekommen.

Er konnte sich irren, aber das Schloss war möglicherweise aufgehebelt. Waren Einbrecher am Werk gewesen? Die Wohnung sah nicht danach aus, als ob sie durchwühlt worden war. Aber das wollte nichts heißen.

Susan hatte den gleichen Gedanken. »Meinst du, es war jemand hier drin?«

Im selben Augenblick klopfte es an der Haustür.

Fin sah sie an. »Erwarten wir Besuch?«

»Vielleicht der Klempner?«

Ehe sie sich rühren konnte, war er schon auf dem Weg zur Tür.

Die zwei Männer, die draußen standen, sahen nicht wie Klempner aus. Mit ihren dunklen Anzügen und den noch dunkleren Sonnenbrillen erinnerten sie ein wenig an die Blues Brothers. Nur die Hüte fehlten. Die beiden füllten mit ihren breiten Schultern den Türrahmen fast komplett aus.

»Wo ist Mr. Clarke?«, bellte der eine. Höflichkeit war nicht seine Sache.

»Tag auch.«

»Ich hab' nach Matthew Clarke gefragt!« Geduld war auch nicht sein Ding.

»Ist nicht da.«

Eindeutig nicht die Antwort, die sich der Fragesteller erhofft hatte.

»Verarsch mich nicht!«

Sein Partner legte ihm beruhigend die Hand auf die Schulter, seine Stimme war um einiges freundlicher. »Was mein Kollege auf seine unnachahmlich höfliche Art herausfinden möchte, ist, wo sich der geschätzte Mr Matthew Clarke gerade aufhält.«

»Und wer will das wissen?«

»Sie sind Mister …?«

Fin hatte die Nase voll. »Hören Sie, entweder Sie sagen mir jetzt, was Sie wollen oder Sie verschwinden.«

»Wir möchten Mr Clarke davor bewahren, eine große Dummheit zu machen.«

»Was für eine Dummheit?«

»Das möchten wir Mr Clarke lieber persönlich mitteilen. Sagen Sie uns einfach nur, wo er ist, und wir sind so schnell wieder weg, dass Sie sich kaum noch an uns erinnern werden«, säuselte der Höfliche.

»Ich hab' keine Ahnung, wo er ist.« Und selbst wenn er es wüsste, würde er es diesen beiden Kleiderschränken ganz gewiss nicht auf die Nase binden. Ihm war klar, dass dieser Auftritt nichts Gutes zu bedeuten hatte. »Wenn Sie Matthew etwas mitzuteilen haben, können Sie es auch mir sagen.«

Statt einer Antwort landeten zwei Hände auf seiner Brust, der plötzliche Schubs ließ ihn rückwärts gegen die Garderobe taumeln. Der Gorilla setzte ihm nach, beugte sich vor und steckte seine Nase in sein Gesicht. »An deiner Stelle würd' ich mich raushalten! Also? Wo versteckt sich dieser Arsch?« Sein Atem roch aufdringlich nach Essig, nach Fish & Chips zum Mittagessen.

Fin japste nach Luft und versuchte vergeblich, sich aus der unfreiwilligen Umarmung herauszuwinden, aber das Gewicht des anderen drückte ihn nur noch tiefer in die Wand.

»Wird's bald?«

Er war fürs Grobe zuständig, der Zweite mehr fürs Reden. Er war in der Tür stehengeblieben, vielleicht um zu verhindern, dass Fin das Weite suchte, wovon Fin in diesem Augenblick allerdings weit entfernt war.

»Mein Freund möchte Ihnen nur sehr ungern wehtun.«

Tat er aber. Und er schien es gern zu tun.

»He, wer sind Sie? Was wollen Sie hier?« Susan war im Flur aufgetaucht, die Hände in die Seiten gestemmt und alles andere als ängstlich. »Verschwinden Sie aus meinem Haus!«

»Ah, Sie müssen Mrs Clarke sein«, vermutete der Höflichere der beiden, »wenn ich Ihnen einen guten Rat geben darf–«

Er kam nicht dazu. Aus dem Hintergrund schoss Pebbles heran, wild entschlossen, bei diesem Spiel mitzumachen. Nach der langen Autofahrt war dieses Tänzchen genau die Art Bewegung, die sie jetzt dringend brauchte. Ihre Pfoten landeten auf dem Rücken des ersten Eindringlings, ihre Zähne erwischten den Kragen des Jacketts und zerrten wild daran. Der Mann fluchte und versuchte, den Hund abzuschütteln, was Pebbles' Begeisterung aber nur weiter anfachte. Erst als er von Fin abließ, konnte er sich befreien. Wütend trat er nach der Hündin, aber Pebbles wich geschickt aus und schnappte nach seinem Hosenbein. Offenbar erwischte sie dabei in ihrem Eifer mehr als nur den Anzugstoff, denn der Mann brüllte und taumelte rückwärts.

Eine Holzdiele knarrte, Lily war auf der Treppe stehengeblieben. »Pebbles!«

Die Hündin ließ ihren Spielgefährten los.

»Blödes Vieh!«, brüllte der Mann. Seine Hand fuhr ins Innere seines Jacketts, und Fin war sicher, dass er eine Pistole ziehen würde, aber sein Partner kam ihm zuvor und zog ihn zur Tür.

»Vergiss es!«, zischte er ihn mit zusammengebissenen Zähnen an.

»Aber dieser verdammte Köter hat–«

»Ich sagte, lass es!«

Der Höfliche packte seinen Kompagnon und schubste ihn in

Richtung Haustür. Zu unübersichtlich. Zu viele Zeugen. Zu viel Ärger.

»Richten Sie Mr Clarke einen schönen Gruß aus.« Seine Worte gingen an Susans Adresse, und die Warnung war unmissverständlich. »Er soll seine Finger von der Sache lassen. Wenn er damit an die Öffentlichkeit geht, ist er erledigt.«

Mehr schien seiner Ansicht nach nicht nötig. Er gab dem anderen einen Stoß, dass der wie ein Betrunkener zur Tür hinaus in die Einfahrt torkelte, und folgte ihm. Trotz des Regens ohne Eile, gemessenen Schrittes der eine, humpelnd und jammernd der andere, gingen sie zu dem dunklen BMW, der in der Einfahrt geparkt war, und stiegen ein. Jener BMW, dem Fin eben hatte ausweichen müssen. Der Motor wurde angelassen, und Sekunden später waren sie verschwunden. So schnell, dass Fin sich nicht mal das Kennzeichen merken konnte. Das war unprofessionell. Er ließ nach.

»Wer waren die?«, fragte Susan, während sie ihnen noch hinterherschaute. Auch wenn sie es nie zugegeben hätte, am Zittern ihrer Stimme merkte Fin, wie verstört sie war. Susan konnte so leicht nichts aus der Fassung bringen, aber erst Matthews Verschwinden, dann der Einbruch und nun diese beiden unangenehmen Besucher, das alles verlangte ihr einiges ab.

»Woher soll ich das wissen?«, maulte Fin und tastete sicherheitshalber seine Rippen ab. »Das solltest du vielleicht Matthew fragen.« Es war an der Zeit für ein paar klärende Worte. Er hatte zwar keine Lust auf einen Spaziergang übers Minenfeld, aber vielleicht hatte er Glück. Er musste nur vorsichtig sein. »Susan, ganz im Ernst, ich fürchte, Matt steckt in Schwierigkeiten.«

»Schwierigkeiten? Was für Schwierigkeiten?«, reagierte Susan ungläubig. »Und wovon soll er die Finger lassen?«

»Was weiß ich …« Fin wand sich und suchte die passenden

Worte. »Vielleicht ist er bei Recherchen auf irgendeine heiße Story gestoßen und dabei jemandem auf die Füße getreten.«

»Was redest du da für einen Blödsinn? Matthew ist kein Enthüllungsjournalist!« Sie spuckte das Wort aus wie eine faule Kirsche. »Er ist Redakteur, moderiert hin und wieder mal vor der Kamera, aber nichts Weltbewegendes. Sport, Kultur ... sagte ich doch schon.« Sie sah ihn an und sagte im Brustton der Überzeugung. »Wenn er an irgendeiner Sache dran wäre, wüsste ich davon.«

»Ich wär' mir an deiner Stelle nicht so sicher. Vielleicht weiht er dich ja nicht in alles ein.«

»Was ist hier los, Fin? Hat er dir etwa irgendwas erzählt?«, fauchte sie ihn empört an.

»Ich wünschte, dieser Idiot hätte mir was erzählt«, ärgerte sich Fin, »diese zwei Gorillas eben, die hab' ich mir nicht eingebildet. Und die haben sich nicht in der Tür geirrt!« Zum wiederholten Mal verfluchte er Matthew dafür, dass er Susan und Lily in Gefahr gebracht hatte. Zwei finstere Gestalten, die vor Gewalt nicht zurückschreckten. Ein Einbruch, der nicht die leiseste Spur hinterlassen hatte. Ein anonymer Anrufer, der ihm gedroht hatte. Man musste schon verdammt blauäugig sein, um da keinen Zusammenhang zu sehen.

Er wusste, was der Polizist in ihm drin tun würde. Der Polizist, der er nicht mehr war, wie Caitlin so treffend und nicht zum ersten Mal bemerkt hatte.

»Wir sollten zur Polizei gehen.«

»Hier in Kinsale?«

»Hier in Kinsale. Auf der Stelle.«

»Ich muss Matthew anrufen.« Sie wurde plötzlich hektisch, lief zurück in die Küche, kramte ihr Smartphone aus der Handtasche nebst dem Zettel mit Matthews neuer Nummer und wählte.

Wozu wollte sie ihn anrufen? Brauchte sie seine Erlaubnis,

um zur Polizei zu gehen? Fin seufzte und folgte ihr. »Wir sollten nicht warten.«

Lily war heruntergekommen und in der Tür stehengeblieben. Der ungemütliche Zwischenfall hatte kaum einen Wimpernschlag gedauert, aber lange genug, um sie zu verunsichern. Sie war mit sich selber noch nicht im Reinen, ob sie jetzt Angst haben sollte oder ob sie gerade ein Abenteuer erlebt hatte, das sie so schnell wie möglich ihren Freundinnen erzählen musste. Sie hockte sich neben Pebbles, die sich wieder beruhigt hatte, und kraulte ihren Kopf.

Matthew meldete sich nicht, nicht mal seine Mailbox. Susan steckte das Handy wieder in ihre Tasche. »In Kinsale war der Empfang noch nie besonders gut.« Offenbar brauchte sie eine Erklärung, weshalb sie Matthew nicht erreichte.

»Möglicherweise waren es dieselben Typen, die in euer Haus in Dublin eingestiegen sind«, startete Fin einen neuen Anlauf, sie zu überzeugen. Er sah sich die Hintertür genauer an. In diesem Fall würde die Polizei auch hier vergeblich nach Fingerabdrücken suchen. Wahrscheinlich hatten die Einbrecher schnell gemerkt, dass sie das, wonach sie suchten, nicht im Ferienhaus finden würden. Aber Matthews Wagen stand vor der Tür, also rechneten sie damit, dass er früher oder später zurückkehren musste. Und so hatten sie gewartet. Vielleicht würden sie wiederkommen.

Lily folgte seinen Gedanken und rückte ein paar Schritte näher an ihren Vater. »Ich bleib' keine Sekunde länger in diesem Haus«, meldete sie sich mit Nachdruck zu Wort. Wenigstens sie hatte er auf seiner Seite. Ob mit oder ohne Susan, Fin würde zur Polizei gehen.

In der nächsten Sekunde klingelte Susans Handy.

»Matthew! … Ja, ich hab' gerade versucht, dich anzurufen. Wo steckst du? … Aber ich dachte … Dein Wagen steht doch vor der Tür … Wo ich bin? In Kinsale … Nein, mit Fin. Und

Lily …« Susan rollte mit den Augen und hielt Fin widerstrebend ihr Handy vor die Nase. »Er will mit dir reden.«

»Hallo, Matthew.«

»Was macht ihr, verdammt noch mal, in Kinsale?«, kam anstelle einer Begrüßung. Matthew bemühte sich redlich, ihn nicht anzubrüllen. »Ihr solltet doch in Dublin bleiben! Ihr müsst sofort zurückfahren, hörst du?«

»Vergiss es. Du kennst doch Susan.« Mehr brauchte Fin nicht zu sagen. »Verrat mir lieber, wer deine neuen Freunde sind.«

»Welche neuen Freunde?«

»Zwei Typen in einem schwarzen BMW, die darauf brennen, ein paar Worte mit dir zu wechseln. Was wollen die von dir?«

»Weiß nicht, wovon du redest.«

Die Antwort kam schnell und geschmeidig. Zu schnell und geschmeidig. »Lüg mich nicht an.« Fin entschloss sich zum Frontalangriff. »Hat das was mit deinen Recherchen zu tun?«

»Woher weißt du–«

Treffer. »Ich bin nicht blöd, Matthew. Also, was ist los?«

Schweigen am anderen Ende der Leitung. Es dauerte eine ganze Weile, bis sich Matthew zu einer Antwort durchringen konnte. »Lass uns reden. Aber nicht am Telefon. Kennst du das *Lyon's Inn*?«

»Wer kennt das nicht?«

»Morgen. Um die Mittagszeit. Aber komm allein.«

Er legte auf.

Fin war nicht davon überzeugt, gerade das Richtige zu tun. Er wäre lieber zur Polizei gegangen. Aber gut, Matthew würde seine Chance kriegen. Aber nur diese eine.

»Was hat er gesagt?«, wollte Susan sofort wissen.

»Er will sich morgen mit mir treffen.«

»Wie nett von ihm«, räumte Susan gnädig ein.

»Ich will aber nach Dublin zurück.« Lily war nichts entgangen.

Susan ignorierte ihre Tochter. »Hat er gesagt, was die beiden Typen wollten?«

Er schüttelte den Kopf. »Das wird mir Matthew hoffentlich morgen erklären.«

»Na, der kann was erleben.«

Ausnahmsweise stimmte er seiner Ex voll und ganz zu. Er war sauer auf Matthew. Die Story, die er ihm morgen auftischte, sollte schon verdammt gut sein.

»Und jetzt?«

»Hier können wir jedenfalls nicht bleiben«, antwortete Fin, »wir suchen uns ein Hotel.«

Das war leichter gesagt als getan. Kinsale im Sommer, das waren bunte Häuser und malerische Gassen mit Cafés und Souvenirläden, das war ein blauer Himmel, der sich im Hafenbecken spiegelte, wo unzählige Segelboote träge vor sich hin dümpelten und Möwen kreischend ihre Bahnen zogen. Das waren aber auch Massen von Touristen, die sich durch die engen zugeparkten Straßen schoben, das waren überfüllte Kneipen und ausgebuchte Hotels.

Fin fluchte zwischen zusammengebissenen Zähnen, als er den Land Rover durch die herumwuselnden Touristen manövrierte. Seine Laune besserte sich auch nicht, als es endlich aufhörte zu regnen und die Sonne durch die dunklen Wolken brach, um einen farbenprächtigen Regenbogen über die gesamte Bucht zu spannen. Sie klapperten ein Hotel nach dem anderen ab, aber überall schüttelte man nur bedauernd den Kopf. Als sie schon aufgeben wollten, hatten sie doch noch Glück. Wobei Glück vielleicht nicht ganz das passende Wort war. Das *Ocean Crest* war eine alte angestaubte Familienpension in der zweiten Reihe, von Meerblick keine Spur. An der Rezeption hing ein Bild des Papstes neben einem handgeschriebenen Zettel, mit dem Chris und Sue aus Zimmer 108 jemanden zum Bridgespielen suchten. Das Treppenhaus war düster, der Teppich abgetreten, einen Lift gab es nicht. Auf dem Geländer hatten Generationen von Händen Schweiß und Sonnenmilch verteilt und für eine dunkle, klebrige Patina gesorgt. Ihre beiden Zimmer lagen nach hinten raus, wenigstens war es ruhig.

»Ich geh noch ’ne Runde mit Pebbles«, ließ Lily verlauten. Das Schild »No dogs« an der Rezeption war ihr nicht entgangen, womit klar war, dass die Hündin sehr zu Lilys Verdruss die Nacht im Auto würde verbringen müssen. »Außerdem habt ihr vergessen, Hundefutter mitzunehmen.« Es war nicht ganz klar, an wen der Vorwurf gerichtet war, sicher war nur, dass es nicht ihre Schuld war, dass sie jetzt noch einkaufen musste.

Es fühlte sich merkwürdig an für Fin, mit Susan ein Hotelzimmer zu teilen. Mehr als zwei Jahre waren sie jetzt getrennt, aber die Erinnerung an gemeinsame Familienurlaube war nicht ganz verblasst. Susan verschwand sofort unter der Dusche, während Fin die Beschaffenheit der Matratze testete und sich mangels einer Sitzgelegenheit mit der Fernbedienung aufs Bett verzog.

Auf allen Kanälen dieselben Bilder. Wohin er auch schaltete, eine Sondersendung jagte die nächste, jeder Reporter versprach Neuigkeiten im Fall Cole, obwohl es im Grunde nichts Neues zu verkünden gab. Fin wurde das Gefühl nicht los, dass es für die Fernsehsender vor allem eine willkommene Gelegenheit war, ihre Werbung an den Mann zu bringen.

Immerhin waren Details über die Entführung durchgesickert. Samuel Cole war mit seinem Vater auf einer Straße zwischen Bantry und Kenmare unterwegs gewesen. Auf dem Pass bei *Ardnafola*, der so einsam in den Bergen von Cork lag, dass nicht mal Touristen sich dorthin verirrten, waren sie auf zwei Männer gestoßen, die offensichtlich eine Autopanne hatten. Dass diese Panne nur vorgetäuscht war, merkte Aidan Cole erst, nachdem er ausgestiegen war und seine Hilfe angeboten hatte. Einer der beiden Männer schlug ihn unvermittelt nieder, danach konnte er sich an nichts mehr erinnern. Als er wieder zu Bewusstsein kam, fehlte sowohl von den zwei Männern als auch von Samuel jede Spur. In seinem Wagen fand er einen Zettel, er solle auf keinen Fall die Polizei kontaktieren, wenn ihm das Leben seines Sohnes lieb war. Man werde sich bei ihm melden. Am gleichen Abend hatte ein Kidnapper telefonisch eine Lösegeldforderung gestellt, über deren Höhe die Polizei allerdings Stillschweigen bewahrte. Seitdem herrschte Funkstille

Fin zappte weiter. Wildfremde Menschen auf der Straße wurden interviewt, jeder hatte eine mehr oder weniger fundierte Meinung zu der Tat, alle jedoch zeigten sich schockiert von der Entführung.

Er blieb auf einem Kanal hängen, wo eine Dokumentation gerade die Geschichte der Band *COLE!* aufarbeitete. *Cole* hatte als Schülerband in den Siebzigern angefangen und war während der *Troubles* in Derry großgeworden. Zwei Iren und zwei Briten hatten sich auf die Fahnen geschrieben, mit Rock'n'Roll für den Frieden zu kämpfen. Sie waren mit U2 verglichen worden, hatten in den Anfangsjahren sogar gemeinsame Konzerte gespielt. Die achtziger Jahre schließlich hatten zumindest in Irland den Durchbruch gebracht, *Cole* hatte die ersten großen Hallen gefüllt, die erste Tournee durch Irland und Großbritannien war ausverkauft, ihre Alben waren mit Preisen überhäuft worden. Die Fans liebten sie, feierten sie frenetisch und pilgerten zu Tausenden zu ihren Konzerten. Währenddessen war die Bandgeschichte geprägt von einer Hassliebe zwischen Aidan Cole und dem Gitarristen Milo McCabe, gemeinsam ein begnadetes Singer-Songwriter-Team, aber menschlich so weit voneinander entfernt wie Nordpol und Südpol. Ihr Verhältnis wurde oft mit dem von John Lennon und Paul McCartney verglichen, die manchmal auf offener Bühne ausgetragenen

Streitigkeiten waren legendär. In den Neunzigern machte *Cole* mehr durch Skandale als durch Musik von sich reden, Milos Drogengeschichten brachten die Band mehr als einmal beinahe zu Fall, Aidans erste Ehe endete mit einem tragischen Autounfall. 2003 kam es endgültig zum Bruch, die Band löste sich auf und es wurde ruhig um die Protagonisten. Sieben Jahre später war es Aidan, der die Band neu formierte. Der Name *Cole* blieb, aber er schrieb den Namen der Band fortan in Großbuchstaben und setzte ein Ausrufezeichen dahinter, so als habe er deutlich machen wollen, wer nun das alleinige Sagen hatte. Mit wechselnden Studiomusikern machte er wieder Plattenaufnahmen, gab einige wenige ausgesuchte Konzerte und konnte trotzdem spielend wieder an die Erfolge von früher anknüpfen.

Ein Konzertmitschnitt flimmerte über den Bildschirm. Eine spärlich ausgeleuchtete Bühne, auf der Aidan Cole in seinem schwarzen Outfit kaum zu erkennen war. Mit seinen braunen Locken und der entrückten Pose am Mikrophon wirkte er wie eine Reinkarnation von Jim Morrison, seine dunkle volle Stimme sang von der Suche nach Liebe, von einer Nacht ohne Morgen, von Gespenstern und vom Tod. Seine Musik war experimenteller geworden als früher, was nicht jedem alten Fan gefiel, aber sie fand den Weg in die Ohren neuer Fans. Für die einen war es Melancholie, für andere schlicht Traurigkeit oder gar Schwermut. Für Fin machte es keinen Unterschied. Hier offenbarte sich ihm eine abgrundtief dunkle Seele.

Er fragte sich, was diesen Wandel ausgelöst hatte. War es ein Tribut an das fortgeschrittene Alter?

Fasziniert lauschte er, als Aidan Cole eine fast schon mystische Version des irischen Klassikers *Danny Boy* in die Welt hinaushauchte.

»Er war der Held meiner Jugend«, brach Susan den Bann. Sie kam aus dem Bad, ein großes, fadenscheiniges Handtuch eng um den Körper gewickelt, darauf bedacht, nicht mehr als nötig von ihrer nackten Haut preiszugeben. Gerade so, als ob der Mann auf dem Bett vor ihr ein völlig Fremder für sie war und nicht für beinahe siebzehn Jahre ihr Ehemann.

»Kann mich gar nicht erinnern, dass du mal auf Aidan Cole gestanden hast«, erwiderte Fin und drehte den Ton leiser.

»Na ja, jeder hat doch in seiner Jugend mal 'ne rebellische Phase gehabt.« Sie nahm ein zweites Handtuch und begann, ihre langen Haare trocken zu rubbeln. »Und *Cole* haben Sex & Drugs & Rock'n'Roll nicht nur besungen, sie haben's auch gelebt. Dagegen waren Bono und seine Jungs harmlose Waisenknaben.«

»Du und Sex & Drugs & Rock'n'Roll.« Fin konnte sich ein Grinsen nicht verkneifen. »Kann ich mir gar nicht vorstellen.«

»Aidan Cole war ein verdammt gutaussehender Typ«, ließ Susan unter ihrem Handtuch verlauten, »wobei … ich finde, er sieht immer noch ganz passabel aus. Wenn er bloß nicht diese amerikanische Schnepfe geheiratet hätte.«

Fin zappte ohne großes Interesse weiter durch die Programme, bis er an einer Talkshow hängenblieb. Es musste sich um Archivmaterial handeln, einer der Talkgäste war kein geringerer als Aidan Cole. Und noch ein Gesicht in der Runde kam Fin vertraut vor. Er machte den Ton wieder lauter.

»… über den Verbleib von fünf Millionen Euro an Spendengeldern. In der Sendung *People* hat der RTÉ-Journalist Matthew Clarke den Musiker mit den Vorwürfen konfrontiert.« Die Kommentarstimme aus dem Off begleitete die Bilder einer hitzigen Diskussion. »Aidan Cole wies die Anschuldigungen von sich und verließ schließlich unter Protest das Fernsehstudio.«

»Meine Güte, jetzt graben die doch tatsächlich diese alte Geschichte wieder aus.« Susan war unter ihrem Handtuch aufgetaucht und starrte auf den Bildschirm. Sie spürte, dass Fin sie ansah. Und eine Erklärung von ihr erwartete. »Ja, na und? Das ist mehr als anderthalb Jahre her«, meinte sie, als müsse sie sich an Matthews Stelle entschuldigen, »ist nie rausgekommen, in welchen dunklen Kanälen das Geld versickert ist. Keine Ahnung, was am Ende daraus geworden ist. Ist wahrscheinlich im Sand verlaufen, wie immer bei solchen Geschichten.«

Fin erinnerte sich plötzlich an diese Geschichte. Kurz vor Weihnachten vor zwei Jahren war sie durch alle Medien gegangen. Mitarbeiter der Wohltätigkeitsorganisation *Future4Families*, die Aidan Cole selber vor Jahren gegründet hatte, hatten einige Millionen Euro abgezweigt und in dubiose Firmen investiert. Als die Sache aufflog, war das Geld ebenso wie die Angestellten verschwunden, und Aidan Cole schwor Stein und Bein, dass er von alldem nichts bemerkt habe. Ein Angestellter allerdings, der sich wohl nicht mehr rechtzeitig hatte absetzen können und verhaftet worden war, behauptete am Ende gar, dass Cole selber den fragwürdigen Anlagetipp gegeben habe. Ob er nur seinen Kopf aus der Schlinge hatte ziehen wollen oder ob an dem Vorwurf tatsächlich etwas dran gewesen war, war nie geklärt worden. Die unschönen Details des Skandals hatte Fin nicht mehr parat, mehr als die Schlagzeilen in den Zeitungen war nicht bei ihm hängengeblieben, auch nicht, dass ausgerechnet Matthew derjenige gewesen war, der den Skandal publik gemacht hatte.

»Schätze mal, dass Aidan Cole und Matthew nicht gerade die dicksten Freunde sind«, vermutete Fin.

»Kann man so sagen«, erwiderte Susan, »Matthew hat damals nach der Sendung einen ganz schönen Anschiss von seinem Boss gekriegt. Er war seinen Stargast wohl etwas zu rüde angegangen und die Fragen waren vorher nicht mit der Redaktion abgesprochen. Um ein Haar hätten sie ihn sogar gefeuert.«

Nicht immer machte man sich beliebt, wenn man das Kind

beim Namen nannte und Wahrheiten aussprach, die lieber unausgesprochen bleiben sollten. Wahrscheinlich hatte Matthew in bester Absicht gehandelt, aber wenn man den Großen ans Bein pinkelte, konnte das Ganze auch schnell mal nach hinten losgehen.

»Warum hast du mir nichts davon erzählt?«

Sie zuckte mit den Achseln. »Warum sollte ich? Ich dachte, du wüsstest darüber Bescheid.« Sie zog die Schublade einer Kommode auf, fand, was sie suchte, und Sekunden später dröhnte der Föhn durchs Zimmer.

Fin fragte sich, ob es noch mehr gab, das sie ihm nicht erzählt hatte.

Ein Gedanke nahm in seinem Kopf Gestalt an und wurde allmählich zu einer dunklen Vorahnung, je länger er ihn hin und her wälzte. Der Gedanke war so absurd, dass er ihn nur sehr vorsichtig zu denken, aber keinesfalls auszusprechen wagte. Schon gar nicht in Susans Gegenwart.

Hatte Matthew Clarke etwas mit der Entführung von Samuel Cole zu tun?

7. Lyon's Inn

Das *Lyon's Inn* war eine Institution, eine Legende, ein touristisches Highlight, das nach Ansicht von *Fáilte Ireland* auf keiner Tour durch den Südwesten Irlands fehlen durfte.

Bereits in den dreißiger Jahren des vergangenen Jahrhunderts hatten die Großeltern von Shane und Tara Daly den Wert der Immobilie erkannt. Einsam hoch auf den Klippen über dem Atlantik gelegen, bot das Ausflugslokal einen spektakulären Blick über die Küste und die vorgelagerten Inseln. Mittlerweile sorgte bereits die dritte Generation für das leibliche Wohl der Besucher, und selbst an Tagen wie heute, wenn Nebelschwaden wie Wattebausche an den steilen Klippen pappten und man kaum die eigene Hand vor den Augen sah, winkten Hilfskräfte Reisebusse auf Parkplätze und lenkten die Ströme der hungrigen Gäste.

Hinter der eher schlichten Fassade verbarg sich ein Restaurant, das Urlauberherzen höherschlagen ließ. Vorausgesetzt, man legte keinen Wert auf Haute Cuisine oder Service am Tisch. Während sich die einen auf ein zweites Frühstück freuten und einen überladenen Teller mit fetttriefenden Würstchen, Speck und Eiern an ihren Tisch balancierten, waren andere schon bei Tee und klebrigem Kuchen angelangt. Über allem schwebte der Duft von gebratenem Fisch und Steak, vermischt mit Kaffee und warmem Apfelkuchen, garniert von einer Endlosschleife traditioneller irischer Musik. Der angeschlossene Souvenirshop sorgte am Ende dafür, dass auch wirklich jeder etwas fand, wofür man den Geldbeutel zücken konnte.

Fin, Susan und Lily, die Pebbles im Schlepptau hatte, bahnten sich einen Weg zwischen nassen Rucksäcken und abgestellten Trekkingstöcken und fanden gerade noch einen freien Tisch in der hinteren Ecke. Natürlich hatte Susan darauf bestanden, mitzukommen, und Fin hatte erst gar nicht versucht, sie davon abzuhalten. Was auch immer sich Matthew eingebrockt hatte, das sollte er auch auslöffeln.

»Warum ausgerechnet hier?«, wunderte sie sich, stellte eine Suppentasse auf den Tisch und zog den Stuhl aus der Pfütze, die die Regenjacke vom Nachbartisch hinterlassen hatte.

Das hatte Fin sich anfangs auch gefragt, schließlich gab es lauschigere Plätze für ein klärendes Gespräch. Aber ihm war schnell klar geworden, dass das *Lyon's Inn* der perfekte Ort war, um in der Menge unterzutauchen. Wenn man denn untertauchen wollte. Und Fin nahm an, dass genau das Matthews Absicht war. Es war äußerst unwahrscheinlich, dass ihm an diesem Ort unter den Augen so vieler Zeugen etwas zustoßen würde.

Er schaute sich um, musterte die Menschen im Restaurant. Alle schienen Tagestouristen, dort drüben vor den großen Panoramafenstern ein langer Tisch, der zwei Rucksacktouristen und eine ganze Busladung Senioren beherbergte, an der Essensausgabe ein junges Ehepaar, dessen zwei Kinder sich gerade quengelnd auf den Fußboden warfen, weil sie vermutlich erfolglos um Eis und Schokolade gebettelt hatten, hinten am Eingang ein untersetzter, drahtiger Opa, der sich seine feuchte Glatze mit seinem karierten Holzfällerhemd trocknete. Sie alle schienen nur darauf zu warten, dass die Wolken endlich aufrissen und die Aussicht preisgaben, wegen der sie schließlich alle hier saßen.

Ping.

»Lily, bitte nicht beim Essen.«

Lily fixierte ihr Smartphone, in Sekundenschnelle tippten ihre Finger eine Antwort.

Ping.

»Lily!« Susan kannte kein Pardon.

Lily zog einen Flunsch. »Wenn ich schon zum Urlaub gezwungen werde …« Sie legte ihr Smartphone auf den Tisch und stocherte lustlos in ihrem winzigen Salatteller. Ein einzelnes grünes Blatt fand Gnade vor ihren Augen und wanderte in den Mund.

»Pass auf, dass du dich nicht überfrisst«, warnte Fin.

»Keine Sorge, ich werd' auf keinen Fall so fett wie Ellis Conroy. Die wiegt bestimmt zwei Zentner. Die solltest du mal im Sport sehen. Meine Fresse …«

»Lily, bitte …«, mahnte Susan.

»Passen deine beiden Kniescheiben auch hinter dein Smartphone?«, fragte Fin scheinheilig.

Lily durchschaute ihn. »Ich muss ja nicht jedem Trend hinterherhecheln …«, meinte sie abfällig.

»Ich hab' gehört, es soll Mädchen geben, deren Hirn hinter eine Erbse passt.«

Lily blinzelte ihn aus den Augenwinkeln an, sie konnte nur mühsam ein Grinsen unterdrücken.

Fin nahm einen Schluck von seinem Kaffee und schaute zur Theke. Mangels schöner Aussicht zog der Fernseher unter der Decke alle Blicke auf sich. Natürlich wurde auch hier über die Entführung von Samuel Cole berichtet, wenn auch das Bild ohne Ton daherkam. Zusammen mit dem Laufband am unteren Bildschirmrand, das die aktuellen Börsenkurse kundtat, und der irischen Musik, die ohne Unterlass aus unsichtbaren Lautsprechern dudelte, erschien es ihm wie ein bizarres modernes Schauspiel.

»Woher kenn' ich diesen Kerl?«, fragte Susan unvermittelt.

Das Fernsehbild zeigte einen Reporter, der einen älteren, bärtigen Mann interviewte. Im Hintergrund sah man eine Halle mit Podium, mehrere Leute hielten Plakate in Richtung der Kamera.

»Paddy Cole«, antwortete Fin.

»Aidans Vater?«, fragte Susan nach.

Fin nickte. »Macht wohl gerade Wahlkampf für die Sinn Féin. Er hat einen Sitz im Dáil, den möchte er gerne verteidigen.«

»Der Mann ist mindestens achtzig«, meinte Susan, »da sind andere längst im Ruhestand.«

»Ich glaub', das ist für Padraig Cole kein Thema. So lange der noch kriechen kann, hält er die Fahne hoch.«

»War der nicht in den Siebzigern und Achtzigern bei der IRA?«, meinte Susan sich zu erinnern.

»Man munkelt, er habe Martin McGuinness das Schießen beigebracht«, wusste Fin, »aber welche Rolle er letztendlich genau gespielt hat, ist nie wirklich hinterfragt worden. Er ist so was wie die graue Eminenz der Partei. Busenfreund von Gerry Adams, ich glaub', die zwei spielen zusammen Golf.«

»Uuuuh, der, dessen Name nicht genannt werden darf ...« Lily gab ihrer Stimme einen geheimnisvollen Anstrich.

»Wie bitte?«

»Sammys Großvater. Ich glaub', er und Sammy mochten sich nicht besonders.«

»Sam Cole scheint nicht viele Freunde in seiner Familie zu haben.«

Lily vernichtete das letzte Salatblatt auf ihrem Teller. »Wer weiß, vielleicht ist er gar nicht entführt worden, sondern ist einfach abgehauen.«

»Würdest du's ihm zutrauen?«

Sie dachte einen Moment nach. »Ja, doch, zutrauen würd' ich's ihm.«

Auch wenn es so leichtfertig dahingesagt worden war, es war eine Möglichkeit, die Fin bisher noch gar nicht in Betracht gezogen hatte. Aber eine derartige Aktion hätte Samuel Cole wohl nicht ohne fremde Hilfe bewerkstelligen können. Für die Entführung auf der einsamen Passstraße hätte er mindestens zwei kräftige Männer gebraucht. Wenn er aber nun jemanden kannte, jemanden, der ihn verstand, jemanden, der vielleicht noch eine Rechnung mit seinem Vater offen hatte? Und wenn für diesen Jemand am Ende noch ein bisschen Geld heraussprang …

»War Matthew in letzter Zeit irgendwie anders als sonst?«, begann Fin vorsichtig.

»Nein, er war eigentlich wie immer«, antwortete Susan, »er hat vielleicht ein bisschen mehr gearbeitet als gewöhnlich. Viele Überstunden gemacht.«

»Ich nehme an, bei so viel Arbeit fällt am Ende des Monats auch einiges ab«, tastete sich Fin weiter voran, »ich meine, das Haus in Ballsbridge–«

»Worauf auch immer du rauswillst, Finbar O'Malley«, unterbrach sie ihn, »vergiss es.« Sie schien zu ahnen, in welche Richtung seine Gedanken sich gerade bewegten. »Im Gegensatz zu dir kann Matthew mit Geld umgehen. Und ganz davon abgesehen hat nicht jeder so eine kriminelle Familie wie du.« Den Seitenhieb auf Fins Bruder Sean konnte sie sich nicht verkneifen.

»Da ist Matt.« Lily hatte ihn als Erste entdeckt.

Matthew bahnte sich einen Weg durch die Leute, den Blick abwechselnd nach rechts und links, als fürchtete er, sein Ziel womöglich nicht heil zu erreichen. Matthew, der stets auf ein gepflegtes Äußeres Wert legte, dessen Scheitel mit dem Messer gezogen schien, und der für Fins Geschmack immer einen Hauch zu viel Aftershave auflegte. Heute erinnerte er eher an einen großen Jungen, der beim Äpfelklauen vom Baum gefallen war. Er sah müde und mitgenommen aus, sein Jackett und seine Hose waren zerknittert, als ob er darin geschlafen hätte.

»Entschuldigt mein Aussehen, aber ich hab' im Wagen übernachtet«, sagte er zur Begrüßung.

»Welchem Wagen?«, fragte Susan verwundert.

»Mietwagen.« Er wandte sich an Fin. »Ich sagte doch, du sollst alleine kommen.«

»Das könnte dir so passen!«, funkte Susan dazwischen. »Wenn jemand ein Recht hat, zu erfahren, was hier los ist, dann ja wohl ich!«

Matthew seufzte ergeben, zog sein Jackett aus und hängte es über den freien Stuhl. Ehe er sich setzte, sah er Lily an. »Holst du mir einen Kaffee, bitte? Sei so gut, Liebes.«

Die Schlange an der Theke war gerade besonders lang, Fin war klar, dass er sie außer Hörweite haben wollte. Lily vermutlich auch, aber sie fügte sich und stand auf.

»Also, was sollte die Geschichte mit dem Wasserrohrbruch? Das war doch erstunken und erlogen, oder?«, legte Susan sofort los, kaum dass er sich hingesetzt hatte. »Und was wollten diese beiden Schläger von dir? Wovon sollst du die Finger lassen?«

Matthew zog reflexartig den Kopf ein vor so vielen Fragen auf einmal und schaute hilfesuchend zu Fin. Aber auch hier konnte er keinen Beistand erwarten.

»Was ist los, Matthew? Was soll dieses Theater?«

Er wich ihren Blicken aus, schaute sich zum wiederholten Mal im Lokal um, blieb einen Augenblick am Fernseher hängen und schwieg. Fin hatte nicht den Eindruck, dass er gekommen war, um ihnen reinen Wein einzuschenken. Er sollte Recht behalten. »Könnten wir uns nicht einfach drauf einigen, dass ihr mich in Ruhe lasst und wieder nach Dublin zurückfahrt?«

»Nein!«, antworteten Fin und Susan unisono.

»Hört zu, ich brauch' etwas Zeit. Ich bin da an einer Sache

dran, die …« Wieder schaute er sich um, als fürchtete er unliebsame Zuhörer. Er senkte seine Stimme zu einem konspirativen Raunen. »Ich kann nur so viel sagen, es ist echt eine Riesenstory. Meine Story.«

So viel zu Susans Meinung, Matthew sei kein Enthüllungsjournalist.

»Der Einbruch in Dublin, hat der damit zu tun?« Im Grunde kannte Fin die Antwort bereits.

»Wahrscheinlich«, räumte Matthew widerwillig ein.

»Sag mal, hast du nicht mehr alle Tassen im Schrank?«, entfuhr es Fin. »Bringst Susan und Lily in Gefahr, nur wegen einer blöden Story?«

»Beruhig dich, Fin, ich hab' alles im Griff.«

»Sicher, und die Schramme über deinem Auge hast du dir geholt, als du heute Nacht im Schlaf auf den Schaltknüppel von deinem Wagen geknallt bist«, meinte Fin lakonisch.

Lily war schneller zurück als erwartet und stellte den Kaffee auf den Tisch. Matthew sah die Tasse an, dann Lily. »Ähm, Lily, Schatz, ich glaube, Pebbles möchte vielleicht lieber nach draußen …?«

Lily schaute durch die von Kondenswasser beschlagenen Panoramafenster, vor denen noch immer die Nebelschwaden waberten, dann auf ihre Hündin, die unter dem Tisch lag. Ihr war klar, dass Pebbles in diesem Augenblick genau da war, wo sie sein wollte. Sie sah Matthew an. »Matt, ich bin sechzehn. Sag doch einfach, dass ich mich verpissen soll.« Sie machte auf dem Absatz kehrt und trollte sich, eine unglückliche Pebbles hinter sich herziehend.

Fin musste unfreiwillig lächeln. Es waren Momente wie diese, in denen er seine Tochter ganz besonders liebte.

»Also, wo hast du die Schramme her?«, wollte Susan wissen.

»Spielt keine Rolle.«

»Was haben die in Dublin gesucht? Und wer sind *die*?«,

schob Fin hinterher. »Dieselben, die vor deinem Haus gelauert haben?«

Matthew verschränkte die Arme vor der Brust wie ein bockiges Kind und verschanzte sich dahinter. »Ich kann euch das nicht sagen«, antwortete er fast schon trotzig.

»Matthew, wenn du nicht augenblicklich sagst, was los ist, dann …«, setzte Susan an.

Matthew sah sie mit vorgeschobenem Kinn herausfordernd an.

»… dann geh ich zur Polizei.«

Damit schien er nicht gerechnet zu haben. Langsam löste sich seine Körperhaltung. Aber so schnell gab er nicht klein bei. »Je weniger ihr wisst, desto besser ist es für euch.«

»Danke für deine Rücksichtnahme, aber der Einbruch allein hat mir vollkommen gereicht. Von diesen beiden Idioten gestern will ich gar nicht erst reden«, schnappte Susan, »also?«

Er ließ sich Zeit. Sehr viel Zeit. Wieder schweifte sein Blick voller Unruhe durchs Lokal. Geradezu als ob er damit rechnete, irgendwo eine Ablenkung zu entdecken. Einen Grund, weshalb er seine Karten nicht auf den Tisch legen musste. Aber es sah schlecht für ihn aus.

»Okay«, räumte er schließlich ein, »aber nur unter einer Bedingung.«

»Die wäre?«

»Keine Polizei.«

»Gut«, willigte Susan sofort ein.

Fin tat sich etwas schwerer mit einer Antwort. Er spürte Matthews Blick. Natürlich wusste Matthew, dass Fin in einem früheren, noch nicht allzu fernen Leben Polizist gewesen war. Daher war es bizarr, ausgerechnet von ihm Stillschweigen zu erwarten.

»Einverstanden.« Irgendwie würde er damit klarkommen. Sollte die Sache aus dem Ruder laufen, gab es immer noch Caitlin. Das war Matthew gegenüber vielleicht nicht fair, aber das konnte er immer noch entscheiden, wenn er gehört hatte, was er zu sagen hatte.

So ganz überzeugt schien Matthew nicht zu sein. Fin sah den Zweifel in seinem Blick. Zweifel, ob sie wirklich die Polizei aus dem Spiel ließen. Vielleicht auch Zweifel, ob sie ihn verstehen würden. Oder das, was er zu erzählen hatte.

Schließlich raffte er sich auf und lehnte sich nach vorn auf die Tischplatte, Fin und Susan taten es ihm gleich. Ihre Köpfe rückten näher zusammen. Matthews Worte kamen so leise, dass sie im Chor aus Stimmen, Geschirrklappern und Musik um sie herum fast untergingen. »Es geht um Cole.«

»Cole?« Obwohl Fin es geahnt hatte, glaubte er, sich verhört zu haben.

Susan dagegen hatte sofort verstanden. Auch wenn ihr die Vorstellung noch so absurd erschien, der Satz schlüpfte zwischen ihren Lippen heraus, ehe sie nachdenken konnte. »Hast du was mit der Entführung zu tun?«, zischte sie.

Matthew fuhr zurück und starrte sie entgeistert an. »Wofür hältst du mich?«

»Matt, wenn du irgendwelche Informationen über die Entführung von Samuel Cole hast«, beschwor ihn Fin, »dann musst du–«

»Nein, ich muss gar nichts«, unterbrach Matthew, »außerdem geht es eigentlich nicht um die Entführung.«

»Eigentlich?« Fin ahnte, worum es Matthew tatsächlich ging. »Dich wurmt immer noch die Geschichte mit dem Spendenskandal damals, stimmt's?«

»Wenn du's genau wissen willst, ja. Für mich ist die Sache noch nicht vom Tisch. Irgendwas an seinem Image als Retter von Witwen und Waisen stinkt ganz gewaltig«, behauptete Matthew, »und wenn einer Dreck am Stecken hat, dann sollte man ihn zur Rechenschaft ziehen. Egal, ob er prominent ist oder nicht.«

»Du behauptest also immer noch, dass es bei Coles Organisation *Future4Families* nicht mit rechten Dingen zugeht?«

»Ich behaupte gar nichts. Nicht, so lange ich es nicht beweisen kann«, schränkte Matthew ein und nahm einen Schluck von seinem Kaffee, der längst kalt geworden war.

»Steuerhinterziehung?«, spekulierte Fin.

Matthew gab keine Antwort.

Fin hatte keine Ahnung, womit sich Coles Wohltätigkeitsorganisation genau beschäftigte. Zwar hatte er das Symbol von *Future4Families* vor Augen, drei große Lettern in einem grünen Herzen, über allem ein stilisiertes schützendes Dach, aber er wusste nur, dass sie sich um Obdachlose kümmerte, bevorzugt um Kinder mit und ohne Familie, und dass sie hin und wieder auch als Vermittler von Adoptionen auftrat. Ein generell lobenswertes Engagement, auf das allerdings in letzter Zeit ein dunkler Schatten gefallen war. Irlands Geschichte war voll von Skandalen um Kinder, die ledigen Müttern von wohlmeinenden Institutionen weggenommen und zur Adoption freigegeben worden waren. Erst kürzlich war bekannt geworden, dass nach dem Zweiten Weltkrieg über einen Zeitraum von mehr als dreißig Jahren Waisenkinder auf fragwürdigen Wegen an interessierte Eltern vermittelt worden waren, bevorzugt an katholische Eltern. Man sprach von einigen tausend Iren, die ohne ihr Wissen von ihren Adoptiveltern als ihre leiblichen Kinder registriert worden waren. Einige hundert Kinder hatte man sogar heimlich nach Amerika vermittelt, wobei die katholische Kirche einmal mehr eine unrühmliche Rolle gespielt hatte. Sie war so weit gegangen, nach dem Krieg heimkehrenden US-Soldaten die irischen Waisen regelrecht aufzudrängen, nur um zu verhindern, dass sie möglicherweise in protestantischer Obhut aufwuchsen.

Gab es auch bei *Future4Families* Verantwortliche, die die Regeln ignorierten? Die hier und da ein Auge zudrückten, wenn ein gut gefüllter Briefumschlag heimlich den Besitzer wechselte?

Aber was hatte das mit den verschwundenen Spendengeldern zu tun?

»Hast du eine Idee, was damals wirklich vorgefallen ist? Ich meine, wo das Geld geblieben ist?«

»Fünf Millionen immerhin. Da kann man schon mal schwach werden. Vor allem wenn man gerade etwas klamm ist, weil man sich am Immobilienmarkt verspekuliert hat.« Zu mehr als einer Andeutung wollte sich Matthew nicht herablassen.

»Du meinst, Aidan Cole selber hat in die Portokasse gegriffen?«

Matthews Schweigen konnte man auch als Antwort deuten.

Aber Fin konnte er nicht überzeugen. Matthew mochte Aidan Cole nicht, da konnte man schon mal mit seinem Urteilsvermögen danebenliegen.

»Und was willst du nun hier in Baltimore? Ist vielleicht gerade nicht der beste Zeitpunkt, Cole zur Rede stellen.«

»Das haben seine Bodyguards schon verhindert. Keine Chance.« Matthew fuhr sich beiläufig über die Schramme auf seiner Stirn. »Aber ich hab' einen interessanten Informanten aufgetan. Mit dem werd' ich mich treffen.«

»Mit wem?«

Er schüttelte energisch den Kopf. »Ein guter Reporter gibt seine Quelle nicht preis.«

Ob Matthew ein guter Reporter war, musste er erst noch unter Beweis stellen. Fin fragte sich, ob er seine Lage richtig einzuschätzen wusste. Konnte man Aidan Cole genug kriminelle Energie zutrauen, dass er alles tun würde, um die Aufdeckung eines Skandals zu verhindern? Steckte vielleicht noch mehr dahinter? Was auch immer Matthew ausgegraben hatte, es musste brisant sein, sonst hätte der anonyme Anrufer ihn nicht gewarnt und ihm nicht diese Schläger auf den Hals gehetzt.

»Wenn es stimmt, was du vermutest, dann legst du dich möglicherweise mit Leuten an, denen du nicht gewachsen bist.«

»Manchmal muss man eben was riskieren«, gab Matthew mit einem selbstbewussten Lächeln zurück.

»Aber was nützt dir die beste Story, wenn du am Ende tot bist?«

Ping.

Matthew kam um eine Antwort herum. Er zog sein Smartphone aus der Jacke und warf einen Blick auf die Nachricht. »Tut mir leid, Leute, aber ich muss los.«

»Dein Informant?«

Er lächelte. »Er weiß noch nicht, dass er einer ist. Muss ihn erst noch überreden.« Er stand auf. Fin und Susan taten es ihm gleich und begleiteten ihn nach draußen. Ein leichter Wind war aufgekommen, scheuchte die Nebelschwaden vor sich her und wehte das entfernte Blöken von Schafen von den Hügeln herüber. Über ihren Köpfen flatterten Werbebanner mit der irischen Trikolore um die Wette. Trotz des regnerischen Wetters riss der Strom der Besucher nicht ab. Die drei mussten warten, um über die Straße zum Parkplatz zu gelangen.

Fin war mit dem Ergebnis dieses Treffens nicht wirklich zufrieden. Nach wie vor nagten die Zweifel an ihm, ob Matthew nicht doch was mit der Entführung zu tun hatte. Oder zumindest mehr wusste, als gut für ihn war.

»Du kennst Samuel Cole, nicht wahr?«

»Ja, Lily hat ihn eines Nachmittags angeschleppt. Es ging um ein Projekt für die Schule, an dem die beiden arbeiten. Er wollte ein paar Tipps von einem alten Reporterhasen.«

»Worum ging es dabei?«

»Weiß ich nicht mehr. Ich glaub', irgendwas mit Geschichte oder Archiven«, antwortete Matthew vage.

»War es nicht Ahnenforschung?«

»Wenn du eh alles weißt, weshalb fragst du?«, reagierte er spitz.

»Hör zu, Matthew«, Fin sah ihn eindringlich an. »Die Polizei mag es nicht, wenn man ihre Arbeit behindert–«

»Blödsinn. Ich behindere niemanden. Ich helfe höchstens«, fiel Matthew ihm ins Wort, »wart's ab, du wirst sehen, ich werd' Recht behalten.«

Susan schien ihm mehr zu vertrauen. »Pass auf dich auf, Matt, versprich es mir.«

Er nickte nur und ging Richtung Parkplatz davon.

Ein fetter Reisebus dröhnte dicht an ihnen vorbei und bremste mit einem asthmatischen Röcheln. Sonst hätte Fin den Schuss gehört.

»Matt!«

Es war Susans Stimme, die ihn herumfahren ließ.

Der Bus schob sich in sein Blickfeld und kam zum Stehen, die Türen öffneten sich mit einem Zischen, die ersten Passagiere drängten nach draußen.

Ein zweiter Schuss fiel. Irgendwo splitterte Glas.

Im Reflex packte er Susan und stieß sie hinter den nächsten parkenden Wagen zu Boden.

Noch ein Schuss und plötzlich kam Leben in die Touristentruppe. Es begann ein Quietschen und Schubsen, ein junger Mann warf sich schutzsuchend unter den Bus, eine Frau packte ein kleines Mädchen und rannte kopflos davon.

Fin hatte nicht mal eine Ahnung, aus welcher Richtung die Schüsse kamen.

»Matthew!«, schrie Susan. »Was ist mit Matthew?«

Fin sah sich um.

Wenige Schritte von ihm entfernt lag Matthew reglos am Straßenrand.

Wo, verdammt, war Lily?

»Bleib, wo du bist!«, herrschte er Susan an. »Rühr dich nicht vom Fleck!«

Er nutzte einen parkenden Wagen als Deckung, um näher an Matthew heranzukommen.

Wieder fiel ein Schuss, Kieselsteine prasselten gegen Autolack. Die nächste Kugel ließ eine Scheibe zersplittern und löste die Alarmanlage aus.

Der Einschlagswinkel ließ Fin vermuten, dass der Schütze vielleicht etwas oberhalb auf dem Hügel hockte. Entweder ballerte er blindlings drauf los oder er hatte kein freies Schussfeld.

Der komplette Verkehr war mittlerweile zum Stillstand gekommen. Irgendwo hupte jemand. Autotüren knallten ins Schloss. Ein Hund kläffte. Stimmen wurden laut, schrien um Hilfe und versuchten, gegen das Gejaule des Alarms anzubrüllen.

Fin duckte sich hinter einen dicken SUV und kroch weiter. Es erschien ihm wie eine Ewigkeit, bis er endlich auf Reichweite an Matthew herangekommen war. Beherzt packte er ihn an Armen und Schultern und zog ihn zwischen zwei Autos in Deckung.

Matthew rührte sich nicht. Er war bewusstlos, sein Hemd blutdurchtränkt, der Stoff über Brust und Bauch zerfetzt. Ein kaum wahrnehmbares Heben und Senken des Brustkorbs ließ Fin hoffen. »Matthew …! Matt, hey, alter Junge …« Er suchte nach einem Lebenszeichen, tastete nach einem Puls, versuchte sich an die Erste-Hilfe-Lektionen zu erinnern, die er im Polizeidienst immer mal wieder hatte absolvieren müssen.

Er hörte rasche Schritte hinter sich, ein Mann tauchte auf und ging neben ihm in die Hocke. Anfang sechzig, legere Freizeitkleidung, Regenjacke.

»Ich bin Arzt. Lassen Sie mich helfen.«

Fin überließ ihm das Feld, einerseits widerstrebend und doch erleichtert, die Verantwortung abgeben zu können.

Der Schütze hatte offenbar aufgegeben. Nach und nach kam wieder Leben auf den Parkplatz, die Menschen wagten sich zögernd aus ihrer Deckung. Einige kamen näher, um ihre Hilfe anzubieten, andere aus purer Neugier.

»Wir brauchen einen Krankenwagen!«

Fin hatte sein Telefon längst gezückt und war dabei, den Notruf zu wählen. Er entdeckte Susan, die wie versteinert zwischen den anderen stand, ihr Gesicht kreidebleich, unfähig, sich zu rühren. Sie versuchte, einen Blick auf Matthew zu erhaschen, aber sie sah nur die Rücken der Menschen, die sich um den reglosen Körper am Boden bemühten. Er fing ihren Blick auf, die Fragen, die Angst, als sie das Blut an seinen Händen bemerkte. Das Blut, das über den nassen Asphalt rann und sich mit dem Regenwasser in den Pfützen mischte.

So viel Blut.

8. McKenna

Kurze Zeit später tauchte Blaulicht den Parkplatz vor dem *Lyon's Inn* in ein Blitzlichtgewitter, das jeden Epileptiker in Lebensgefahr gebracht hätte. Beamte der Spurensicherung untersuchten den Tatort, während uniformierte Polizisten Schaulustige hinter das blauweiße Absperrband scheuchten. Handykameras wurden gezückt und ungeniert auf das Geschehen gerichtet, auch wenn es nicht mehr viel zu sehen gab.

Matthew wurde in einem Krankenwagen versorgt. Susan war an seiner Seite.

Fin hielt sich abseits, wartete auf dem Parkplatz neben seinem Wagen. Mehr konnte er im Augenblick nicht tun. Lily hockte auf dem Beifahrersitz, sie wirkte blass und verloren.

»Ich hätte ihn vorhin nicht so anpflaumen sollen.«

»Das hätte nichts geändert, Liebes.«

»Trotzdem ...«

»Er wird es vergessen haben, wenn er wieder auf den Beinen ist.«

Sie war angespannt. Ihr Atem kam kurz und stoßweise. Sie kämpfte mit den Tränen. »Wird er sterben?«

Matthew hatte nicht denselben Platz in ihrem Leben, den ihr Vater hatte, aber einen Platz hatte er dennoch, einen anderen eben, und sie hatte Angst um ihn. In ihrem jungen Leben war sie dem Tod bisher noch nicht sehr nahe gekommen. Aber sie war kein Kind mehr. Und Fin wusste, dass er seine Tochter nicht vor der Erfahrung schützen konnte, dass der Tod einen Menschen aus ihrer Nähe riss.

»Er wird es schaffen, da bin ich mir sicher.« Fin versuchte, Zuversicht auszustrahlen, war sich aber nicht sicher, ob es ihm gelang.

Pebbles schien zu spüren, dass irgendetwas anders war als sonst. Sie hockte im Fußraum neben Lily und hatte ihren Kopf auf ihr Knie gebettet, als wolle sie Lily trösten. Eine Hand streichelte sie mechanisch.

Detective Inspector Niall McKenna kam über den Parkplatz auf sie zu. Er war nicht mehr der Jüngste, sein Gang dem Alter angemessen. Sein brauner Anzug war nass geworden, die sonnengelbe Krawatte zappelte im Wind. Fin hatte bereits seine Bekanntschaft gemacht, als er ihn kurz zum Tathergang befragt hatte. Viel hatte er dem Polizisten nicht erzählen können.

»Normalerweise ist das hier eher 'ne ruhige Gegend, mal 'n geklautes Auto oder ein paar Rindviecher auf der Straße.« McKenna zündete sich eine Zigarette an. Wenn Fin richtig mitgezählt hatte, war es die achte, seit er am Tatort eingetroffen war. »Jetzt ist hier der Teufel los. Erst die dämliche Entführung dieses Cole-Jungen, und jetzt diese beschissene Schießerei hier.«

Nein, McKenna war alles andere als glücklich.

»Haben Sie schon irgendwas gefunden? Irgendwelche Spuren? Patronenhülsen?«, fragte Fin neugierig.

McKenna sah ihn skeptisch an. »Sie schauen gerne Krimis im Fernsehen, was?«

»Ich war früher selber Polizist. In Dublin.«

»Soso.« McKenna musterte ihn von oben bis unten, seinem Gesichtsausdruck nach zu urteilen hatte Fin bestenfalls den Verkehr geregelt. Er ließ sich aber dennoch gnädig zu einer Äußerung herab. »Vermutlich hat der Täter ein Gewehr benutzt. Mit einer Pistole oder einem Revolver wäre er auf die Distanz nicht weit gekommen.«

»Bei dem Nebel?«

»Vielleicht hat der Nebel Ihrem Freund das Leben gerettet. Bei besserer Sicht wäre er wahrscheinlich tot. Aber selbst wenn die Waffe mit einem Zielfernrohr ausgestattet war, dürfte es nicht leicht gewesen sein, bei dem Wetter irgendwas zu treffen.« Er deutete mit einer vagen Handbewegung hinter sich. »Möglicherweise hat der Schütze dort drüben gestanden.«

Der Wind hatte einen grasbewachsenen Hügel auf der gegenüberliegenden Seite des *Lyon's Inn* vom Nebel befreit, zwei uniformierte Beamte durchkämmten das Gelände, den Blick auf dem Boden auf der Suche nach Spuren.

»Der Opa …«, kam es plötzlich von Lily.

»Opa? Welcher Opa?«

»Ich dachte, das ist ein Farmer, der in den Torf geht. Er hatte was bei sich, was auf die Entfernung wie ein Spaten aussah.« Lily kletterte aus dem Land Rover, noch unsicher, ob ihre Beobachtung vielleicht wichtig war. »Es hätte auch ein Gewehr sein können.«

»Wann war das?«, wollte der Polizist wissen.

»Ich bin mit Pebbles 'n bisschen rumgelaufen. Kurz bevor Dad, Mom und Matthew das *Lyon's Inn* verlassen haben, ist der Mann rausgekommen. Er hat was aus einem Wagen geholt, ist dann über die Straße gegangen und den Hügel hinauf.«

»Wie sah der Mann aus?«

»Na ja, wie 'n Farmer halt. Jeans, karierte Jacke … nee, 'n kariertes Hemd.« Mehr wollte ihr nicht einfallen.

»Kannst du ihn nicht näher beschreiben?«

Lily dachte nach und warf Fin einen fragenden Blick zu.

»Warum meinst du, es sei ein Opa gewesen?«, half Fin nach.

»Er hatte keine Haare auf'm Kopf. War klein und dünn.«

Während McKenna sich Notizen machte, tauchte ein Bild vor Fins Augen auf. Der alte Mann im *Lyon's Inn*. Er hatte ihn nicht weiter beachtet. Vielleicht hatte er hier die Erklärung dafür, dass jemand Matthew an diesem so sicher geglaubten Treffpunkt auflauern konnte. Der kleine alte Mann war unauffällig erschienen, so unauffällig, dass Fin ihn vermutlich nicht bemerkt hätte, wenn er ihnen aus Kinsale hierher gefolgt war. Der Gedanke gefiel ihm überhaupt nicht, dass sie den Schützen auf Matthews Spur gebracht haben könnten. Vielleicht irrte er sich ja. Trotzdem behielt er die Beobachtung für sich.

»Kannst du dich an seinen Wagen erinnern?«, fragte McKenna.

Lily schüttelte den Kopf. »Nein, tut mir leid, so genau hab' ich nicht drauf geachtet.«

Susan kam zu ihnen herüber, die Arme um den Körper geschlungen, als ob sie fror. Ihre Haare waren feucht, die Kleidung klebte an ihrer Haut.

»Ich fahre mit Matthew nach Cork in die Klinik.« Ihre Stimme war rau.

»Wie geht's ihm?«, fragte Fin.

»Der Arzt sagt, dass er durchkommt.« Sie schien selber nicht restlos überzeugt, aber sie klammerte sich an diese Aussage wie an den oft bemühten Strohhalm.

Fin nahm sie in den Arm und drückte sie kurz. »Ich komme nach.«

»Ich fahre mit Mom«, ließ Lily verlauten, »nimmst du Pebbles?«

Er nickte. »Klar, sicher.«

Er sah ihnen hinterher, wie sie in den Krankenwagen stiegen, der im nächsten Moment mit Blaulicht davonrauschte.

»Sie sind auf Urlaub hier?« McKenna hatte keine Zeit zu verschenken.

Fin antwortete nicht gleich. Er hatte Matthew beschworen, mit seinem Wissen zur Polizei zu gehen, nun sollte er wohl mit gutem Beispiel vorangehen. Aber was wusste er denn eigentlich? Nichts Konkretes, wenn er recht überlegte. Matthew hatte sich in Andeutungen verloren und nichts als eine wilde Theorie zum Besten gegeben, trotzdem lag er jetzt in einem Krankenwagen mit zwei Kugeln im Leib und rang mit dem Tod.

»Nicht direkt.«

»Ah ja …?«

Fin wusste, es würde nicht lange dauern, bis die Ermittlungsmaschinerie in die Gänge kam, bis Matthews Telefonverbindungen und E-Mails untersucht würden, bis sein Computer am Arbeitsplatz auseinandergenommen würde, bis die Polizei auf den Einbruch stoßen würde. Da konnte er ebenso gut versuchen, die Richtung der Ermittlungen ein klein wenig zu beeinflussen.

»Matthew ist Journalist. Er hat uns von einer Sache erzählt, die er recherchiert hat.«

»Welche Sache?«, fragte McKenna ungeduldig.

Fin schilderte ihm Matthews vagen Verdacht bezüglich der undurchsichtigen Machenschaften bei *Future4Families*. Seine Andeutung, Aidan Cole selber habe die verschwundenen Gelder eingesteckt, erwähnte er nicht. Aber den Einbruch und den Besuch der beiden Schläger beichtete er.

McKenna staunte nicht schlecht. »Hat Ihr Freund Beweise für seine Vermutungen?«

»Nein, soviel ich weiß, nicht.«

»Und was wollte er hier? Von Ihnen?«

»Wir wollten, dass er mit seinem Wissen zur Polizei geht.« Es entsprach nicht ganz der Wahrheit, aber vielleicht konnte er mit dieser Antwort bei der Polizei punkten.

McKenna warf seine Zigarette in die nächste Pfütze und seufzte. »Drei Wochen bis zu meiner Pensionierung und da hab' ich so 'ne Scheiße am Hals.« Missmutig registrierte er den weißen Kombi eines lokalen Radiosenders, der eben vor dem *Lyon's Inn* einparkte. Die Presse hatte ihm zu seinem

Glück gerade noch gefehlt. »Was halten Sie von der Geschichte?«

Fin war überrascht, dass ihn jemand nach seiner Meinung fragte. »Es könnte was dran sein«, antwortete er vorsichtig.

»Könnte dieser Anschlag was mit der Entführung von Samuel Cole zu tun haben?«

»Möglich, aber es liegt an Ihnen, das herauszufinden.«

»Haben Sie vor, nach Dublin zurückzufahren?«

»Nicht solange ich nicht weiß, was mit Matthew wird.« Fin nannte ihm das Hotel in Kinsale und eine Telefonnummer, unter der er zu erreichen war.

McKenna notierte sich alles und klappte sein Notizbuch zu. »Kommen Sie morgen früh vorbei. Vielleicht haben wir die beiden Schläger in unserer Kartei.«

Er verabschiedete sich und ging hinüber zu seinen Leuten, die bereits von Reportern umlagert wurden.

Der Wind hatte weiter aufgefrischt und den Nebel endgültig aufgelöst. Auf dem Parkplatz gab es nichts mehr zu sehen, und die Schaulustigen stürzten sich mit ihren Handys und Fotoapparaten auf die wiedergewonnene Aussicht, auf den wilden Atlantik, der glitzernd im Sonnenlicht vor ihnen lag, auf die schroffen, schwarzen Klippen und die schäumende Brandung, die laut Reiseführer nirgends beeindruckender war als hier am *Lyon's Head*.

Fin hatte keinen Blick dafür. Erst jetzt merkte er, dass seine Hand schon die ganze Zeit etwas krampfhaft festhielt, ohne es recht wahrzunehmen. Die Jacke, die Matthew hatte fallenlassen. Die Blutspritzer waren auf dem braunen Tweedstoff kaum zu sehen. Aber sie waren da.

Wäre das alles nicht passiert, wenn er in Kinsale zur Polizei gegangen wäre, so wie er es von Anfang an vorgehabt hatte?

Er stieg zu Pebbles ins Auto und warf die Jacke auf die Rückbank des Land Rovers. Etwas klirrte leise. Fin schaute nach.

Ein Autoschlüssel war auf den Boden gefallen. Er hob ihn auf und betrachtete den Anhänger der Mietwagenfirma. Ein Fort Mondeo, daneben das amtliche Kennzeichen.

Weder McKenna noch einer der anderen Polizeibeamten hatte ihn nach Matthews Wagen gefragt. Unwillkürlich schaute er sich um. Dort drüben neben einem Wohnmobil parkte ein roter Mondeo, das Nummernschild passte.

Eigentlich sollte er den Schlüssel der Polizei aushändigen. Aber er zögerte. Natürlich war es Sache der Polizei, herauszufinden, inwieweit die Schüsse am *Lyon's Inn* mit der Entführung von Samuel Cole in Verbindung standen. Das hatte er, Fin, eben selber gesagt. Aber einen unverbindlichen Blick konnte er doch mal riskieren, oder? Denn wenn Matthew tatsächlich tiefer in die Sache verstrickt war, wollte Fin der Erste sein, der davon erfuhr. Schon um Gefahr für Lily und Susan abzuwenden. Egal, wer die Schüsse abgegeben hatte, ob aus eigenem Antrieb oder im Auftrag eines anderen, hier ging jemand über Leichen.

Er stieg wieder aus und ging zu dem Mietwagen. Niemand beachtete ihn. Wie selbstverständlich schloss er auf, setzte sich auf den Fahrersitz und zog die Tür hinter sich zu. Auf den ersten Blick ein Mietwagen wie viele. Sauber und unpersönlich. Auf dem Rücksitz lag ein zerknitterter Trenchcoat, Spuren einer Nacht, die Matthew offenbar tatsächlich im Auto verbracht hatte. Eine leere Coladose im Fußraum des Beifahrersitzes, daneben eine schlecht zusammengefaltete Straßenkarte. Fin rupfte sie auseinander, aber er suchte vergebens nach verräterischen Markierungen oder Notizen. Im Handschuhfach die üblichen Unterlagen der Mietwagenfirma, die Quittung einer Tankstelle, eine halbvolle Schachtel Aspirin, eine Sonnenbrille. Er wollte alles wieder zurückstopfen, als ihm auffiel, dass jemand etwas zwischen die Servicekarte der Mietwagenfirma und die Fahrzeugpapiere gesteckt hatte. Mit spitzen Fingern zog er ein Foto heraus. Noch eines. Schließlich ein drittes.

Familienfotos. So jedenfalls hatte es den Anschein. Auf allen drei Aufnahmen dasselbe Paar. Fin erkannte Aidan Cole, die blonde Frau an seiner Seite musste Catherine sein. Die Fotos mussten einige Jahre alt sein, unwillkürlich schaute er auf die Rückseite, wo auf den Abzügen tatsächlich ein Datum aufgestempelt war. September 2001. Zwei der Fotos waren an einem Strand aufgenommen worden. Aidan in Boxershorts und T-Shirt, Catherine in einem enganliegenden Badeanzug. Ein gutaussehendes Paar, das den Fotografen fröhlich anlächelte. Das dritte Foto zeigte Catherine Cole hoch zu Ross, wie sie einen Siegerpokal in der Hand hielt. Der Ausrüstung nach zu urteilen tippte Fin auf ein Poloturnier. Aidan Cole hielt stolz die Zügel des Pferdes, neben ihm ein zweiter Mann, den Fin nicht zuordnen konnte. Fin fragte sich, wo die Aufnahme entstanden war. Polo wurde in Irland eher selten gespielt.

Wie war Matthew in den Besitz dieser privaten Fotos gekommen? Es waren Originale, nichts was man leichtfertig aus der Hand gab. Und was hatte er mit diesen Fotos vorgehabt? Fin betrachtete noch einmal nacheinander alle drei Aufnahmen. Irgendetwas hatte Matthew darin gesehen. Aber was? Was hatten diese Fotos mit den veruntreuten Spendengeldern zu tun?

Vielleicht war es an der Zeit, Aidan Cole einen Besuch abzustatten.

Er nahm die Fotos an sich, stieg aus und ging zu seinem Wagen zurück. Sollte er nicht lieber vorher Caitlin informieren? Keinen Alleingang, hatte sie gefordert. Er hatte es versprochen. Nein, er hatte versprochen, sie anzurufen. Das würde er auch tun. Sobald er mehr Informationen hatte.

Er ließ den Motor an und sah auf die Uhr. Er fragte sich, wie lange er wohl bis Baltimore brauchen würde.

9. Baltimore

Die Spätnachmittagssonne tauchte die Bucht von Baltimore in warmes klares Licht. Die harmlosen weißen Wolken am Himmel spiegelten die unzähligen Inseln wider, die weit verstreut aus dem Wasser des Atlantiks ragten. Das Meer hatte sich an dieser Stelle tief ins Land hineingefressen und eine wilde zerrissene Küste geformt mit versteckten Buchten, in denen Yachten und Sportboote vor Anker lagen.

Baltimore selbst war eine überschaubare Ansammlung von Häusern rund um den Hafen, drumherum auf den grünen Hügeln lagen kleine und größere Anwesen verborgen hinter Zäunen und hohen Hecken.

Eines davon gehörte Aidan Cole.

Auch wenn Fin nicht wusste, wo genau in Baltimore die Familie Cole ihr Sommerdomizil hatte, so funktionierte doch die Anwesenheit der Polizei besser als jeder Wegweiser. Anhand der Fernsehbilder meinte er sich zu erinnern, dass die Coles eine Villa auf einem Hügel am Ortseingang bewohnten. Er fuhr an Polizeiposten und abgeriegelten Zufahrten vorbei und konnte sich auf diese Weise in etwa ausrechnen, wo das Haus liegen musste. Er bemühte sich, möglichst desinteressiert dreinzuschauen, als er die Polizeisperren passierte, und fuhr weiter in den Ort hinein. Im *Waterfront Pub* am Hafen lungerten ein paar Leute herum, die nicht unbedingt wie Touristen aussahen. Die Presse hatte sich breitgemacht und gierte nach Neuigkeiten. Wenigstens den Pubbesitzer freute es. Fin fuhr weiter, kreuzte ein paar ruhige Seitenstraßen und stellte den Land Rover schließlich ab.

Pebbles hüpfte wie ein Gummiball um ihn herum, kaum dass er die Beifahrertür geöffnet hatte. Die Leine würde er nicht brauchen, die Hündin entfernte sich erfahrungsgemäß nie weit von ihm.

Er ging ein paar Schritte und es dauerte auch nicht lange, bis er auf den ersten Polizeiposten traf. Ein Gardai hockte in seinem Wagen und war mit Kaffee und seinem Funkgerät beschäftigt. Fin nickte ihm freundlich zu, ignorierte die gesperrte Straße und stieg weiter den Hügel hinauf. Unauffällig, so als ob er diesen Weg jeden Tag zurücklegte. Ein Einheimischer, der mit seinem Hund spazieren ging. Irgendwann, als er die Kuppe des Hügels fast erreicht hatte und ganz Baltimore zu seinen Füßen lag, bog er auf einen Feldweg ab. Weit und breit war kein Polizist zu sehen. Fin trottete gemächlich über eine Wiese und pirschte sich näher an das fragliche Objekt heran. Ein moderner zweistöckiger Bau aus hellem Granit, elegant in den Hang gebaut mit Fenstern, die bis zum Boden reichten und das Panorama der Bucht einfingen. Drumherum ein großer eingezäunter Garten mit Terrasse und Pool. In der Einfahrt waren zwei Einsatzwagen abgestellt, ein Polizist patrouillierte am Tor, während kaum hundert Meter weiter seine Kollegen mit einer Sperre die Presse auf Abstand hielten.

Hier war er richtig.

Eigentlich hatte er erwartet, nicht alleine hier oben auf Beobachtungsposten zu sein. Vielleicht scheuten die Journalisten den mühsamen Aufstieg, der ihnen möglicherweise keine neuen Erkenntnisse bringen würde außer einer schönen Aussicht. Oder Presse und Polizei hatten sich darauf geeinigt, sich ausnahmsweise an ungeschriebene Regeln zu halten und sich das Leben nicht unnötig gegenseitig zu erschweren, indem man Aidan Cole und seiner Frau zu nah auf die Pelle rückte.

Regeln, die für Fin nicht galten. Er beobachtete das Haus und wünschte, er hätte ein Fernglas, um das Terrain auszukundschaften. Vielleicht kam man durch den Garten hinein.

Und dann?

Er würde in Teufels Küche kommen, wenn man ihn erwischte. Er hatte absolut keinen Grund, hier zu sein. Außer dass er mit Aidan Cole reden wollte. Aber worüber? Über Matthew? Aidan Cole war wohl kaum in der Stimmung dazu. Wenn das eigene Kind entführt wurde, hatte man andere Sorgen.

Es tat sich etwas auf der Rückseite des Hauses. Eine Tür hatte sich geöffnet, zwei Männer waren auf die Terrasse getreten und fochten einen lautstarken Streit aus. Der eine der beiden trug Uniform, der andere war in Zivil. Fin war zu weit weg, um zu verstehen, worum es ging.

Schließlich gab der Polizeibeamte nach, sprach in sein Funkgerät und machte sich auf zur Vorderseite des Hauses. Der andere durchquerte den Garten, schlüpfte durch ein verstecktes Tor im Zaun und ging über einen überwucherten, kaum sichtbaren Pfad in Richtung Ort.

Fins Augen folgten der Gestalt. Es musste Aidan Cole sein, der sich hier unbemerkt davonstahl. Ein gut sichtbares Hinken machte seinen Gang unverwechselbar. Die Folge eines mysteriösen Autounfalls in den neunziger Jahren. Die genauen Umstände waren nie ganz ans Licht gekommen, so war nie geklärt worden, ob Aidan selbst oder seine damalige Frau am Steuer gesessen hatte. Unbestritten allerdings war, dass beide total stoned gewesen waren, als sich ihr Sportwagen um einen Baum gewickelt hatte. Aidan Cole verlor seine Kniescheibe, seine Frau ihr Leben.

Fin pfiff leise nach Pebbles, die gerade ein Mauseloch inspizierte, und folgte Cole in sicherem Abstand. Cole schien es nicht eilig zu haben, dennoch bewegte er sich zielstrebig durch die schmalen Gassen. Kein Zweifel, er kannte sich aus in Baltimore. Eine Frau mit Einkaufstasche registrierte sein Vorbeigehen mit einem stummen Kopfnicken, aber niemand behelligte ihn. Er war ein vertrauter Anblick.

Er mied den Ortskern mit dem Hafen, wohl wissend, dass er dort unweigerlich den Journalisten in die offenen Arme laufen würde. Stattdessen folgte er einer Straße, die an der Bucht entlang zu einem kleinen Kiesstrand führte. Ein Stück Mauerwerk und ein windschiefer Holzsteg waren alles, was von einem ehemaligen Anleger übrig geblieben war.

Ohne ersichtlichen Grund blieb er stehen.

Wenn Fin sich nicht verraten wollte, musste er an ihm vorbei.

Hätte er Cole in Dublin auf der Straße getroffen, er hätte ihn nicht erkannt. Er sah so ganz anders aus als auf den Hochglanzfotos der Presse. So ganz ohne Maske waren ihm die Mitte fünfzig anzusehen. Unrasiert, die braunen Haare struppig, auf der Nase eine dunkle Hornbrille, die bei öffentlichen Auftritten wahrscheinlich Kontaktlinsen weichen musste. Seine Kleidung wirkte bequem, aber abgetragen, und sah eher nach einer Spende für Stadtstreicher aus, beim näheren Hinsehen waren es wahrscheinlich teure Markenwaren.

Fin beachtete ihn nicht und ging weiter zum Strand. Im Augenwinkel beobachtete er Cole, der einfach nur dastand und auf die Bucht hinausblickte. Zum Glück gab es genug Treibholz, um Pebbles mit Stöckchenwerfen bei Laune zu halten. Cole schien ihn und den Hund gar nicht wahrzunehmen.

Er konnte ihn unmöglich einfach so anquatschen. Er musste ihm einen Grund geben.

Mutig wagte sich Fin auf den baufällig wirkenden Holzsteg. Pebbles trottete neugierig hinter ihm her.

Was hatte Matthew gesagt? »Manchmal muss man etwas riskieren.«

Er betete inbrünstig, dass sein Opfer nicht vergebens war.

Er drehte sich um und rief »Pebbles«, gerade so laut, dass die Hündin es hören konnte. »Sweetheart …«

Das ließ sich Pebbles nicht zweimal sagen. Begeistert sprang sie an ihm hoch, zwei dreckige Pfoten trafen seine Brust und eine feuchte Schnauze seine Nase. Fin geriet ins Taumeln, ruderte übertrieben mit den Armen und platschte Sekunden später ins eiskalte Wasser der Bucht. Er tauchte unter, schluckte brackiges Wasser, tauchte wieder auf und prustete.

Pebbles stand auf dem Steg und bellte wie eine Verrückte.

Es klappte.

Schritte näherten sich auf dem Anleger, Aidan Cole tauchte über ihm auf.

»Hier …! Fangen Sie auf!« Er warf ihm ein Stück verrottetes Tau zu, das Fin nur zu gerne packte. Cole zog ihn ein Stück in Richtung Strand. »Da vorne ist eine Leiter, da kommen Sie raus …«

Er half ihm über die schlüpfrigen Stufen nach oben.

»Oh, verdammt, danke, Mann …!«, stieß Fin atemlos hervor und schüttelte sich.

»Nichts zu danken.«

»Manchmal ist der Hund ein bisschen stürmisch.« Er warf Pebbles einen vorwurfsvollen Blick zu, die ihrerseits den Kopf schieflegte, als wolle sie fragen, was sie falsch gemacht hatte. »Mist, verdammter!« Fin schimpfte und zupfte sich glibberigen Tang vom triefendnassen Jackett.

»Kommen Sie, ich wohne hier in der Nähe«, bot Cole an.

Das Angebot war mehr als Fin erhofft hatte. Er patschte in durchweichten Schuhen hinter ihm her und fluchte innerlich, als er an sein Handy und seine Brieftasche dachte, die in seiner Jacke abgesoffen waren. Pebbles schlich mit einigem Abstand hinterdrein, ihr schien die Sache nicht ganz geheuer.

Cole führte sie ein Stück weiter die Straße hinauf, ehe er in einen Hinterhof abbog und ein Gebäude ansteuerte, das wie eine ehemalige Werkstatt aussah. *Beacon Lane Studios* las Fin im Reingehen. Wie es aussah, hatte Aidan Cole nicht nur in Dublin ein Aufnahmestudio, so dass er selbst hier im Urlaub seiner Kreativität freien Lauf lassen konnte.

»Geben Sie mir Ihre nassen Sachen.«

»Lassen Sie gut sein, ein Handtuch genügt«, wehrte Fin ab.

»Keine Widerrede, ich werf' die Sachen schnell in den Trockner.« Cole schob ihn in eine Küche, die mit allem Notwendigen ausgestattet war, inklusive Waschmaschine und Wäschetrockner.

Fin fügte sich, strippte bis auf die Unterwäsche und erhielt im Gegenzug eine Jogginghose und ein T-Shirt mit Band-Emblem. »Danke, das ist echt nett von Ihnen.«

Der Trockner rumpelte los. Während Cole Tee kochte, beschloss Fin, den ahnungslosen Touristen zu markieren, und übte sich in Smalltalk. »Bin auf Urlaub mit der Familie. Meine Frau und meine Tochter wollten unbedingt mit dem Boot raus und Wale beobachten. Irgendwer muss halt auf den Hund aufpassen.«

Er folgte Cole, der ihn in einen offenen Lounge-Bereich führte, wo bequeme Sofas zum Sitzen einluden. Halbgeschlossene Jalousien schufen ein angenehmes Dämmerlicht. Cole hielt eine Whiskeyflasche hoch und deutete auf eine der beiden Tassen. »Einmal mit Schuss?«

»Oh, danke, ich glaub', den kann ich jetzt gebrauchen.«

Cole gab einen großzügigen Schluck Whiskey in die Tasse und reichte sie Fin.

»Sie nicht?«

»Nein, ich hab' damit aufgehört. Ist mir nicht gut bekommen.«

Erst jetzt bemerkte Fin die Verletzung auf seiner Stirn, die mit feinen Tapestreifen zusammengeheftet war. Offenbar eine

Erinnerung an den Zusammenstoß mit den Entführern seines Sohnes.

Fin nahm einen Schluck Tee, schaute sich im Raum um und bewunderte die Goldenen Schallplatten, die die Wände pflasterten. Er schätzte, dass da nicht mal die Hälfte aller Auszeichnungen hing, die Cole in seiner Karriere erhalten hatte. An einem Foto der aktuellen Band blieb er hängen.

»Oh, verdammt, sorry!«, entfuhr es ihm, als dämmere ihm plötzlich, wen er da in Wahrheit vor sich hatte. »Ich hatte ja keine Ahnung, Mr Cole, hören Sie, ich verschwinde sofort, ich–«

»Nein, ist schon in Ordnung, bleiben Sie«, beruhigte ihn Cole.

Fin sprang auf. »Ich kann unmöglich–«

»Ich bin seit zwei Tagen von Polizisten umgeben. Wenn ich die Tür nicht hinter mir zumache, folgen die mir auf's Klo. Ich bin froh für jede Ablenkung, glauben Sie mir.«

»Sind Sie sicher?« Fin sah ihn zweifelnd an und setzte sich zögernd wieder hin.

Cole nickte mit Nachdruck.

»Wow, wenn ich das meiner Frau erzähle …« Der Tourist hatte sich schnell von seinem Schrecken erholt. »Sie ist ein absoluter Fan von Ihnen. Ihre letzte CD ist bei uns rauf und runter gelaufen.« Fin versuchte krampfhaft, sich an den Titel zu erinnern. Er musste aufpassen, dass er nicht zu dick auftrug und dann auf seiner eigenen Schleimspur ausrutschte. Eine Sache hatte er immerhin noch präsent. »Und die Filmmusik zum letzten James Bond, die war wirklich super.«

Betretenes Schweigen setzte ein. Jeder nippte an seinem Tee.

»Zu Hause fällt mir die Decke auf den Kopf. Überall Polizei. Ich musste halt einfach raus«, meinte Cole, als müsse er um Entschuldigung bitten.

Fin machte auf verständnisvoll, auch wenn er kein Verständnis hatte. Wäre Lily entführt worden, er würde sich keinen Zentimeter vom Telefon wegbewegen.

»Sie haben eine Tochter, sagten Sie?«

»Ja.«

»Wie alt?«

»Sechzehn. Fast siebzehn.«

»Samuel ist im Frühjahr achtzehn geworden. Hat gerade seinen Führerschein gemacht … Ein schwieriges Alter, wenn sie anfangen, sich abzunabeln«, meinte Cole nachdenklich, »sehen Sie, ich bin erst mit Mitte dreißig Vater geworden. Und wahrscheinlich viel zu selten zu Hause. Aber ich hänge sehr an dem Jungen.«

»Sie stehen sich bestimmt sehr nahe.« Manche Allgemeinplätze funktionierten immer.

»Sicher. Natürlich haben wir auch unsere Differenzen. Aber ich liebe ihn, Sammy ist und bleibt mein Sohn«, beharrte Cole, gerade so, als ob irgendwer in diesem Raum genau dies anzweifeln wollte.

»Es wird gut ausgehen, davon bin ich überzeugt. Die Polizei wird Ihren Sohn finden. Und seine Entführer.« Davon war Fin sogar wirklich überzeugt.

Cole seufzte und stand auf, wanderte mit der Tasse in der Hand umher, ruhelos, vielleicht in Gedanken bei seinem entführten Sohn. Da war sie wieder, jene Düsternis, die seine Musik in den vergangenen Jahren bestimmt hatte. Es war nur ein kurzer Augenblick, eine dunkle Wolke, die über sein Gesicht strich. Reglos blieb er vor einem Tisch stehen und betrachtete die Unterlagen, die darauf verstreut lagen. Während Fin noch krampfhaft überlegte, wie er die Sprache unauffällig auf die Hilfsorganisation bringen konnte, erinnerte sich Cole wieder daran, dass er nicht alleine war. »Das war mal eine Schiffswerft.«

Fin war überrascht vom unerwarteten Themenwechsel. Artig stand er auf und stellte sich neben Cole. Auf dem Tisch lagen Fotos eines von Unkraut überwucherten Geländes. Von den Werftanlagen waren nur noch Gerippe übrig. Auf einer Aufnahme gammelte ein ausgeschlachteter Schiffsrumpf fast schon malerisch vor sich hin.

»Anderthalb Hektar bestes Bauland direkt am Meer«, sagte Cole. Seine Stimme war plötzlich nüchtern und geschäftsmäßig. Gerade so, als sei Fin ein potentieller Geldgeber, der überzeugt werden musste. »Viel Platz für Wohnungen, Geschäfte, einen Park mit Kinderspielplatz.« Er hielt eine Luftaufnahme hoch. Selbst Fin erkannte, dass das Gelände das hatte, was Investoren wohl gerne als »Potenzial« bezeichneten. »*North Pier* wird Wohnraum bieten für kinderreiche Familien. Wir haben viel zu viele Obdachlose in diesem Land«, erwärmte sich Cole allmählich für das Thema, das wohl eine Herzensangelegenheit für ihn schien. Er pries das Projekt nicht zum ersten Mal an, die Sätze klangen fast schon einstudiert. »Viel zu viele leben in Notunterkünften, vor allem Familien mit Kindern. Sie brauchen unsere Hilfe.«

»Hört sich gut an. Wann geht es los?«

»Es gibt da einige Umweltschützer, die legen sich noch quer, weil ein paar seltene Enten sich gestört fühlen könnten. Aber die ziehen wir auch noch auf unsre Seite.«

War dies eines der Projekte, bei denen sich Cole finanziell verschätzt hatte? Ein Projekt, für das er Geld brauchte, so dringend, dass man dafür auch mal nicht ganz legale Wege einschlug? Wenn Fin denn Matthews Andeutungen Glauben schenken durfte. Vielleicht sollte er die Chance nutzen. »Tolles Projekt. Da kann sich unser Staat aber mal 'ne Scheibe abschneiden von Ihrem sozialen Engagement.« Behutsam tastete er sich weiter. »Diese Geschichte damals vor Weihnachten, das war ja eine ziemlich linke Tour von diesem Journalisten.«

»Ja, dieser Matthew Clarke ...« Immerhin erinnerte sich Cole an den Namen. »Aber es hat sich ja alles aufgeklärt, Gottseidank.«

»Manche Journalisten tun wohl nichts lieber als mit Dreck werfen.« Mal sehen, womit er Cole aus der Reserve locken konnte. »Die rücken Ihnen vermutlich gerade ganz schön auf die Pelle.«

»Die Polizei hält sie in Schach«, antwortete Cole, »Catherine, meine Frau, leidet sehr unter der Sache.«

Sein Tonfall war emotionslos, so als ob er von einem völlig fremden Menschen redete. Dabei war die Sache nichts Geringeres als die Entführung seines Kindes. Redete so ein Vater, dessen eigen Fleisch und Blut in Gefahr war?

Sicher nicht.

Wusste Aidan Cole etwas, das er der Polizei verschwieg?

»Haben Sie einen Verdacht, wer hinter der Entführung stecken könnte?« Fin versuchte, nicht wie ein Polizist zu klingen, aber manchmal musste man etwas banal formulieren. »Haben Sie Feinde?«

»Ich habe viel Geld, da hat man wohl automatisch Feinde, oder?«

»Vielleicht geht es gar nicht um Geld, vielleicht geht es um was ganz anderes.«

»Es geht immer um Geld.«

»Vielleicht gibt es jemanden, dem Ihr Projekt hier in Baltimore ein Dorn im Auge ist«, bot Fin an.

»Jemanden, der deswegen meinen Sohn entführt?« Fast wollte ihm dieser Gedanke so was wie ein Lächeln entlocken. »Ich bitte Sie. Es ist nicht das erste Projekt dieser Art und es soll auch nicht das letzte sein. Wir haben vergleichbare Pläne in Dublin und in Limerick. Ich habe ja nicht vor, mich persönlich zu bereichern. Andere Menschen werden davon profitieren, Menschen, die weniger Glück hatten im Leben als ich.« Er schien sich seiner Sache sehr sicher zu sein.

Trotzdem fühlte sich Fin unwohl bei dem Gedanken, hier ganz nüchtern über geschäftliche Pläne zu diskutieren, während woanders ein junger Mensch um sein Leben fürchten musste. Vielleicht war das Band zwischen Vater und Sohn doch nicht so fest wie Cole beteuerte, vielleicht hatte Lily Recht gehabt mit ihrer Vermutung, dass zwischen den beiden nicht immer eitel Sonnenschein war.

Es klopfte zaghaft an der Tür. Pebbles fing umgehend an zu bellen.

Cole trat ans Fenster und spähte vorsichtig durch die Jalousie. »Mist, Reporter.«

»Lassen Sie mich das übernehmen. Ich bin Ihnen schließlich einen Gefallen schuldig.«

Er fischte seine Kleidung aus dem Trockner und fuhr in die noch feuchten Jeans.

»Das T-Shirt können Sie behalten, wenn es Sie nicht stört, dass ich es schon mal getragen hab'.«

»Das macht es umso wertvoller.« Fin grinste. »Ich werd' es bei eBay versteigern. Und danke noch mal für die Rettung aus Seenot.« Er verabschiedete sich. »Ich wünsche Ihnen, dass Samuel bald wieder heil und gesund bei Ihnen ist.«

»Danke.«

Er pfiff nach Pebbles, ging hinaus und stieß direkt mit einem Reporter zusammen, der einen gelangweilt dreinblickenden Kameramann hinter sich her schleifte. »Was wollen Sie hier? Wer sind Sie?«

»Ist er da?«

»Wer?«

»Na, Aidan Cole.«

»Nein.«

»Und Sie sind?«

»Ich bin der Hausmeister. Ich wisch' hier einmal die Woche feucht durch.« Er setzte seine grimmigste Miene auf. »Und wenn Sie jetzt nicht sofort verschwinden, hetze ich den Hund auf Sie!« Fin war in seiner Rolle offensichtlich sehr überzeugend, denn Reporter und Kameramann suchten schleunigst das Weite.

Nach kurzem Suchen fand er die Straßenecke wieder, wo er den Land Rover abgestellt hatte. Er ließ Pebbles einsteigen und setzte sich hinters Steuer.

Sollte er jetzt Caitlin anrufen?

Er angelte sein Handy aus der feuchten Jacke, wischte über das beschlagene Display und versuchte, es zum Leben zu erwecken. Keine Chance. Zwar gehörte er nicht zu den Leuten, die sich ohne ihr Smartphone hilflos fühlten, aber es wurmte ihn. Er würde sich ein neues kaufen müssen. Wieder Geld ausgeben müssen, das er nicht hatte.

Eine Faust hämmerte gegen die Fensterscheibe der Fahrertür. Fin zuckte zusammen.

»O'Malley! Dachte ich mir doch, dass Sie das sind!«

Die Stimme kam ihm vage bekannt vor. Vorsichtig öffnete er die Tür einen Spalt. Und erspähte Shauna Adams, wie immer von Kopf bis Fuß in einem ihrer unnachahmlichen Tweedkostüme. Seit ihrem Zusammentreffen vor fast einem Jahr hatte er nichts mehr von ihr gehört, aber er hätte sich denken können, dass die Reporterin sich eine solche Story nicht entgehen ließ. Er hatte keine Ahnung, für welche Zeitung Shauna im Augenblick arbeitete. Wahrscheinlich hatte sie mit der Meute der anderen Journalisten im *Waterfront Pub* Quartier bezogen.

Er stieg aus. »Hi, Shauna.«

»Immer noch dieselbe alte Rostlaube.« Sie tätschelte fast schon zärtlich die Kühlerhaube des Land Rovers. »Was machen Sie hier in Baltimore?«

»Was man an so einem wundervollen Ort eben macht.« Er blinzelte in die Sonne. »Urlaub.«

»Sicher. Und ich krieg' nächste Woche in New York den Pulitzer-Preis«, erwiderte Shauna trocken.

Man sollte tunlichst vermeiden, sich von Shauna Adams'

gouvernantenhaftem Erscheinungsbild täuschen zu lassen. Sie mochte klein und unscheinbar wirken, aber sie war ein Terrier, und wenn sie einmal Witterung aufgenommen hatte, konnte sie nichts und niemand von der Fährte abbringen. Und wehe, wenn sie zubiss.

»Und was tue ich Ihrer Meinung nach hier?« Es war eine rhetorische Frage.

»Sammy Cole.«

»Was hab' ich mit Sammy Cole zu schaffen?«

»Weiß ich nicht. Noch nicht. Aber ich krieg's raus. Also können Sie mir's auch gleich selber sagen.« Sie legte den Kopf schief und sah ihn herausfordernd an. »Ermitteln Sie wieder?«

»Sie wissen genau, dass ich nicht mehr bei der Garda bin.«

»Das soll nix heißen. Auch wenn Sie's nicht gerne hören, aber wir beide haben etwas gemeinsam. Wenn wir glauben, dass eine Sache nicht ganz koscher ist, gehen wir ihr auf den Grund. Stimmt's oder hab' ich recht?«

Nein, sie hatte unrecht. Wenn er tatsächlich dem Ruf nach Gerechtigkeit hätte folgen wollen, dann hätte er die Truppe nicht verlassen. Oder er wäre Privatdetektiv geworden. Aber er wollte nicht mehr ermitteln. Er war nur hier, weil er persönlich betroffen war. Basta.

Nein, sie hatte recht. Er war noch immer ein Mensch, der den Dingen auf den Grund gehen wollte. Auch wenn Neugier in diesem Fall nicht die einzige Entschuldigung war.

»Haben Sie was rausgefunden?«, hakte sie nach.

»Nein.«

»Kommen Sie, O'Malley, was hat Sie von Donegal hierher in den Süden verschlagen«, drängte Shauna, »hat es was mit Padraig Cole zu tun?«

»Dem Großvater? Wie kommen Sie darauf?«, fragte Fin überrascht.

»Es ist Wahlkampf, und Paddy Cole will in Donegal einen

der fünf Abgeordnetensitze für die Sinn Féin gewinnen. Man munkelt, dass ihn genau daran jemand hindern will.«

»Wie bitte? Wer erzählt denn so einen Blödsinn?«

»Es gibt genug Leute auf protestantischer Seite, die mit Cole noch eine Rechnung offen haben. Selbst in den eigenen Reihen ist er umstritten. Seine Gegner finden, dass sein Einfluss auf Gerry Adams entschieden zu groß ist und–«

»Aber Gerry Adams ist doch gar nicht mehr Parteivorsitzender«, warf Fin ein.

»Ja, offiziell natürlich nicht mehr, aber so hinter den Kulissen …« Mehr wollte sie offenbar nicht andeuten.

»Ist das nicht 'n bisschen weit hergeholt?«

»Nein, überhaupt nicht«, widersprach Shauna.

»Aber deswegen einen Jungen entführen? Wegen ein paar Kreuzen auf einem Stimmzettel?«, fragte Fin ungläubig. Nach seiner Auffassung passte da einfach zu viel nicht zusammen. Dass man einem Politiker den Wahlerfolg streitig machen wollte, das konnte ja noch angehen. Normalerweise grub man irgendeinen Skandal aus, um dann in aller Öffentlichkeit schmutzige Wäsche zu waschen. Aber zu diesem Zweck einen Menschen entführen? So was passierte doch nur in schlechten Hollywoodfilmen. Nein, er war überzeugt, dass da ganz andere Dinge dahintersteckten.

»Deshalb gibt es auch keine Lösegeldforderung.« Shauna blieb ihrer Idee treu. »Das ist simple Erpressung. Tu was für mich, tu ich was für dich. Ich bin überzeugt, sobald Cole auf seine Kandidatur verzichtet, kommt der Junge auf wundersame Weise frei.«

»Sie lesen zu viele Revolverblätter, Shauna.«

»Dann verraten Sie mir Ihre Version.« Sie ließ nicht locker.

Zwar hatte ihm Shauna Adams einmal aus der Patsche geholfen, wenn auch nicht ganz uneigennützig, aber sie war ihm damals schon ganz gehörig auf den Geist gegangen. »Ich habe keine Version.« Er überlegte, wie er sie loswerden konnte. Sollte er ihr irgendeinen Köder vorwerfen, damit sie von ihm abließ? Konnte er riskieren, Matthews alte Geschichte noch mal aufzuwärmen?

»Vielleicht hat es auch was mit den verschwundenen Spendengeldern zu tun.« Shauna zog die Idee ganz von selbst aus ihrem Hut, in der Hoffnung, dass Fin irgendwie darauf ansprang.

Er tat ihr den Gefallen nicht. »Kann es sein, dass Sie Aidan Cole nicht besonders mögen?«

»Ich mag keine Leute, die zu viel Kohle haben. Obwohl …« Sie kam schon mit dem nächsten Gedanken um die Ecke. »… angeblich soll Cole ja pleite sein.«

Im Auto klingelte ein Handy. Fin ergriff dankbar die Gelegenheit. »Meine Frau, ähm, meine Ex … da muss ich jetzt ran, das ist wichtig.« Er hechtete förmlich ins Auto, schnappte sich sein Handy vom Beifahrersitz und quasselte los, um das andauernde Klingeln zu übertönen. »Ja, hallo Liebling, ja, ich bin unterwegs! Bin in zehn Minuten bei dir!« Er zog die Tür hinter sich zu, stieß den Schlüssel ins Zündschloss und startete den Motor. Beiläufig winkte er Shauna zu und gab Gas, lenkte den Land Rover um die nächste Ecke und sah eine verdutzte Reporterin im Rückspiegel kleiner werden.

Fin atmete auf.

Das Klingeln endete, ehe er sich melden konnte. Er hatte keinen Schimmer, wer ihn angerufen hatte. Er war nur einigermaßen überrascht, hätte er doch geschworen, dass sein Smartphone im Meerwasser abgesoffen war. Die Dinger schienen heutzutage doch robuster zu sein als erwartet.

Er fuhr am Hafen vorbei und kam auf die Hauptstraße.

Shauna Adams war nicht die Erste, die im Zusammenhang mit der Entführung von Samuel Cole die IRA ins Spiel brachte, wenn man auch für ihre Version die meiste Phantasie aufbringen musste. Sicher, die IRA hatte in den letzten Jahren an Bedeutung verloren, aber sie war nicht tot. Die höheren politischen Ziele von einst hatten dem Kampf um Geld und Macht Platz machen müssen, und viele selbsternannte Freiheitskämpfer, die ihre Sache durch das Karfreitagsabkommen verraten sahen und nach Jahren des Kampfes den Sprung in ein normales Leben nicht geschafft hatten, waren in die Kriminalität abgerutscht. Es konnte gefährlich sein, sich mit ihnen anzulegen. Und es wäre eine Erklärung dafür, dass Matthew jetzt im Krankenhaus lag. War es das, was er getan hatte? War er, ohne es zu ahnen, auf gefährliches Terrain geraten?

Fin hatte Baltimore gerade verlassen, als sein Handy erneut klingelte. Er warf einen Blick auf den Beifahrersitz und merkte erst jetzt, dass er gar nicht seinen eigenen vertrauten Klingelton hörte. Das Klingeln kam von der Rückbank, wo Matthews Jackett lag. Rasch fuhr er an den Straßenrand, angelte nach der Jacke und durchsuchte die Taschen, bis er das Smartphone fand. Im Display stand nur ein Name. *Milo*.

Er meldete sich ohne Namen. »Hallo?«

»Ich habe es mir überlegt, Clarke, ich kann mir ja mal anhören, was Sie zu bieten haben.«

»Was ich zu bieten habe?«

»Nicht dass ich einem Schmierfink wie Ihnen viel zu erzählen hätte …«

Hatte er Matthews geheimnisvollen Informanten in der Leitung? Offenbar hatte Matthew sich für einen Reporter der schreibenden Zunft ausgegeben und nicht für einen Reporter vom Fernsehen.

»Sind Sie noch dran?«

»Ja, bin ich.« Jetzt war eine schnelle Entscheidung nötig. »Können wir uns treffen?«

»Kommen Sie in den *Maiden Club*. Ich werd' den ganzen Abend da sein.«

Der Anrufer legte auf.

Sofort googelte Fin den *Maiden Club*. Ein Pub in Killarney. Er sah auf die Uhr. Eigentlich wollte er lieber nach Cork zu Susan und Lily. Aber er hatte wohl keine andere Wahl.

Sicherheitshalber checkte er den Speicher von Matthews Smartphone, aber außer einer Nachricht von besagtem Milo, der um einen Rückruf bat, fand er nichts. Matthew hatte erfolgreich vermieden, verräterische Spuren zu hinterlassen.

Plötzlich dämmerte ihm, wer dieser Milo sein musste. Milo McCabe, der Gitarrist von Aidan Coles legendärer erster Band.

Fin bemühte abermals das Internet und klickte sich durch diverse Links zur Bandgeschichte. Milo McCabe, dessen Spitzname in früheren Tagen *Corncrake* gewesen war, weil er den Ruf eines Wachtelkönigs täuschend echt imitieren konnte, wobei der Laut dieses Vogels eher einem trockenen Knarren glich als einem melodiösen Gesang. Milo McCabe, der in seinen besten Tagen ein begnadeter Gitarrist gewesen war, der alles und jeden an die Wand spielen konnte. Milo McCabe, der alles geraucht, getrunken oder geschnupft hatte, dessen er hatte habhaft werden können. Milo McCabe, der sich am Ende mit Aidan Cole auf offener Bühne geprügelt hatte und der es mit dem legendären Satz »Eher trocknet der Shannon aus, als dass ich mit diesem Arschloch noch mal gemeinsam vor ein Mikrophon trete« sogar auf die Titelseite des *Independent* geschafft hatte.

Es gab keine aktuellen Fotos von ihm im Netz, die meisten Aufnahmen waren zwanzig Jahre und älter. Fin fragte sich, in welcher Versenkung Matthew Milo McCabe gefunden hatte. Und wozu?

Er würde es herausfinden.

Er steckte den Schlüssel ins Zündschloss, aber er zögerte. Vielleicht sollte er vorher doch noch einen Anruf machen. Er hatte es versprochen. Wieder nahm er Matthews Handy und wählte eine Nummer, die er auswendig kannte.

»Garda Letterkenny, Sie sprechen mit Detective Inspector da Silva. Was kann ich für Sie tun?«

»Hier ist Fin.«

»Hallo Fin, ich hab' deine Nummer gar nicht erkannt. Neues Handy?«

»Ist 'ne längere Geschichte–«

»Scheiße, für längere Geschichten hab' ich im Augenblick leider überhaupt keine Zeit.«

»Wieso? Was ist los?«

»Wir haben 'ne Leiche.«

»Kann passieren. Sollte in deinem Job aber keine allzu große Überraschung sein.«

»Es handelt sich möglicherweise um Samuel Cole.«

10. The Maiden Club

Der *Maiden Club* gehörte zum *Rosewood Hotel* und lag mitten im Zentrum von Killarney. Er war nicht das, was man eine urige Kneipe nennen würde, dazu war er zu groß, die Einrichtung zu modern, die Beleuchtung zu hell. Aber das Pub war gut besucht, was zum einen daran lag, dass in der Saison in einer Touristenhochburg wie Killarney jede Kneipe an einem Sonntagabend brechend voll war, zum anderen an dem Musiker, der sich redlich bemühte, sein Publikum mit irischen Traditionals bei Laune zu halten.

Fin schaute sich um und fragte sich, wie er Milo McCabe erkennen würde. Er schob sich an den Tresen vor und bestellte ein Bier. Die Versuchung war groß, schnell eine Kleinigkeit zu essen, da er den ganzen Tag schon unfreiwillig gefastet hatte, er beließ es aber beim flüssigen Getreide. Wenn er ehrlich war, hatte er auch keinen rechten Appetit. Er hatte kurz mit Susan telefoniert und sich nach Matthew erkundigt. Sein Zustand war unverändert ernst, seit zwei Stunden war er im OP und die Ärzte taten ihr Bestes.

Er nahm sein Pint entgegen und verzog sich ans hintere Ende der Theke. Jeans und Jacke waren mittlerweile halbwegs trocken, verströmten aber den unnachahmlichen Geruch nach schlammigem Salzwasser. Das T-Shirt hatte er lieber gegen sein Hemd getauscht, er war sich nicht sicher, wie McCabe auf den Anblick eines *COLE!*-T-Shirts reagieren würde.

Er nahm einen Schluck Bier und hörte der Musik zu. Irische

Volksmusik war nicht unbedingt sein Fall, schon gar nicht als jene geballte Ladung, die jedes Touristenherz höher schlagen ließ. Dabei spielte der Mann auf der kleinen Bühne gar nicht schlecht. Einer jener unverbesserlichen Kneipenbarden, die man nachts um zwei wecken konnte und die dann fehlerfrei *Whiskey in the Jar* zum Besten gaben. Er konnte ohne Frage mit seiner Gitarre umgehen und erinnerte nicht nur mit seiner leicht nasalen Stimme ein wenig an Willie Nelson. Die langen grauen Haare trug er offen, nur von einem bunten Stirnband gebändigt, weiße Bartstoppeln sprenkelten ein wettergegerbtes Gesicht, dessen tiefe Furchen mit Hammer und Meißel modelliert schienen. Lässig hockte er auf seinem Barhocker und spulte sein Programm herunter.

Und er wusste, was sein Publikum erwartete.

»Ist heute Abend jemand hier aus Cleveland, Ohio?«

Ein Wald von Händen reckte sich zur Decke, untermalt von zustimmendem Grölen, in dem die ersten Takte von *Banks of Ohio* gnadenlos untergingen. Ein Tisch nach dem anderen schwofte mit, der Barkeeper hinter dem Tresen zapfte im Akkord. Manchmal brauchte es nicht viel, um amerikanische Touristen glücklich zu machen.

Nach dem Song war endlich Pause, der Musiker verzog sich von der Bühne. Fin atmete innerlich auf.

»Mr Clarke?«

Fin drehte sich um.

Neben ihm stand der grauhaarige Musiker.

»Mr McCabe?« Fin war überrascht. So überrascht, dass ihm fast kein Text einfallen wollte. »Oder ist Ihnen *Corncrake* lieber?«

McCabe konnte die Reaktion seines Gegenübers nicht entgangen sein. Er schnaubte verächtlich und schob seinen hageren Körper auf einen Barhocker. »Unter diesem Namen kennt mich keiner dieser besoffenen Idioten hier.«

Der Barkeeper stellte ihm unaufgefordert ein Glas und eine Flasche Bitter Lemon hin.

»Ich dachte schon, du kommst nicht mehr.«

»Wie haben Sie mich erkannt?«, fragte Fin.

»Du siehst nicht aus wie einer, der hier Urlaub macht.«

Und Milo McCabe sieht nicht aus wie einer, dem noch vor zwanzig Jahren die Welt des Rock'n'Roll zu Füßen gelegen hatte, dachte Fin. Aber er sagte es natürlich nicht. Tatsächlich war McCabe gerade mal zwei Jahre älter als Aidan Cole, aber so wie er hier neben ihm hockte, hätte er ebenso gut dessen Vater sein können. Wie so viele Musiker vor ihm hatte er sein Leben auf der Überholspur gelebt, aber er musste einmal falsch abgebogen sein und hatte nie wieder in die Spur zurückgefunden. Fin fragte sich, was geschehen war, nachdem Cole die Band aufgelöst hatte.

Es war offenbar nicht schwer, seine Gedanken zu lesen. Vermutlich war Fin nicht der Erste, der Milo McCabe völlig anders in Erinnerung hatte. »Ja, ich hab' 'ne Menge Scheiße gebaut in meinem Leben«, gestand McCabe freimütig ein, »zu viel gesoffen, zu viele Weiber, zu viele Drogen, von allem zu viel … Aber die Musik hat alles wieder wettgemacht. Mein Leben war ein verdammt schöner Traum, aus dem ich leider zu spät aufgewacht bin.«

Es konnte kein angenehmes Erwachen gewesen sein.

»Aber ich bereue nichts, keinen einzigen Tag.« Seine Finger kratzten am Etikett der Limonadenflasche.

Fin konnte sich dunkel daran erinnern, dass Milo McCabe nach dem Bruch mit Aidan Cole auf Solopfaden gewandelt war, aber er hatte nie mehr an den Erfolg von früher anknüpfen können. Wo waren all die Millionen geblieben, die er damals mit *Cole* verdient hatte? Fin hätte nie für möglich gehalten, dass jemand wie McCabe derart abstürzte, dass er nun als One Man-Band durch die Kneipen der irischen

Provinz tingeln musste. »Ziemliches Kontrastprogramm, das hier, oder?«

»Von irgendwas muss der Mensch ja leben.« McCabe zuckte gleichgültig mit den Achseln. »Es läuft ganz gut. Ich kann keine großen Sprünge machen, aber ich hab' mein Auskommen. Und wenn ich ehrlich bin, macht es sogar Spaß.«

Es klang wenig überzeugend.

»Also, worüber wolltest du mit mir reden?«

Das hätte Fin auch gerne gewusst. Was hatte Matthew von Milo McCabe gewollt?

»Immerhin haben Sie nicht Aidans Sorgen«, begann er einen Vorstoß und versuchte, den Gedanken zu ignorieren, dass Samuel Cole möglicherweise tot war.

»Das mit seinem Jungen tut mir leid. 'ne Schweinerei, diese Entführung«, entgegnete McCabe und gab dem Barkeeper einen Wink, »Sammy hat mich vor 'n paar Wochen besucht. Netter Kerl. War ganz stolz, dass er endlich den Führerschein hatte und 'n eigenes Auto.«

»Sie kennen sich gut?«

»Nein, überhaupt nicht.« McCabe schien selber überrascht von dieser Feststellung. »Als Aidan und ich uns gezofft haben, war Sammy fast noch ein Baby. Zwischen Aidan und mir herrschte all die Jahre Funkstille. Da war ich einigermaßen erstaunt, als Sammy dann eines Abends angerufen hat. Wollte wohl die Jungs aus Daddys alter Band mal kennenlernen. Na ja, Gavin Brady hat vor drei Jahren der Krebs geholt, und das Letzte, was ich von Frankie O'Hara gehört habe, ist, dass er sich in Südfrankreich die Sonne auf den Bauch scheinen lässt.«

»Und dann hat er einfach so vorbeigeschaut?«

»Ja, einfach so.«

Fin sah ihn an. McCabe wich seinem Blick aus, kippte den Rest Limonade in sein Glas und beobachtete scheinbar ganz fasziniert, wie die Kohlensäure die blassgelbe Brühe durcheinanderwirbelte.

Nein, da gab es noch eine andere Antwort.

»Das glaub' ich nicht«, bemerkte Fin trocken.

McCabe schwieg. Leerte sein Glas und stellte es hart auf den Tresen. Fin übte sich in Geduld und orderte noch ein Pint.

»Was ist dir 'ne gute Antwort wert?«, kam es plötzlich von McCabe.

Fin zögerte. Was hätte Matthew an seiner Stelle geantwortet? Matthew, der Journalist.

Wäre er noch Polizist und McCabe ein Verdächtiger, wäre es einfach. Bei einem Verhör würde er dem Verdächtigen ein Angebot unterbreiten, das so verlockend war, dass er auspackte. Strafmilderung oder Hafterleichterung, so was in der Richtung. Ihm fiel nur eins ein, womit er McCabe wahrscheinlich aus der Reserve locken konnte. Geld. Das er, Fin, nicht hatte.

»Versprechen kann ich nichts«, antwortete er vorsichtig, »kommt drauf an, wie gut die Antwort ist.«

McCabe überlegte, schob das Glas auf der Theke hin und her und traf schließlich eine Entscheidung.

»Sammy ist felsenfest davon überzeugt, dass Aidan nicht sein Vater ist.«

»Aha«, machte Fin nur.

»Er glaubt, dass er adoptiert ist«, setzte er noch obendrauf.

Fin war enttäuscht. Das war jetzt nicht die ganz große Enthüllung, die er erwartet hatte. »Haben wir nicht alle in der Pubertät mal 'ne Phase gehabt, in der wir geglaubt haben, wir seien im Krankenhaus vertauscht worden?«, meinte er. »Oder in der wir uns wenigstens andere Eltern gewünscht haben?«

McCabe antwortete nicht. Stattdessen zerbröselte er auch das Etikett der zweiten Flasche.

»Oder ist da was dran?«

McCabe sah ihn bedeutungsvoll an, ehe er die Katze aus dem Sack ließ. »Aidan kann keine Kinder zeugen.«

»Im Ernst?«

»Er hat sich sterilisieren lassen. Hat er mir jedenfalls mal im Suff erzählt«, erwiderte McCabe, »schon vor seiner ersten Ehe mit Lucy. Wollte nie Kinder haben. Wollte aber andererseits nix anbrennen lassen.«

»Mag ja sein, dass das damals eine Sensationsmeldung gewesen wäre, aber heute locken Sie damit niemanden hinterm Ofen vor«, versuchte Fin sich in seiner Rolle als Journalist, »da müssen Promis ganz andere Tabus brechen, um auf 'ne Titelseite zu kommen. Mord, Totschlag, Ehebruch ... was weiß ich.«

»Kommt drauf an, wem sie's erzählen.«

»Sie haben Sammy davon erzählt?«

»Klar, warum nicht? Der Junge ist alt genug. Soll er doch seine eigenen Schlüsse ziehen.«

Vielleicht hatte er genau das getan. Und damit unbeabsichtigt etwas in Bewegung gesetzt. Allmählich fügten sich für Fin ein paar Puzzlesteine zusammen. Begonnen hatte alles mit dem Schulprojekt. Samuel Cole hatte seine Hausaufgaben gemacht und bei der Ahnenforschung etwas ans Licht gebracht, was besser in der Vergangenheit begraben geblieben wäre. Sein Vater war möglicherweise nicht sein Vater. Aber was war an dieser Enthüllung so sensationell, dass jemand töten würde, um zu verhindern, dass es publik wurde?

»Aber der Junge ist nicht blöd, er ist schon von allein drauf gekommen, dass irgendwas hinsichtlich seiner Geburt nicht stimmen kann«, fuhr McCabe fort, »als er mich besucht hat, hatte er Fotos dabei. Fotos von seinen Eltern aus dem Jahr, in dem er geboren wurde. Ein Foto, auf dem ich auch drauf bin, deshalb ist er wohl zu mir gekommen. Ich war damals mit Aidan und Cat in Amerika ... Sommerfrische in den Hamptons ...«

»Moment mal, ich dachte, Sie und Aidan konnten nicht miteinander?«, warf Fin dazwischen.

»Wir konnten nicht miteinander, wir konnten aber auch nicht ohneeinander. Mal haben wir uns geprügelt, am nächsten Tag hat er sich bei mir ausgeheult«, erwiderte McCabe, »glaub mir, Aidan war nicht zimperlich, was Drogen anging. Der hat alles geschluckt, was ihm in die Finger kam. Aber er hat großes Talent gehabt, sich das nicht anmerken zu lassen. Das hat ihn so unberechenbar gemacht. Nicht mal der Unfall mit Lucy hat ihn kuriert.«

»Sie wissen, wer gefahren ist?«

Milo überlegte, ob er darauf antworten sollte. Er beließ es bei einer Andeutung. »Aidan hätte niemals das Steuer seines heißgeliebten Minis jemand anderem überlassen ...« Er nahm den Faden seiner ursprünglichen Geschichte wieder auf. »Jedenfalls hat er mich damals als moralische Stütze mit nach Amerika genommen. Seine Ehe war gerade auf dem besten Weg, den Bach runter zu gehen. Vielleicht, weil sich keine Kinder einstellen wollten.« Er sah Fin an. »Ich glaube nicht, dass Aidan Catherine reinen Wein eingeschenkt hat, was seine Sterilisation betraf. Dazu war er viel zu feige.«

»Und was ist in Amerika passiert?«

»Erstmal nichts Besonderes«, antwortete McCabe, »wie du sicher weißt, ist Catherine die Tochter von Herbert Syms. Syms, der Seifenfabrikant aus New York. Amerikanischer Geldadel. Cocktailpartys in den Hamptons. Sonnige Tage am Strand. Wir waren zusammen bei einem Poloturnier. Catherines Mannschaft hat gewonnen. Und einen Monat später ruft mich Aidan in Irland an und erzählt mir, dass er Vater geworden ist.« Er schüttelte ungläubig den Kopf. »Welche Frau reitet bei einem Poloturnier mit, wenn sie im achten Monat ist? Glaub mir, ich hätte gemerkt, wenn Catherine Cole schwanger gewesen wäre.«

Fin hatte das Foto von der Siegerehrung vor Augen. »Haben Sie Aidan darauf angesprochen?«

Er nickte. »Er hat versucht, mir weiszumachen, sie hätten die Schwangerschaft gar nicht bemerkt. Angeblich hat Catherine im Haus ihrer Eltern plötzlich Bauchschmerzen gekriegt, und hoppla, einen Tag später war das Baby da.«

Ein Mann am anderen Ende der Theke versuchte, Milo McCabe mit Handzeichen auf sich aufmerksam zu machen. Offenbar der Chef des *Maiden Club*, der meinte, die Pause habe lange genug gedauert. McCabe ignorierte ihn.

»Catherine kam erst drei Monate nach der Geburt nach Irland zurück. Der Arzt hat von einem Flug abgeraten, sie habe sich erst erholen müssen. Das wiederum glaub' ich gerne. Wenn du Catherine damals gekannt hättest ... Die war depressiv. Dünn wie 'ne Bohnenstange, fast schon magersüchtig. Die hat nie und nimmer 'nen Braten in der Röhre gehabt.«

»Also wäre Adoption 'ne durchaus plausible Erklärung?«

»Ja, aber Aidan wollte davon nichts hören. Er hat steif und fest behauptet, Samuel wäre sein Sohn«, antwortete McCabe, »ich meine, was ist denn groß dabei? Adoption kommt in den besten Familien vor. Das kann man doch zugeben. Aber wahrscheinlich war Aidan in seiner Mannesehre gekränkt, was weiß ich ...«

Fin erinnerte sich, mit welchem Nachdruck Aidan Cole noch vor wenigen Stunden ihm gegenüber aufgetreten war, als es um seinen Sohn gegangen war. Wen hatte er überzeugen wollen. Fin? Oder am Ende doch nur sich selbst?

»Da hast du deine Story«, meinte McCabe lauernd, »und wer weiß, vielleicht hängt das Ganze sogar mit der Entführung des Jungen zusammen. Würde mich jetzt nicht wundern.«

Er sprach genau das aus, was Fin schon eine ganze Weile befürchtete. »Na ja, zugegeben, nicht schlecht, aber alles 'n bisschen vage«, dämpfte Fin den Enthusiasmus, »einen echten

Beweis dafür, dass Aidan nicht der leibliche Vater von Samuel ist, haben Sie nicht, oder?«

»Das kannst du wohl nur mit ’nem DNA-Test definitiv rausfinden«, entgegnete McCabe, »ich könnte dir natürlich noch mehr erzählen …«

»Aber?«

McCabe lächelte ihn selbstgefällig an. »Es sollte sich für mich am Ende lohnen, wenn du verstehst, was ich meine.«

Natürlich verstand Fin, was er meinte. Milo McCabe wollte Geld sehen, dafür dass er aus dem Nähkästchen plauderte. »Sie sind nicht gut auf Ihren alten Bandkumpel zu sprechen, oder?«

McCabe starrte in sein leeres Glas, als suche er nach Erinnerungen an eine bessere Zeit. Vielleicht war da doch ein Hauch Wehmut im Spiel, aber Fin irrte. »Er ist ein Arschloch mit einem Riesenego«, urteilte McCabe, »ich geb’ ja zu, ich war selber kein Engel. Hab’ ’ne Menge Fehler gemacht. Während meiner Karriere. Und auch danach. Und einen Fehler, den werd’ ich mir nie verzeihen.«

Fin sah ihn fragend an.

»Ich hab’ Aidan die Rechte an unseren ganzen Songs abgetreten.«

»Wie kam’s?«

»Wie schon? Ich hab’ Geld gebraucht«, erklärte er lapidar, »Aidan mag ja ein guter Sänger sein und er hat ’n Ohr für Melodien wie kein anderer. Aber glaub’ mir, Matt, Aidan war es nicht, der vom Wasser des Boyne getrunken hat. Die Texte, die waren alle von mir. Jedes einzelne verdammte Wort.«

Über die Jahre mussten einige Hunderttausend Euro an Tantiemen zusammengekommen sein. Geld, von dem Milo McCabe keinen Cent gesehen hatte. Da konnte man schon mal sauer werden.

McCabe rutschte von seinem Barhocker und gab Fin unvermittelt einen Klaps auf die Schulter. »Vielleicht solltest du mich mal besuchen, dann können wir über die guten alten Zeiten plaudern.« Er nannte ihm eine Adresse. »Du solltest aber nicht mit leeren Händen kommen. Und …« Er sah ihn an und senkte seine Stimme. »… warte nicht zu lange. Es gibt im Augenblick genug andere, die sich für die Story interessieren.«

Er tauchte in der Menge seiner Fans unter, die seinen Gang zur Bühne mit stürmischem Applaus begleiteten. Der steigende Alkoholpegel entfaltete seine Wirkung.

»Ich hoffe, ihr habt mich vermisst, Freunde!« Er hängte sich die Gitarre um. »Wer von euch kennt den Song *The Wild Rover*?«

Die Menge jubelte begeistert und stimmte die erste Zeile an, noch ehe McCabe den ersten Akkord gespielt hatte.

Fin hörte gar nicht mehr hin. Er trank sein Bier aus und brachte Ordnung in seine Gedanken.

Samuel Cole hatte versucht, herauszufinden, wer er wirklich war. Eine Idee, die bei seinem Vater wahrscheinlich auf wenig Gegenliebe gestoßen war. Er hatte in Matthew Clarke einen Helfer bei seinen Recherchen gefunden, hatte ihm die Fotos gezeigt, die er auch Milo McCabe gezeigt hatte. Die Fotos, die draußen in seinem Wagen lagen. Die Fotos, die angeblich bewiesen, dass Catherine Cole zum Zeitpunkt seiner Geburt rank und schlank gewesen war. Eine Adoption schien eine mögliche Erklärung.

Bis hierher war die Geschichte nicht weiter ungewöhnlich. Und doch schien Samuel Cole etwas ins Rollen gebracht zu haben, das er irgendwann nicht mehr hatte kontrollieren können. War er deshalb entführt worden? Hatte ihn jemand zum Schweigen bringen wollen?

War auch Matthew auf diese Spur gestoßen? Er hatte keine Gelegenheit gehabt, mit Milo McCabe zu reden, er konnte bestenfalls an der Oberfläche der Wahrheit gekratzt haben. Aber er musste etwas geahnt haben.

Wie lange gab es *Future4Families* eigentlich? Lange genug, um die Dienste der Organisation für den eigenen Zweck zu nutzen?

Fin fiel es schwer, an ein zufälliges Zusammentreffen der Ereignisse zu glauben.

Wenn eine Adoption tatsächlich die Antwort auf alle Fragen war, dann hatte sich Fin die eine entscheidende Frage bisher noch nicht gestellt: Wer waren tatsächlich Samuels Eltern?

11. Cork

Die Meldungen im Radio überschlugen sich. Zwar gab es noch keine positive Identifizierung des Toten, aber alle Sender waren sich einig, dass es sich um Samuel Cole handeln musste. Weder der Fundort der Leiche noch die näheren Umstände des Todes waren bekannt. Bis zu einer endgültigen Identifizierung durch Familienangehörige hielt sich die Polizei in Donegal mit offiziellen Statements zurück.

Fin wusste aus eigener Erfahrung, wie es dem Polizeibeamten erging, der die Todesnachricht überbringen musste, ebenso wenig beneidete er Aidan und seine Frau. Das vermisste Kind in der kalten nüchternen Atmosphäre der Gerichtsmedizin wiederzufinden, war ein harter Schlag.

Aber vielleicht gab es noch Hoffnung, vielleicht irrten alle und Samuel war noch am Leben?

Es war weit nach Mitternacht, als Fin Cork erreichte. Man hatte Matthew ins University Hospital gebracht. Von nächtlicher Ruhe war man hier weit entfernt. In der Notaufnahme wurden gerade die Opfer eines Verkehrsunfalls eingeliefert, und Fin musste sich durchfragen und in Geduld üben, ehe man ihn auf die richtige Station verwies. Hektik herrschte auf den Klinikfluren, wo man Betten mit Patienten zwischengeparkt hatte, weil in den Zimmern kein Platz mehr war.

Erst auf der Intensivstation wurde es ruhiger. Fin fand Susan und Lily in einem Aufenthaltsraum für Angehörige.

»Wo warst du so lange?« Susan kam ihm entgegen. »Ich hab' mir Sorgen gemacht.«

Er nahm sie in die Arme. Es war lange her, seit sie sich um ihn gesorgt hatte. »Ich habe versucht rauszufinden, wer auf Matthew geschossen hat.«

Ob er eine Antwort auf seine Fragen gefunden hatte, schien Susan in diesem Augenblick gar nicht zu interessieren. »Er war eben kurz bei Bewusstsein. Jetzt schläft er. Sie haben ihn in ein künstliches Koma versetzt.«

»Was sagen die Ärzte?«

»Sie haben ihm zwei Kugeln entfernt. Eine in der Lunge, die andere hat eine Niere knapp verfehlt«, erklärte Susan, »er hat viel Blut verloren, aber der Arzt meint, er hat großes Glück gehabt.«

Fin spürte, wie die Müdigkeit alle Spannung aus dem Körper genommen hatte, den er in seinen Armen hielt. Sanft lehnte er ihren Kopf an seine Schulter und strich ihr durchs Haar. Er sah zum Fenster hinaus in die Dunkelheit, sah ihr beider Spiegelbild in der Glasscheibe, wie sie engumschlungen mitten im Raum standen, gerade so, als ob sie zu einer Musik tanzten, die nur sie beide hören konnten.

»Du solltest etwas schlafen«, fand er.

»Auf keinen Fall«, widersprach Susan, bemüht, ihrer Stimme einen energischen Tonfall zu geben, »ich könnte jetzt eher 'ne Tasse Kaffee gebrauchen.«

»Ich schau mal nach, ob ich welchen finde.«

»Nein, lass nur.« Sie löste sich von ihm. »Ich muss mir eh mal die Beine vertreten.« Und schon war sie verschwunden.

Auch im Aufenthaltsraum hing der unvermeidliche Fernseher an der Wand. Stumme Bilder flimmerten über den Schirm, andere Bilder dieses Mal, Bilder, die die vertraute Landschaft Donegals zeigten. Baumlose, graubraune Hügel, auf denen zottelige Schafe grasten. Torfmoore, die im regnerischen Sommer versunken waren. Berge, deren Gipfel in den Wolken verschwanden. Uniformierte Polizisten, die das Gelände durchstreiften auf der Suche nach Spuren. Eine schmale Straße voller Einsatzfahrzeuge. In der Ferne ein Absperrband. Es mussten Aufnahmen vom Abend zuvor sein. Aufnahmen vom Fundort der Leiche, vielleicht auch vom Tatort.

Lily kauerte in sich zusammengesunken auf einem Sofa und starrte auf den Fernseher, ohne die Bilder wirklich wahrzunehmen. Fin setzte sich zu ihr. Er glaubte, Spuren von Tränen auf ihren Wangen zu sehen.

»Matt wird es schaffen. Ganz bestimmt.«

Lily ließ den Fernseher nicht aus den Augen. »Ist es Sammy?«

»Ich weiß es nicht«, antwortete er wahrheitsgemäß.

»Ich kann das gar nicht glauben. Vor zwei Wochen waren wir noch zusammen. Er hat mit Matthew und mir in unsrer Küche gesessen.« Sie sah ihren Vater an, versuchte die aufkommenden Tränen wegzublinzeln. »Dann diese Entführung. Das ist so unwirklich. Solche Sachen passieren doch nur im Film. So was passiert doch nicht im richtigen Leben ...« Sie schien es sich mehr zu Herzen zu nehmen, als er gedacht hatte. »Und jetzt ist er tot ...«

»Noch haben wir keine Gewissheit ...« Er klang nicht sehr überzeugend.

»Verdammt, welches Arschloch tut so was ...?« Ihre Stimme versank in Tränen und Wut.

Fin legte den Arm um sie, zog sie an sich und versuchte, sie zu beruhigen. Er hielt sie eine Weile fest, ließ sie weinen und wartete, bis sie wieder ruhig atmete. »Sag mal, euer Schulprojekt, der Familienstammbaum und all das«, lenkte er ab, »hat Sammy mal durchblicken lassen, dass er bei seinen Recherchen irgendwas Besonderes entdeckt hat?«

»Was Besonderes?« Lily schniefte.

»Hat er vielleicht mal was von einer möglichen Adoption erzählt?«

»Adoption? Oh Gott, ja, das war mal so 'ne fixe Idee von

ihm«, meinte sie, »Freaky Sam. Manchmal kann er schon ’n ganz schöner Spinner sein.«

»Hatte er auch ’ne Idee, wer seine richtigen Eltern sein könnten?«

»Nee, glaub’ ich nicht. Er hat zwar immer mal wieder davon gesprochen, wie sein Leben wohl verlaufen wär’, wenn ihn seine richtigen Eltern nicht weggeben hätten, aber ich hab’ ihn nicht wirklich ernst genommen.« Sie kuschelte sich enger an ihren Vater, hielt plötzlich inne und schaute ihn irritiert an. »Sag mal, du müffelst wie Pebbles, wenn sie den ganzen Tag im Regen rumgelaufen ist …«

Er konnte sich ein Lächeln nicht verkneifen. »Ja, ’ne Dusche wär’ in der Tat nicht schlecht.« Er angelte die Fernbedienung von dem kleinen Beistelltisch und wollte den Fernseher ausmachen, als der Moderator unvermittelt das Thema wechselte. Wieder Bilder, die ihm vertraut waren, wenn auch in einem anderen Zusammenhang. Er schraubte die Lautstärke hoch. Eine Schießerei vor dem *Lyon’s Inn* hatte am Mittag die Polizei von Cork beschäftigt. Noch gab es keinen Hinweis auf den oder die Täter. Während sich ein Tourismusmanager besorgt zeigte, fragte sich ein Reporter, ob die Anwesenheit des Journalisten Matthew Clarke, dem späteren Opfer, Zufall gewesen war. Schließlich kannten sich Clarke und Aidan Cole. In einem Interviewschnipsel wies Detective Inspector McKenna zwar alle Spekulationen diesbezüglich von sich, aber Fin gefielen die Zwischentöne nicht, die den Zuschauer wohl glauben lassen sollten, dass Matthew etwas mit der Entführung zu tun haben könnte.

Er schaltete den Fernseher aus.

Vielleicht hatte Matthew tatsächlich den richtigen Riecher gehabt, vielleicht gab es Ungereimtheiten bei *Future4Families*. Ob Cole selber davon wusste oder nicht oder ob er gar selber mit drin steckte, war eine andere Frage. Aber die Idee, dass

Samuel adoptiert war und es vielleicht bei dieser Adoption nicht mit rechten Dingen zugegangen war, machte sich immer mehr in Fins Gedanken breit. War es Zufall, dass sich Coles Wohltätigkeitsorganisation auch mit Adoptionen befasste? Was war damals vor achtzehn Jahren passiert, das heute einen jungen Menschen möglicherweise das Leben gekostet hatte?

Irgendwann war er eingeschlafen. Es war kein tiefer gesunder Schlaf, es war ein unruhiger Dämmerzustand, den sein Geist seinem widerspenstigen Körper mühsam abgerungen hatte. Er träumte wirres Zeug, Polizisten versuchten, eine wildgewordene Schafherde daran zu hindern, sich über eine Klippe ins Meer zu stürzen, und Willie Nelson sang ein Lied dazu, während das irische Parlament die Lage der Nation diskutierte.

»Ich weiß es nicht! Es muss ein Verrückter gewesen sein!«

»Aber er muss doch einen Grund gehabt haben, dass er dort war.«

»Urlaub! Einfach nur Urlaub!«

»Wollte er sich dort mit jemandem treffen?«

»Lassen Sie mich endlich in Ruhe!«

»Es stimmt doch, dass Matthew Clarke nicht gut auf Aidan Cole zu sprechen ist, oder? Ich meine, die Geschichte damals–«

»Verschwinden Sie! Hauen Sie ab!«

Susan.

Fin wachte auf. Im Halbschlaf raffte er sich vom Sofa auf und taumelte zur Tür.

Susan stand auf dem Krankenhausflur und brüllte einen jungen schnöseligen Typen an, der sich seinerseits kaum eine Armlänge vor ihr aufgebaut hatte und in gleicher Lautstärke Kontra gab.

»Warum ist dann die Garda vor Matthew Clarkes Haus in

Dublin in Stellung gegangen? Bestimmt nicht, um in seiner Abwesenheit die Blumen zu gießen!«

Ein Reporter.

Wie, zum Teufel, hatte er es bis auf die Intensivstation geschafft?

Susan war außer sich. »Wenn Sie nicht sofort verschwinden, rufe ich die Polizei!«

Fin war mit einem Schlag hellwach.

»Lass nur, Liebling, ich mach' das ...«

Ehe der Reporter fragen konnte, wer sich hier in Dinge einmischte, die ihn wohl nichts angingen, hatte Fin ihn wortlos am Kragen gepackt und Richtung Tür gezerrt.

»He, was soll das? Lassen Sie mich los!«

Er war ein Fliegengewicht und kein Problem für Fin. Es war ein wenig wie früher, wenn er den Müll rausbrachte. Er schleifte den zappelnden, zeternden Mann die Treppe hinunter, ignorierte die verdutzten Blicke von Ärzten und Pflegern ebenso wie die Eingangstür, die sich nicht schnell genug öffnete und unsanft mit dem Kopf des Reporters kollidierte. Ein kleiner Schubs und der Mann stolperte die Treppe in Richtung Parkplatz hinunter.

»He, Mann ...!«

»Lass dich hier nie wieder blicken!«, gab Fin ihm noch mit auf den Weg, klopfte sich demonstrativ die Hände ab, als ob er sich schmutzig gemacht hätte, und ging zurück zum Eingang.

»Wusste gar nicht, dass du 'nen neuen Job als Rausschmeißer hast.«

»Caitlin? Was machst du hier?«

Caitlin da Silva stand vor der Eingangstür und lächelte ihm entgegen. »Ich hab' dein Handy nicht erreicht, und nach dem, was du mir über Matthew erzählt hast, hab' ich mir so meine Gedanken gemacht.«

Fin gab ihr einen flüchtigen Kuss auf die Wange. Er freute sich, sie zu sehen. »Tut mir leid, aber mein Handy ist abgesoffen.«

»Wie geht es Matthew?«

»Die Ärzte meinen, dass er durchkommt. Er hat wohl Glück gehabt.«

»Gut zu hören.«

»Ich dachte, ihr habt da oben im Augenblick genug um die Ohren«, meinte Fin, »da bist du extra wegen mir den ganzen Weg von Donegal hergekommen?«

»Na ja, nicht ganz«, bremste sie ihn aus, »ich dachte mir, dass du hier bist, und schaue mal kurz vorbei, ehe ich weiter nach Baltimore fahre.«

»Baltimore?«

»Ich hole Aidan Cole und seine Frau ab und bringe sie nach Letterkenny.« Ihre Miene wurde ernst. »Jemand muss den Toten identifizieren.«

»Dann ist es also Samuel Cole?«

»So wie es aussieht, ja.«

»Wie habt ihr ihn gefunden?«

»Sag mal, gibt's hier irgendwo 'nen Kaffee? Ich bin mitten in der Nacht losgefahren, ich hatte noch nicht mal 'n anständiges Frühstück.«

Im Foyer des Krankenhauses gab es immerhin einen Kaffeeautomaten. Fin spendierte zwei Pappbecher und balancierte sie zu einer Sitzgruppe zwischen verstaubten Grünpflanzen und Werbebannern für Blutspende.

»Am Wochenende haben einige Gemeinden in Donegal ihre alljährlichen *Clean ups* veranstaltet. Du weißt schon, viele Freiwillige, die mit Müllsäcken bewaffnet durch die Gegend traben und aufräumen«, berichtete Caitlin, »dabei ist man am Strand von Oran auf eine Leiche gestoßen. Direkt unterhalb der Klippen. Wer auch immer sie dort versteckt hat, hat vermutlich nicht mit dem Enthusiasmus der Müllsammler gerechnet, die buchstäblich jeden Stein umgedreht haben.«

»Todesursache?«

Caitlin nippte an ihrer lauwarmen schwarzen Brühe. »Die Obduktion ist noch nicht abgeschlossen. Die Leiche weist ziemlich üble äußere Verletzungen auf, die laut Gerichtsmedizin möglicherweise von einem Sturz herrühren.«

»Ein Unfall? Vielleicht hat er versucht, seinen Kidnappern zu entkommen?«

Caitlin zuckte mit den Schultern. »Vielleicht. Eins jedenfalls ist sicher, der Junge ist schon eine Weile tot.«

»Eine Weile?«

»Kann sein, dass er schon am Tag seiner Entführung zu Tode gekommen ist.«

»Deshalb gab es wohl auch keine Lösegeldforderung mehr«, dachte Fin laut nach.

»Schmeckt scheußlich.« Caitlin verzog das Gesicht und stellte ihren Becher ab. »Hast du diesen Milo getroffen?«

Fin fasste in wenigen Worten den vergangenen Abend zusammen. Auch sein Zusammentreffen mit Shauna Adams erwähnte er, und ihren Verdacht, den sie bezüglich Padraig Coles IRA-Vergangenheit und den aktuellen Wahlen hatte.

Caitlin hatte aufmerksam zugehört. »Die IRA. Mal wieder. Immer wenn man nicht mehr weiterweiß.« Sie war genauso wenig überzeugt von dieser Theorie wie Fin. »Aber dieser McCabe, was denkst du, könnte der mit der Entführung was zu tun haben?«

»Milo?« Dieser Gedanke war Fin noch gar nicht gekommen. »Na ja, verbittert genug ist er. Aber ich weiß nicht …«

»Er hat ja wohl nicht alle Karten auf den Tisch gelegt, oder?«

»Er will erst Geld sehen, bevor er weiter plaudert«, entgegnete Fin, »aber ich nehme an, er wird mittlerweile mitbekommen haben, dass man Samuel Coles Leiche gefunden hat. Vielleicht sollte ich doch noch mal mit ihm reden, ehe er sich's überlegt und seine Story meistbietend an irgendeine Zeitung verhökert.«

»Du solltest mit deinen Informationen zur Polizei gehen.«

»Tue ich ja. Du bist doch die Polizei«, erwiderte er, »wir sollten zusammen zu ihm fahren.«

»Ich meinte die Polizei hier in Cork.«

»Wenn ich bei Milo mit der Kavallerie anrücke, macht der mir nicht mal die Tür auf«, war sich Fin sicher, »also, kommst du mit?«

»Fin, du solltest dich da raushalten.«

»Dazu stecke ich schon zu tief drin.«

Caitlin schaute auf die Uhr. »Ich hab' eigentlich nicht viel Zeit.«

»Bitte.«

Er wusste, dass ihre Neugier größer war.

»Gut, aber wir nehmen meinen Wagen.«

Fin stand auf. »Ich bring' eben Lily den Schlüssel zum Land Rover, damit sie sich um Pebbles kümmern kann. Bin gleich wieder da.«

Er beeilte sich, nahm die Treppen anstelle des Fahrstuhls und traf am oberen Treppenabsatz auf Susan. Sie sah ihm mit finsterer Miene entgegen.

»Wer ist sie?«, wollte sie sofort wissen. »Die neue Frau in deinem Leben?«

»Susan, was soll das jetzt?«

»Schläfst du mit ihr?«

Fin wurde sauer. »Und wenn schon, es geht dich nichts an.«

12. Corncrake

»Wow, schicker Wagen.« Fin zog hörbar die Luft ein, als er vor dem schwarzen Bentley Continental stand. »Neu?«

»Nein, gehört Andrew, meinem Chef. Ich kann ja schlecht mit meiner alten Klapperkiste bei Aidan Cole vorfahren.«

Erst jetzt fiel ihm auf, dass Caitlin nicht wie sonst in Jeans und T-Shirt aufgekreuzt war, sondern ganz ungewohnt in grauem Hosenanzug und weißer Bluse.

»Keine Sorge, der Wagen ist gebraucht. Neu kann sich den auch kein Chief Inspector leisten.«

Fin wusste, er würde den Bentley hassen, noch ehe er eingestiegen war. »Muss ja viel von dir halten, dass er dir sein Auto anvertraut«, murmelte er, »warum ist er nicht selber gefahren?«

»Ich hab' mich freiwillig gemeldet. Dachte, du freust dich, wenn ich vorbeischaue ...« Sie lächelte ihn übers Autodach hinweg an. »Eifersüchtig?«

»Quatsch.« Er stieg ein.

Andrew.

Natürlich war er eifersüchtig. Aber das würde er niemals zugeben.

Immerhin brachte ihn der Wagen auf eine Idee. »Die Karre sieht doch nach 'ner Menge Kohle aus«, begann er und schnallte sich an, »und du in deinem feinen Zwirn ...«

Caitlin warf ihm einen argwöhnischen Blick zu. »Worauf willst du raus?«

»Ich könnte dich doch Milo als meine Chefin vorstellen«, erklärte Fin, »meine Verlegerin, die das nötige Geld hat.«

Caitlin seufzte und fuhr los. »Ich frage mich, wozu ich mich da habe breitschlagen lassen …«

Sie fuhren Richtung Bantry, hielten unterwegs an einer Tankstelle und gönnten sich zwei Sandwiches, die sie während der Fahrt vertilgten, wobei sich Fin redlich bemühte, möglichst viele Krümel auf dem Sitz zu verteilen. Kurz hinter Bantry warf Caitlin einen Blick auf ihr Navigationsgerät und bog von der Hauptstraße ab. Die Straße wurde zusehends schmaler, verkümmerte fast zu einem asphaltierten Feldweg. Eine respektable Steigung führte sie einen Hügel hinauf, zu ihrer Linken spiegelte die Bantry Bay einen grauen bedeckten Himmel. Sekunden später tauchten sie in eine tiefhängende Wolkendecke. Caitlin nahm den Fuß vom Gas und schaltete vorsichtshalber das Licht ein. Nach einigen Kilometern im Schritttempo hatten sie die Passhöhe erreicht. Caitlin lenkte den Wagen an den Straßenrand.

»Hier muss es passiert sein.«

Fin wusste, was sie meinte.

Ardnafola. Der Schauplatz der Entführung.

Sie stiegen aus.

Wind trieb feuchte Nebelschwaden über den Pass, überzog die karge Landschaft mit milchigen Schleiern. Die Sicht reichte kaum zwanzig Meter weit. Es war einsam, nicht mal ein Schaf war zu hören, nur ein kleiner Bach, der irgendwo gleichgültig vor sich hin plätscherte. Bei schönem Wetter hatte man von hier oben einen spektakulären Blick über die gesamte Bantry Bay.

»Seltsamer Ort für eine Entführung«, fand Caitlin.

»Wohin waren Aidan und sein Sohn unterwegs?«

»Samuel ist ein großer Star-Wars-Fan. Sie wollten wohl rüber nach Kerry zu den Drehorten auf Skellig Michael.«

»Wer wusste von dem Ausflug?«

»Eigentlich nur die Familie. Wobei … Catherine Cole war an dem Tag in Dublin, hatte irgendeinen Termin bei einer Spendengala.«

»Leben die Coles allein auf ihrem Anwesen?«

»Es gibt einen Gärtner und eine Putzfrau, die aber beide im Ort wohnen. Die Polizei von Cork hat sie natürlich schon überprüft«, erwiderte Caitlin, »der Gärtner hat ausgesagt, er habe Vater und Sohn an dem Morgen gemeinsam wegfahren sehen.«

Ein blauer Einmalhandschuh war in einem Gestrüpp hängengeblieben. Die Spurensicherung hatte das Gelände vermutlich genau unter die Lupe genommen. »Nicht gerade der kürzeste Weg nach Kerry«, meinte Fin.

»Mir gibt was ganz anderes zu denken.« Caitlin fuhr sich durch ihre feuchten strubbeligen Haare. »Ich hab' mich mal in den Häfen von Portmagee und Ballinskelligs erkundigt. Das Wetter war an diesem Tag so schlecht, dass keines der Boote zu den Skelligs rausgefahren ist. Was sollte also dieser Ausflug?«

»Vielleicht haben sie's nicht gewusst?«

»Ich bitte dich, Fin, ehe ich drei Stunden für nichts durch die Landschaft gondele, ruf' ich doch vorher an, oder?«

Sie fuhren auf der anderen Seite des Passes ins Tal hinunter und ließen die Wolken hinter sich. Caitlin folgte dem Schild *Beggar's Bridge*.

»Milo kennt die Gegend vermutlich wie seine Westentasche.«

Fin ließ es unkommentiert.

Sie begegneten einem Trupp Gemeindearbeiter, der mit Motorsägen dem wuchernden Wildwuchs der Fuchsienhecken zu Leibe rückte.

»Da ist es.«

Caitlin lenkte den Bentley durch ein offenstehendes Tor und ließ ihn langsam vor dem kleinen Häuschen ausrollen.

»Wenn die Arbeiter da vorne fertig sind, können sie hier weitermachen«, meinte Fin.

Sie standen vor einem alten traditionellen irischen Cottage, dem das ausufernde Grün bedrohlich nahegerückt war. Der ehemals weiße Putz war alt und schmuddelig, Feuchtigkeit hatte am Fundament genagt. Im Schatten der Sträucher kroch Moos bis zu den Fenstern hoch. Auch das Dach hatte seine besten Zeiten lange hinter sich und der First im Lauf der Jahre eine ganz eigene Auffassung von Horizontale entwickelt.

»Bist du sicher, dass wir hier richtig sind?«, zweifelte Caitlin.

Zugegeben, eine Villa hatte Fin nach seinem Gespräch mit Milo nicht erwartet, aber der Anblick des heruntergekommenen Cottages war ernüchternd.

Caitlin ging zur Haustür und klopfte.

Niemand öffnete.

»Wir hätten vielleicht anrufen sollen.«

Kann man ja immer noch, dachte Fin, und zückte sein Handy. Kaum hatte er Milos Nummer gewählt, klingelte es Sekunden später drinnen im Haus.

Sie sahen einander an.

Fin probierte die Klinke. Die Tür war nicht verschlossen.

»Mr McCabe?«

Er trat ein. Caitlin folgte ihm.

»Milo?«

Der große zentrale Raum, der gleichzeitig als Küche und Wohnzimmer diente, war leer, die Türen zu den beiden angrenzenden Zimmern standen offen, auch hier keine Menschenseele. Auf dem Küchentisch lag Milos Handy neben einer Tageszeitung und einer halbvollen Tasse Kaffee. Die silberfarbene Gitarre, die Milo am Vorabend dabei gehabt hatte, lehnte gegen das Sofa.

»Vielleicht ist er irgendwo draußen?«

Sie traten wieder hinaus ins Freie. Das anhaltende Brummen

der Motorsägen fraß sich in ihre Gehörgänge, aber wenn man genau hinhörte, war da noch ein anderes Geräusch.

Sie stapften durch kniehohes Gras zur Rückseite des Hauses. Ein baufälliger Schuppen gab den Blick frei auf einen bescheidenen Vorrat an Torfbriketts. Davor stand ein betagter Van mit laufendem Motor.

Ein Schlauch führte vom Auspuff nach vorne zum Fahrer.

»Scheiße ...!«

Der Innenraum des Vans war vollkommen verqualmt.

Fin wollte die Wagentür aufreißen, aber Caitlin hielt ihn zurück. Selbst in dieser Situation dachte sie an mögliche Fingerabdrücke, zog sich ihren Jackenärmel über die Hand und griff ihrerseits zur Tür.

Verriegelt.

»Lass mich ... !«

Fin hatte sich einen Feldstein von einer Mauer gegriffen und holte aus. Die Scheibe barst mit einem lauten Knall in tausend Splitter und gab die giftigen Abgase frei.

Caitlin hielt die Luft an, reichte in den Wagen, öffnete die Tür von innen und beugte sich über McCabe, der in sich zusammengesunken auf dem Fahrersitz hockte. Prüfend legte sie ihre Finger an seine Halsschlagader.

Sie sah Fin an und schüttelte den Kopf.

Mit einem Taschentuch drehte sie vorsichtig den Zündschlüssel, der Motor erstarb. Sie hustete, trat vom Wagen zurück.

»Kannst du mir verraten, was das hier soll?«, keuchte sie.

Fin schüttelte nur fassungslos den Kopf.

»Kam er dir selbstmordgefährdet vor?«

Wieder ein Kopfschütteln. »Nein. Absolut nicht.«

Caitlin zog ihr Handy aus der Jacke und rief die Polizei an.

Fin betrachtete die Konstruktion, den Schlauch, der bombenfest auf den Auspuff montiert war und zum Fenster der Beifahrertür führte, das gerade so weit geöffnet war, dass er durchpasste. Alle Zwischenräume waren sorgfältig mit Handtüchern zugestopft und abgedichtet. Hier hatte sich jemand viel Mühe gegeben. Mit einem Auto neueren Baujahres wäre diese Art des Suizids unmöglich, der Einbau eines Katalysators hatte schon seit einigen Jahren die Zahl der Selbstmorde durch Autoabgase praktisch auf null reduziert.

Milo McCabe saß auf dem Fahrersitz, als ob er schlief. Er wirkte beinahe entspannt, seine Gesichtszüge noch markanter als zu Lebzeiten. Einer, der so manchen Kampf mit seinem Schicksal ausgefochten und die letzte Schlacht gerade verloren hatte.

»Sie schicken ein paar Leute.« Caitlin war neben ihn getreten.

Fin löste sich von dem traurigen Anblick. Auch wenn er Milo McCabe nur wenige Stunden gekannt hatte, hatte er sich an den Tod trotz seiner Jahre im Polizeidienst nie gewöhnen können.

Sie gingen ins Haus zurück. Es bedurfte keiner Worte zwischen ihnen. Jeder wusste, was zu tun war, auch wenn dies nicht ihr Tatort war. Aber die Neugier war größer. Immerhin bestand die Möglichkeit, dass Milo McCabe nicht ganz so freiwillig aus dem Leben geschieden war, wie es den Anschein hatte. Sie schauten sich um, bewegten sich vorsichtig, darauf bedacht, mögliche Spuren nicht zu kontaminieren.

»Immerhin hat er sich noch Zeit für ’ne Tasse Kaffee genommen.« Fin war am Küchentisch stehengeblieben und schaute auf die Zeitung. *Samuel Cole ermordet* lautete die Schlagzeile auf der Titelseite des *Independent*, auch wenn nichts dergleichen erwiesen war. Darunter ein Foto der Familie Cole, Samuel mit seinen Eltern. Fin fragte sich, wem der Junge ähnlich sah. Die blonden Locken und die hellen Augen konnte er durchaus von seiner Mutter haben, die ebenfalls blond war. Aidan dagegen, ein dunkler, fast südländischer Typ, hatte auf den ersten Blick kein einziges seiner Gene beigesteuert.

»Fin ...«

Caitlin beugte sich über einen Schreibtisch, der unter einem Fenster mit Blick in den Garten stand. Ein aufgeklappter Laptop hatte ihre Aufmerksamkeit geweckt, quer über der Tastatur lag ein Bogen Papier, die Zeilen mit dem Computer geschrieben. Caitlin schob die Kante des Papiers behutsam mit dem Fingernagel so, dass Fin das Geschriebene lesen konnte.

»Ich habe Samuel Cole entführt. Ich habe mich an Aidan rechen wollen, aber nun ist Samuel tot und alles ist sinlos geworden. Ich kann nicht mehr weiterleben«, las Fin, »es tut mir leid, bitte verzeit mir. Milo.«

Er sah Caitlin sprachlos an.

»Zu schön, um wahr zu sein, oder?«, fasste Caitlin sein Staunen in Worte.

»So was hat ein Milo McCabe nie im Leben geschrieben«, stellte Fin fest, »sind dir die Rechtschreibfehler aufgefallen?«

Caitlin verschwand mit dem Kopf unter den Tisch. »Also bei mir zu Hause schlängelt sich da ein ganzes Bündel von verstaubten Kabeln über den Teppich.« Sie tauchte wieder auf. »Der Drucker da unten ist so neu, da ist vermutlich noch das Preisschild dran.«

»Da will uns tatsächlich einer glauben machen, dass dieser Abschiedsbrief auf Milos Mist gewachsen ist«, entgegnete Fin, »und stellt uns sogar noch einen Drucker hin, damit es so aussieht, dass Milo den Wisch auch noch selber ausgedruckt hat.«

»Dieser ganzer Selbstmord ist inszeniert«, fasste Caitlin zusammen.

»Jemand wollte verhindern, dass Milo auspackt.«

»Derselbe, der auf Matthew geschossen hat?«

»Irgendetwas ist da gewaltig am Brodeln. Wer auch immer den Deckel auf dem Topf hält, er hat kein Interesse dran, dass es überkocht.«

»Wenn es da nicht schon zu spät ist ...«

Eine knappe Stunde später füllte sich der bescheidene Platz vor dem Cottage mit Einsatzfahrzeugen der Garda von West Cork.

Fin blickte in ein vertrautes Gesicht. Siedend heiß fiel ihm ein, dass er eigentlich eine Verabredung auf dem Polizeirevier hatte.

»Mr O'Malley, Sie schon wieder«, blaffte Detective Inspector Niall McKenna und marschierte auf ihn zu. Er hatte die Anzugjacke gegen einen Regenmantel getauscht und trug dieselbe gelbe Krawatte wie am Tag zuvor. »Wo, zum Teufel, waren Sie heute Morgen?« Ohne eine Antwort abzuwarten, wandte er sich direkt an Caitlin. »Und Sie sind?«

»Detective Inspector da Silva aus Letterkenny.« Caitlin zeigte ihm ihren Dienstausweis.

»'n bisschen weit weg von Donegal, oder?«

»Ich war eigentlich auf dem Weg nach Baltimore, um–«

»Dies hier ist aber nicht Baltimore«, schnitt ihr McKenna messerscharf das Wort ab.

Caitlin versuchte sich an einer Erklärung für ihre Anwesenheit, aber McKenna schien sich ebenso wenig dafür zu interessieren wie für ihren Verdacht, was das Ableben von Milo McCabe betraf. »Das hier ist nie und nimmer ein Selbstmord. Matthew Clarke wollte sich mit Milo McCabe treffen. Erst wird auf Clarke geschossen, jetzt wird McCabe mundtot gemacht. Irgendwas soll da vertuscht werden und es hat mit Aidan Cole zu tun. Und, wenn Sie mich fragen, wahrscheinlich auch mit der Entführung und dem Tod seines Sohnes.«

»Ich frage Sie aber nicht«, erwiderte McKenna von oben herab, »wenn Sie den Tatort jetzt gütigst mir überlassen würden? Wenn ich Ihre Hilfe brauche, lasse ich es Sie wissen.«

Damit war sie entlassen. Caitlin schluckte eine Antwort herunter und fügte sich, auch wenn es ihr schwerfiel. Sie wusste, wie wenig ein Polizist es mochte, wenn sich ein anderer Polizist in seine Angelegenheiten mischte. McKenna hatte Recht, dies hier war sein Revier.

Ihr blieb nichts weiter übrig, als das Feld zu räumen. »Wir sehen uns«, rief sie Fin zu, stieg in den Bentley und fuhr davon, ihrem eigentlichen Auftrag entgegen.

Fin stand schweigend neben McKenna und wartete darauf, dass der Polizist sich als nächstes ihn vorknöpfte. Er wurde nicht enttäuscht.

»Soso, Clarke und McCabe kannten sich also, verstehe ich das richtig?«

»Nicht direkt, also, sie waren wohl verabredet, aber da kam die Schießerei dazwischen«, klärte Fin auf und versuchte, ausgesucht höflich zu bleiben, »und so wie ich es sehe, Sir, hat derselbe Täter, der auf Matthew Clarke geschossen hat, auch Milo McCabe auf dem Gewissen.«

»So wie Sie es sehen?« McKenna sah ihn herausfordernd an. »Kann es sein, dass Sie mir nicht alles erzählt haben, Mr O'Malley?«

»Ich habe Milo McCabe erst gestern Abend kennengelernt«, wehrte sich Fin.

»Ach, und da kennen Sie ihn schon gut genug, um zu sagen, dass er keinen Selbstmord begangen hat?«, fragte McKenna. »Und dass er nicht in die Entführung von Samuel Cole verwickelt ist?«

Fin hielt es für ratsamer, nicht zu antworten.

»Ich denke, Sie überlassen mir, zu welchem Schluss ich komme, oder?«

»Gewiss, Sir«, pflichtete ihm Fin bei.

McKenna wandte sich dem Cottage zu und seinen Leuten, die bereits mit ihrer Arbeit angefangen hatten. »Wer weiß, vielleicht haben Clarke und McCabe am Ende gemeinsame Sache gemacht, was den Cole-Jungen anging.«

»Das glaube ich nicht, Sir.«

»Sie glauben … Ich weiß nicht, wie's Ihnen geht, aber glauben, Mr O'Malley, glauben tue ich nur in der Kirche.«

13. Catherine

Die Polizei von West Cork brauchte nicht lange, um Milo McCabes Lebensverhältnisse zu durchleuchten. Seine finanzielle Lage war, in einem Wort, desaströs, und für Detective Inspector Niall McKenna lag der Fall klar. Milo McCabe hatte Samuel Cole entführt, um von seinem alten Kumpel Geld zu erpressen. Als der Junge bei einem Fluchtversuch ums Leben gekommen war, hatte Milo mit der Schuld nicht leben wollen und seinem verpfuschten Leben ein Ende gesetzt.

Fins Argumente fanden kein Gehör. Was den Selbstmord betraf, hatte man in Milos Cottage keine verdächtigen Spuren gefunden, die auf ein Fremdeinwirken hindeuteten. Für den Zeitpunkt der Entführung gab es niemanden, der ihm ein Alibi hätte geben können. Und was am schwersten wog, war die Tatsache, dass sich nach Auswertung der Handydaten ergeben hatte, dass Milo am Abend zuvor Aidans Nummer in Baltimore gewählt hatte.

Matthew hingegen wollte McKenna nicht so schnell vom Haken lassen. Jemand, auf den geschossen wurde, hatte seiner Meinung nach grundsätzlich etwas zu verbergen. Entweder war er ein Mitwisser, schließlich waren es zwei Männer gewesen, die Aidan Cole überwältigt hatten, oder aber der Journalist Clarke war dem Entführer auf die Schliche gekommen, und Milo McCabe hatte ihn ausschalten müssen, was nur bedingt gelungen war. Dass bei McCabe keine Waffe gefunden worden war, spielte da keine Rolle. Das alles würde sich klären, sobald Clarke vernehmungsfähig war. Und das würde, wenn McKenna Glück hatte, erst nach seiner Pensionierung in drei Wochen der Fall sein.

Wieso Samuels Leiche in Donegal aufgetaucht war, darauf hatte McKenna allerdings keine Antwort. Sollten sich doch die Kollegen im Norden darum kümmern, er jedenfalls hinterließ einen aufgeräumten Schreibtisch.

Immerhin bedeutete das für Fin, dass McKenna ihn ziehen ließ.

Matthews Zustand hatte sich stabilisiert, aber so lange die Ärzte von einer Verlegung in eine Dubliner Klink abrieten, wollte Susan mit Lily in Cork bleiben und hatte sich schon um ein Hotel gekümmert. Fin holte ihre Sachen aus Kinsale, verfrachtete Pebbles in seinen Land Rover und nahm sie mit nach Donegal.

Was nicht bedeutete, dass er vorhatte, die Sache auf sich beruhen zu lassen. Seiner Meinung nach steckte er schon viel zu tief in der Geschichte drin, und die Schüsse auf Matthew gaben ihm seiner Ansicht nach das Recht, alle Möglichkeiten auszuschöpfen, um die Wahrheit ans Licht zu bringen.

Denn nach wie vor war ein Mensch auf freiem Fuß, der sich nicht scheute, in aller Öffentlichkeit rücksichtslos von der Waffe Gebrauch zu machen und der einen Mord als Selbstmord hingestellt hatte, wenn auch wenig überzeugend.

Am Abend war er wieder zu Hause in Foley, parkte Pebbles bei Ronan im Pub, darauf bedacht, seiner roten Katze nicht in die Quere zu kommen, aß einen Happen, duschte und holte ein paar Stunden Schlaf nach. Er wollte gleich am nächsten Morgen nach Letterkenny, bei Caitlin hören, was es Neues gab. Natürlich hätte er sie auch anrufen können, aber er hatte eine Idee im Gepäck, die er lieber persönlich vorbringen wollte.

Er tauchte just in dem Augenblick in der Garda Station auf, als Caitlin mit ihrem Chef von einer Pressekonferenz zurückkam.

Chief Inspector Andrew McIntyre sah blendend aus. Groß und breitschultrig, die dunkelblonden Haare gut frisiert, das Gesicht braungebrannt auf jene Art, die auf viel sportliche Bewegung an der frischen Luft schließen ließ. Der maßgeschneiderte Anzug hätte einem Model nicht besser gestanden. Er war der Typ Mann, den jede Schwiegermutter mit Kusshand in der Familie willkommen geheißen hätte.

Sein Händedruck war kräftig. »Cate hat mir viel von Ihnen erzählt.«

Fin hoffte, dass es nur eine höfliche Floskel war.

»Verdammt schade, dass Sie den Dienst quittiert haben. Gute Leute können wir immer gebrauchen.«

Fin fragte sich, was in drei Teufels Namen Caitlin diesem McIntyre über ihn erzählt hatte. Er verkniff sich lieber einen Kommentar. »Wenn es gerade nicht passt, komme ich später noch mal vorbei.«

»Nein, schon okay, ich habe kein Problem damit, wenn Sie uns helfen, so lange es unsere Ermittlungen weiterbringt.« McIntyre lächelte jovial. »Natürlich nicht offiziell, versteht sich.«

Ganz überzeugt schien er nicht zu sein von dem Gedanken, einen Zivilisten an den polizeilichen Ermittlungen teilhaben zu lassen. Selbst wenn die Schüsse auf Matthew Clarke und die Entführung von Samuel Cole etwas miteinander zu tun hatten, dann war Fin bestenfalls ein Zeuge, und auch dann hatte er eigentlich nichts hier verloren. Aber McIntyre ließ sich nichts anmerken. »Am Ende zählt das Ergebnis, nicht wahr?«

Seine unkonventionelle Haltung machte ihn Fin nicht sympathischer.

»Ich lass' Sie beide jetzt alleine. Hab' noch 'nen Interviewtermin mit der *Donegal Post.*« Geschäftigen Schrittes marschierte er den Flur hinunter.

Fin folgte Caitlin in ihr Büro und ließ sich auf den Stuhl vor ihrem Schreibtisch fallen. Andrew McIntyre. Der hatte ihm gerade noch gefehlt. Strebertyp. Wahrscheinlich Bestnoten auf der Polizeischule. Und so scheißfreundlich. Nein, er hatte Fin nichts getan, aber jetzt, nachdem er ihn kennengelernt hatte, konnte er ihn noch weniger leiden.

Er benahm sich kindisch. Und er wusste es. Er war erwachsen, Caitlin auch.

Nur weil sein vermeintlicher Konkurrent besser aussah als er und erfolgreich die Karriereleiter bei der Garda hinaufgeklettert war, musste das noch lange nicht bedeuten, dass Caitlin auf so einen Typen stand. Es hatte nie auch nur den Hauch einer Andeutung gegeben, dass sich da was anbahnte, warum also reagierte er so empfindlich auf diesen Kerl?

Bei Susan hatte er dergleichen nie erlebt. Es hatte ihn nie gestört, wenn sie mit gutaussehenden Kollegen nach Feierabend noch auf ein Bier ging. Vielleicht weil er sich bei ihr einfach irgendwie sicher gewesen war. So sicher, dass er geglaubt hatte, sich selber die eine oder andere Freiheit rausnehmen zu können, felsenfest davon überzeugt, Susan würde ihm eh nicht draufkommen. Und dann hatte sie ihn von einem auf den anderen Tag vor die Tür gesetzt.

Er hatte Susan nie das Recht eingeräumt, das er wie selbstverständlich für sich in Anspruch genommen hatte. Mal über den Tellerrand hinausschauen. Wobei es bei ihm nicht beim bloßen Schauen geblieben war. Er wusste aus eigener Erfahrung, wie schnell er einer Versuchung nachgeben konnte. Aber er hatte sich vorgenommen, diesen Fehler nie wieder zu machen. Bisher mit mäßigem Erfolg.

Aber er nahm sich vor, daran zu arbeiten. Vielleicht sollte er damit anfangen, einfach etwas entspannter zu sein.

»Was hast du da in der Tüte?«, fragte Caitlin.

»Gibt's was Neues?«, lenkte Fin ab.

»Der vorläufige Obduktionsbericht gibt den Todeszeitpunkt von Samuel Cole mit Mittwoch oder Donnerstag vergangener

Woche an, wir erwarten noch ein paar Laborwerte. Aber es bestätigt unsere Vermutung, dass er wohl bereits am Tag seiner Entführung zu Tode gekommen ist«, berichtete Caitlin, setzte sich an ihren Schreibtisch und schlug die Mappe auf, die sie bereits die ganze Zeit in der Hand gehalten hatte. Sie blätterte, bis sie die fragliche Seite gefunden hatte. »Todesursache war ein Schädel-Hirn-Trauma, vermutlich herbeigeführt durch einen Sturz. Fraktur der Wirbelsäule, Rippenbrüche, mehrere Prellungen.«

»Also tatsächlich ein Fluchtversuch?«

»Der Gerichtsmediziner hält es für möglich, dass er bei den *Oran's Steps* von den Klippen auf den Strand gestürzt ist. Könnte den Verletzungen entsprechen. Die Spurensicherung ist noch vor Ort. Wir haben auf dem Parkplatz oberhalb der Klippen zwar einige Reifenspuren gefunden, aber durch den Regen der letzten Tage habe ich nicht viel Hoffnung, dass was Brauchbares dabei ist.«

»Also wäre der Fundort auch der Tatort«, dachte Fin laut nach, »aber warum kidnappt man den Jungen in Cork und bringt ihn nach Donegal?« Er kannte den Strand bei Oran, die Klippen, die auf der Landkarte *Oran's Steps* hießen. Eine einsame Gegend, das nächste Dorf war meilenweit entfernt. »Und wo hat man ihn versteckt?«

»Das alles werden wir vermutlich erst rausfinden, wenn wir den oder die Täter haben.«

»Milo McCabe?« Fin zweifelte nach wie vor.

»Da passt zu viel nicht zusammen. Ganz abgesehen von dem angeblichen Selbstmord. Mag sein, dass er für den Zeitpunkt der Entführung kein Alibi hatte, aber an allen folgenden Abenden hatte er ein festes Engagement in Killarney, wo er nachweislich jeden Abend aufgetreten ist. Da fährt man nicht mal eben mit einem gekidnappten Jungen im Auto nach Donegal oder entsorgt 'ne Leiche.«

»Vielleicht war er nicht alleine?«

»Du meinst, ein Komplize, der kalte Füße gekriegt hat und ihn am Ende hat über die Klinge springen lassen?«

»Möglich. Immerhin waren es laut Aidan Cole zwei Männer, die Samuel entführt haben«, stimmte Fin zu, »obwohl ich Milo eher als Typ einsamer Wolf einschätze.«

»Ich hab' den Verdacht, Milo McCabe war ein perfekter Sündenbock. Er wusste zu viel und war zum falschen Zeitpunkt am falschen Ort.«

»Also alles wieder auf Anfang«, fasste Fin zusammen, »ich bin ja nach wie vor der Meinung, dass wir den Grund für all das in der Vergangenheit suchen müssen. Wenn Samuel tatsächlich nicht Aidans Sohn ist, sollten wir uns fragen, wer die wahren Eltern des Jungen sind.«

»Du glaubst, dass es bei einer möglichen Adoption vielleicht nicht mit rechten Dingen zugegangen ist und dass diese Eltern ihr Kind vielleicht zurückgefordert haben? Dass das Ganze am Ende vielleicht nicht so ausgegangen ist, wie sie sich das vorgestellt haben?«, fragte Caitlin. »Fin, das sind mir entschieden zu viele ›Vielleichts‹.«

»Aidans Engagement für Obdachlose, insbesondere Waisenkinder, passt da doch gut ins Bild«, fand er, »weißt du, wann er *Future4Families* gegründet hat?«

Caitlin schaute in ihren Unterlagen nach. »Vor zwölf Jahren.«

Also erst einige Jahre nach Samuels Geburt. Eine Antwort, die Fin nicht gefiel. Eine seiner Ideen konnte er abhaken. »Trotzdem, Matthew war an der Sache dran, jetzt liegt er im Krankenhaus. Milo wusste mehr als gut für ihn war, er liegt jetzt im Leichenschauhaus.«

»Fin, wir können nicht beweisen, dass Samuel adoptiert war. Wenn Cole all die Jahre damit hinterm Berg gehalten hat, wird er jetzt kaum sein Schweigen brechen geschweige denn uns eine Speichelprobe geben.«

Fin legte die Plastiktüte auf den Tisch, die er mitgebracht hatte, und zog ein T-Shirt heraus, sorgfältig in Folie eingepackt. »Cole hat mir in Baltimore dieses T-Shirt vermacht. Sagte, er hätte es selber getragen. Wenn man meine DNA-Spuren beiseitelässt …«

Caitlin nahm das Shirt und betrachtete es von allen Seiten. »Einen Versuch ist es wert, auch wenn ich mir nicht viel davon verspreche«, meinte sie skeptisch, »wir brauchen natürlich eine Vergleichsprobe.«

»Deine Vergleichsprobe liegt in der Gerichtsmedizin.«

»Selbst wenn wir zu einem Ergebnis kommen, was ich bezweifele, können wir vor Gericht nicht viel damit anfangen, das ist dir hoffentlich klar.«

Das war Fin durchaus klar. Die Art und Weise, wie die Polizei in den Besitz der DNA-Probe gelangt war, konnte man beim besten Willen nicht offiziell nennen. »Aber wir wüssten endlich, woran wir sind.«

Caitlin nickte. »Okay, ich geb's ins Labor.«

»Wenn du weiter so vor Begeisterung strahlst, brauch' ich noch 'ne Sonnenbrille.«

Sie zuckte mit den Achseln und lächelte. »Na ja, ich weiß nicht …«

»Also ich finde, das ist 'ne verdammt heiße Spur.«

»Mag sein«, lenkte Caitlin eher unwillig ein, »aber eigentlich hat sich der ganze Skandal doch aufgeklärt. Okay, das Geld ist futsch, aber es gab immerhin eine Verhaftung. Ein Mitarbeiter aus der Finanzabteilung der Organisation hat das Geld für private Börsenspekulationen verjubelt. Zwar hat er damals Aidan Cole schwer belastet und um sich gebissen wie ein angefahrener Hund, aber der Kerl hätte auch seine Mutter beschuldigt, nur um seinen Kopf aus der Schlinge zu ziehen.«

»Bauernopfer«, kommentierte Fin lapidar.

»Glaub mir, Fin, ich hab' mich mit dem Fall von damals beschäftigt«, versuchte Caitlin zu überzeugen, »es gab ziemlich umfangreiche Untersuchungen. Aidan Cole konnte kein Fehlverhalten nachgewiesen werden. Auch wenn da natürlich trotz allem immer was hängenbleibt. Aber seine Organisation hat einen neuen Aufsichtsrat, neue Strukturen mit mehr Kontrolle, es wurde all das getan, was man eben in solchen Fällen üblicherweise unternimmt.« Sie sah ihn an. »Und abgesehen davon, was sollte die Entführung von Coles Sohn bezwecken? Es gab ja nicht mal eine Lösegeldforderung.«

»Wenn es nicht mit den verschwundenen Spendengeldern zusammenhängt, dann halt mit der Adoptionsvermittlung.« Fin war noch immer nicht zufrieden. »Samuel Cole hat Nachforschungen zu seiner Herkunft angestellt. Jetzt ist er tot. Schon seltsam, oder?«

»Fin, ich weiß nicht, welchen Floh dir dieser Milo McCabe ins Ohr gesetzt hat. Aber Andrew meint–«

»Andrew meint–, ach ja? Glaubt Andrew etwa auch, dass es Selbstmord war?«, fiel Fin ihr ins Wort.

»Hör zu, Fin, die Ermittlungen stehen noch ziemlich am Anfang. Ich will mich zu diesem Zeitpunkt nicht auf eine einzige Richtung festlegen. Dieser Fall ist zu wichtig, ganz Irland schaut nach Donegal, nicht nur die Medien. Wir stehen sozusagen unter besonderer Beobachtung, da muss alles wasserdicht sein. Ich kann und will mir keinen Fehler leisten.«

»Sag doch gleich, dass es dir lieber ist, wenn ich mich raushalte!«

»Fin, sei nicht so empfindlich. Du weißt, ich schätze deine Meinung. Aber wenn irgendwer spitzkriegt, dass bei diesen Ermittlungen Privatleute ihre Finger im Spiel haben …«

»Du verzichtest also auf meine Hilfe? Schön, dann hast du wahrscheinlich auch schon eine bessere Idee.«

Caitlin versuchte, den beleidigten Unterton zu ignorieren.

»Der Verdacht, den diese Reporterin ins Spiel gebracht hat, ist vielleicht gar kein schlechter Ansatz.«

»Im Ernst jetzt?« Fin machte große Augen. »Gibt es etwas, das ich wissen müsste?«

»Nein, du kannst es nicht wissen. Es stand in keiner Zeitung.«

»Was?«

»Vor drei Wochen hat jemand Padraig Coles Wagen abgefackelt. Direkt vor seiner Haustür. Er hat es aber nicht gemeldet.«

»Ach, und das ist ihm gerade wieder eingefallen?«

»Ein Mitarbeiter aus seinem Wahlkampfteam ist im Rahmen der Ermittlungen zu der Entführung damit rausgerückt. Cole selber wollte den Zwischenfall nicht an die große Glocke hängen.«

Fin schnaubte verächtlich. Wenn man mit der IRA zu tun hatte, waren einem solche kleinen Warnschüsse vermutlich vertraut. »Eine Idee, wer's gewesen sein könnte?«

Caitlin schüttelte den Kopf. »Es ist zu spät, um irgendwelche Spuren zu sichern. Und Padraig Cole ist keine große Hilfe.«

»Ihr denkt hier oben im Norden immer noch verdammt eingleisig«, entgegnete Fin, »sobald jemand ›IRA‹ ruft, glaubt ihr, der Fall ist gelöst.«

»Übertreib nicht.«

»Du hältst es also tatsächlich für möglich, dass die Entführung von Samuel Cole eigentlich gegen den Großvater gerichtet war?« Er merkte, dass auch Caitlin nicht wirklich daran glaubte. Es war eine Spur von vielen. »Und wie passt der Tod des Jungen da hinein?«

»Möglicherweise ein Unfall? Auf jeden Fall nicht geplant.«

»Und die Schüsse auf Matthew? Auch ein Unfall? Oder vielleicht Kollateralschaden?«

Draußen wurden Schritte laut, drei Personen kamen den

Korridor herauf. Aidan Cole, seine Frau Catherine und ein Mann, den Fin nicht kannte. »Was wollen die denn hier?«

Caitlin steckte das T-Shirt in die Tüte zurück. »Ich habe Cole zu einem Gespräch hergebeten.«

»Wer ist der andere?«

»George Solomon. Anwalt der Familie Cole.«

Fin erinnerte sich an die Fernsehbilder aus Cork. Er meinte, das Gesicht bei der Pressekonferenz gesehen zu haben. »Soll ich mich lieber verziehen?«

Aber es war zu spät, um unauffällig von der Bildfläche zu verschwinden.

Caitlin fing die drei vor ihrem Büro ab. Ihre Begrüßung war ernst, aber sachlich. »Mr Cole, Mrs Cole, ich möchte Ihnen nochmals mein tiefes Bedauern zum Tod Ihres Sohnes aussprechen. Ich weiß es zu schätzen, dass Sie trotz allem Zeit gefunden haben, hierherzukommen.«

Aidan Cole wirkte ruhig und gefasst in seinem dunklen Anzug und nahm Caitlins Anteilnahme mit einem schweigenden Kopfnicken zur Kenntnis. Was Catherine Cole dachte, war hinter ihrer fast schwarzen Sonnenbrille nicht auszumachen.

»Mr Cole und seine Frau haben gestern erst die Leiche ihres Sohnes in der Gerichtsmedizin identifizieren müssen und nun dieses Verhör«, meldete sich Solomon zu Wort, wohl um gleich zu Anfang klarzustellen, dass er dieses Treffen ablehnte, »ich finde das unerhört.«

»Mr Solomon, dies ist kein Verhör. Ich nenne es eine Unterhaltung«, erwiderte Caitlin ruhig, »ich denke, es liegt in beiderseitigem Interesse, dass die Ermittlungen zu Samuels Tod rasch vorankommen.«

Sie wagte sich aufs dünne Eis und stellte Fin als ihren Kollegen vor.

»Officer O'Malley?« Aidan hatte Fin sofort wiedererkannt. »Wir kennen uns ja bereits aus Baltimore.«

»So?« Solomon blickte irritiert. »Du hast mir gar nicht erzählt, dass du bereits mit der Polizei aus Donegal zu tun hattest.«

»Hatte ich auch nicht. Officer O'Malley hat sich jedenfalls nicht als Polizist zu erkennen gegeben.«

»Sie arbeiten wohl mit allen Tricks, wie?«, fragte Solomon unfreundlich.

Caitlin versuchte die Situation zu entschärfen. »Wir müssen ein Verbrechen aufklären.«

»Und dazu ist Ihnen jedes Mittel recht«, vervollständigte Solomon.

Caitlin wollte keinen Streit vom Zaun brechen. »Nein, nicht jedes Mittel, aber alles, was uns weiterhilft, den Mörder von Samuel Cole zu finden.«

Sie ging voraus und öffnete die Tür zu einem Besprechungsraum. Im Gegensatz zu ihrem kleinen Büro gab es hier ausreichend Sitzmöglichkeiten und eine funktionierende Kaffeemaschine.

»Ich dachte, der Fall sei gelöst.« Solomon setzte sich ans Kopfende des Tisches. »Ich dachte, dieser Milo McCabe sei der Täter.«

Caitlin ließ sich nicht in die Karten schauen. »Es gibt noch eine Reihe offener Fragen, auf die ich gerne eine Antwort hätte.«

Aidan Cole geleitete seine Frau zu einem Sitzplatz am Fenster und zog den Stuhl für sie hervor. Sie wirkte blass und zerbrechlich. Fin war sich sicher, dass sie dasselbe dunkle Kleid trug wie zu ihrem TV-Auftritt in Cork.

»Möchte jemand Kaffee?«, bot er an.

Alle lehnten dankend ab, was Fin bedauerte. Er hätte sich zu gerne die benutzte Tasse von Aidan Cole für einen eindeutigen DNA-Abgleich gesichert.

»Könnte jemand bitte das Fenster öffnen, es ist so stickig hier«, bat Catherine Cole mit leiser Stimme. Sie machte keinerlei Anstalten, sich von ihrer Sonnenbrille zu trennen.

Fin kam ihrem Wunsch nach und setzte sich schließlich gegenüber, so dass er das Ehepaar beobachten konnte.

»Mr Cole, Milo McCabe war ein langjähriger Weggefährte in Ihrer Karriere als Musiker. Halten Sie es wirklich für möglich, dass er hinter der Entführung Ihres Sohnes steckt?«

»Ja, durchaus.«

»Er hatte Ihrer Ansicht nach also ein Motiv?«

»Milo ist nie darüber hinweggekommen, dass ich nach dem Ende von *Cole* weiter Erfolg hatte, während er in der Versenkung verschwunden ist.«

»Kein sehr starkes Motiv«, fand Caitlin.

»Ich halte Rache durchaus für ein starkes Motiv.«

»Sie denken also, er hat es aus Rache getan? Jetzt plötzlich, nach so vielen Jahren?«

»Stimmt es, dass Milo Ihnen die Rechte an all Ihren gemeinsamen Songs verkauft hat?«, fragte Fin dazwischen.

Cole nickte. »Er brauchte Geld. Milo brauchte immer Geld.«

»Wann hatten Sie zuletzt Kontakt zu Milo McCabe?«, wollte Caitlin wissen.

Cole lehnte sich zurück und pustete eine Haarsträhne aus seinem Gesicht. »Das muss Jahre her sein.« Er setzte sich plötzlich auf. »Halt, nein, er hat mich angerufen«, verbesserte er sich sofort, »das muss Sonntagabend gewesen sein.«

»Davon weiß ich gar nichts«, meldete sich Solomon.

»Ich hatte es völlig vergessen. Ich hab' in den letzten Tagen mit so vielen Leuten gesprochen.« Cole tat es als unwichtig ab.

»Was wollte er?«, fragte Caitlin nach.

Er dachte einen Augenblick nach. »Er sagte nur, es täte ihm leid, mehr nicht«, antwortete er, »ich dachte, er meinte den Tod von Sammy. Zu dem Zeitpunkt sind die ersten Meldungen durchgesickert. Ich konnte doch nicht ahnen, dass Milo ... dass er was damit zu tun hatte.«

Fin beobachtete Catherine, die sich zunehmend unwohler

fühlte. Sie blickte zu Boden, hatte die Stirn auf einer Hand abgestützt und atmete mit Mühe.

»Aber es gab mal eine Zeit, in der Sie sich doch gut verstanden haben«, warf Fin ein, »Milo hat erzählt, dass Sie alle zusammen sogar mal auf Urlaub in Amerika–«

»Ich kann das nicht«, brach es plötzlich aus Catherine heraus.

Aidan sprang auf, besorgt um seine Frau. »Lassen Sie uns das hier abbrechen«, wandte er sich an Caitlin.

»Nein, nein, Aidan, lass gut sein«, beruhigte ihn seine Frau, »ich brauch' nur etwas frische Luft, dann geht es sicher wieder.« Sie stand auf.

Fin bot sich sofort an. »Ich begleite Sie nach draußen.«

Catherine hatte nichts dagegen einzuwenden, während Aidan aussah, als hätte er eben in eine Zitrone gebissen.

Sie verließen den Raum. Fin spürte die Frau kaum, die an seiner Seite ging. Sie war so dünn, dünner noch als er sie von den Fernsehbildern aus Cork in Erinnerung hatte, soweit dies überhaupt möglich war. Er begleitete sie gemächlichen Schrittes den Flur hinunter, bis ins Foyer, bereit, einzugreifen, sollte sie neben ihm zusammenklappen.

Er wollte ihr an der Tür den Vortritt lassen, hielt sie aber zurück. »Warten Sie!«

Fin hatte ihn gleich entdeckt, den kleinen Übertragungswagen eines lokalen Radiosenders. Er parkte auf der gegenüberliegenden Straßenseite, ein Mann saß in der offenen Schiebetür und war mit seinem Smartphone beschäftigt. Noch hatte er sie nicht entdeckt.

»Wir nehmen einen anderen Weg.«

Fin kannte sich mittlerweile ganz gut aus in der Garda Station von Letterkenny und dirigierte Catherine zum Hinterausgang.

Draußen vor der Tür atmete sie einmal tief durch. »Ich habe

in den letzten Nächten nicht viel geschlafen«, sagte sie mit zitternder Stimme.

»Sie brauchen sich nicht zu entschuldigen.«

Catherine Cole seufzte, schaute sich um, nahm die geparkten Einsatzfahrzeuge in Augenschein, die Bäume am Straßenrand, den Himmel, knetete ihre Hände und wusste nicht so recht, wohin mit sich.

»Es gibt ein nettes Pub ein Stück die Straße runter«, schlug Fin vor, »die machen einen hervorragenden Tee.«

Tee half in jeder Lebenslage.

Catherine war einverstanden. Sie verließen die Garda Station, ohne der Presse über den Weg zu laufen. Schweigend gingen sie nebeneinander her, bis sie das *Old Orchard Inn* erreicht hatten. Es war einer jener raren Sonnentage, die dieser Sommer spendierte, wo man froh war, einen Platz unter einem Sonnenschirm zu ergattern. Fin bestellte Tee für sie beide und wartete geduldig, bis die Bedienung eine Kanne, zwei Tassen und Milch und Zucker gebracht hatte.

»Meine Tochter geht übrigens in dieselbe Schule wie Samuel. Die beiden kannten sich sogar«, erzählte Fin.

Endlich setzte sie die Brille ab. Die dunklen Augenringe ließen sich auch mit viel Make-up nicht verstecken. »Er ist ein lieber Junge.« Die Vergangenheitsformel hatte noch keinen Platz in ihrem Leben. »Er ist in einem schwierigen Alter. Er stellt so vieles in Frage, will so viel wissen. Aber ist es uns selber nicht genauso ergangen?«

»Haben Sie eine Ahnung, wer von dem Ausflug nach Kerry gewusst haben könnte?«

»Ich wusste ja selber nichts davon«, antwortete Catherine, »ich war an jenem Tag in Dublin. Ich hatte einen Termin im Büro von *Future4Families*. Wir wollten uns am nächsten Tag in Donegal treffen. Aidans Vater ist vor einer Woche achtzig geworden. Am Wochenende sollte eine große Party stattfinden.«

Sie schüttete Milch und Zucker in ihre Tasse und rührte sorgfältig um. »Vielleicht haben sie auf dem Weg dahin einen Abstecher machen wollen.«

»Samuel war Ihr einziges Kind, nicht wahr?«

Sie nippte vorsichtig am heißen Tee. »Unsere Ehe war lange kinderlos. Es lag an mir. Ich hatte bereits eine Ehe hinter mir. Und zwei Fehlgeburten«, erzählte sie freimütig, »wir haben alles versucht, namhafte Ärzte konsultiert, aber irgendwann wussten wir uns keinen Rat mehr … Aber dann, vor achtzehn Jahren …« Sie hielt inne und schüttelte kaum merklich den Kopf, als ob sie es selber kaum glauben wollte.

»Sie waren in Amerika«, versuchte Fin, ihre Geschichte am Laufen zu halten.

»Wir haben meine Eltern besucht. Meinen Vater, Herbert Syms, ihm gehört eine Drogeriemarktkette in den Vereinigten Staaten. Und ein Haus auf Long Island. Es war ein wunderbarer Sommer. Und dann plötzlich, von einem Tag auf den anderen, bekam ich heftige Bauchschmerzen. Meine Eltern haben einen Arzt gerufen. Der konnte auf Anhieb nichts feststellen. Niemand dachte an eine Schwangerschaft. Am nächsten Tag habe ich mich wieder besser gefühlt, und Aidan und ich sind zu einem Segeltörn aufgebrochen. Aber das war keine gute Idee. Die Schmerzen kehrten zurück, und eh ich mich versah, war das Baby da. Der kleine Samuel. Zwei Monate zu früh. Im nächsten Hafen hat man mich und den Kleinen sofort ins nächste Krankenhaus gebracht, wo ich eine ganze Weile bleiben musste.«

Fin zählte sich nicht zur treuen Leserschaft der Boulevardpresse, aber an die Geschichte vom heldenhaften Geburtshelfer Aidan Cole auf den Wellen des Atlantiks konnte er sich dennoch erinnern. Eine schöne überzeugende Geschichte mit Happy End. Vielleicht ein wenig zu überzeugend für Fin. Wie oft hatte sie sie schon erzählen müssen? Hatte sie sie auswendig gelernt? »Aidan hat sich bestimmt wahnsinnig gefreut.«

»Er war so stolz. Er hat sich immer einen Sohn gewünscht. Und dann kam Sammy …« Sie lächelte versonnen. »Er hat unser Leben erst lebenswert gemacht.«

Selbst wenn Catherine Cole nicht Samuels leibliche Mutter war, so hatte sie ihn dies gewiss keine Sekunde spüren lassen. Sie war ganz in ihrer Mutterrolle aufgegangen.

Konnte er es riskieren?

»Milo hat allen Ernstes behauptet, Aidan sei gar nicht Samuels Vater.«

Erst als er den Satz ausgesprochen hatte, wurde ihm bewusst, welche Unterstellung er da in die Welt gesetzt hatte. War Catherine Cole fremdgegangen? Aber es war zu spät, die Worte zurückzunehmen.

Catherine Cole schien es nicht bemerkt zu haben oder sie ahnte, worauf er tatsächlich hinauswollte. Jede Frau hätte einen solchen Vorwurf vehement bestritten, sie aber ignorierte die logische Schlussfolgerung einfach.

»Unsinn!« Sie lächelte. »Milo war immer eifersüchtig auf Aidan. Bei ihm hat es keine Frau lange ausgehalten.«

»War er nicht damals in Amerika dabei?«

»Keine Ahnung, weshalb Aidan ihn immer wieder mitgeschleppt hat. Ich habe ihn nie besonders gemocht. Gottseidank ist er nach Irland zurück, bevor Sammy zur Welt kam.«

»Ich kann mir gar nicht vorstellen, dass man selber von einer Schwangerschaft nichts mitbekommt«, erklärte Fin, »aber ich bin ja auch nur ein Mann, ich hab' keine Ahnung von so was.«

»Es kann vorkommen …« Sie wurde etwas unsicher und versuchte sich an einer Erklärung. »Aidan und ich haben zu der Zeit gerade eine schwierige Phase durchgemacht. Ich war wegen Depressionen in Behandlung, hatte ziemlich viel Gewicht verloren. Meine Monatsblutung war sogar deswegen ausgeblieben, das sei in dem Fall nichts Besonderes, meinte mein Arzt. Wahrscheinlich habe ich deshalb nichts bemerkt.«

Fin bremste sie, bevor sie sich in medizinischen Details verlor. »Sehen Sie es als ein Wunder«, meinte er verständnisvoll und ging sogar so weit, seine Hand behutsam auf ihre zu legen. »Wenn man bedenkt, wie vielen Eltern dieser Herzenswunsch verwehrt bleibt.«

»Wir hatten solches Glück. Es war, als ob all unsre Gebete erhört wurden.«

»Und wie viele Kinder kommen auf die Welt, deren Eltern dieses Geschenk des Himmels gar nicht zu würdigen wissen.« Er kam sich schon vor wie ein Priester. »Sie sollten dem Herrn im Himmel danken.«

Catherine lächelte. »Nun, Padraig ist zwar nicht Gott, aber ohne seine Hilfe–«

Sie brach ab.

»Ohne seine Hilfe?«

Sie zog ihre Hand zurück.

Und schwieg.

14. Padraig

»Sie hat sich verplappert!«

»Das sagt gar nichts. Du hast was gehört, was du hören wolltest.«

Caitlin lenkte den Wagen über eine schmale Straße, die sich wie eine Schlange durch eine sattgrüne Hügellandschaft schob. Sie saß am Steuer ihres vertrauten Toyota, obwohl der Bentley besser zu ihrem Ziel gepasst hätte.

Es war nicht einfach gewesen, einen Termin bei Padraig Cole zu bekommen. Anfangs hatte sein Büro rundheraus abgelehnt, wofür Caitlin so kurz nach dem Tod seines Enkels durchaus Verständnis gezeigt hatte. Aber mit der gleichen Entschiedenheit hatte sie auf einem Treffen bestanden. Am Ende hatte sich herausgestellt, dass nicht Samuels Tod der Grund für die abschlägige Antwort war, sondern der Wahlkampf, der Padraig Coles ohnehin schon eng getakteten Terminkalender in Anspruch nahm. Schließlich war der alte Herr bereit gewesen, die Polizei zwischen zwei Verabredungen einzuschieben.

Und so waren Fin und Caitlin auf dem Weg zum Golfplatz.

Der Regen hatte eben aufgehört, der nasse Asphalt dampfte noch in der warmen Augustsonne, während am Horizont bereits die nächsten schwarzen Wolken drohten. Dennoch schoben ein paar unverdrossene Golfer ihre Trolleys übers kurzgeschorene Grün.

Shaunas Idee, dass jemand mit der Entführung von Samuel Cole eigentlich den Großvater treffen wollte, hatte auch in

Fin Wurzeln geschlagen. Die zwei Typen in Kinsale, der Einbruch in Dublin, die unmissverständliche Warnung am Telefon und nicht zuletzt die Schüsse am *Lyon's Inn* ließen ihn zu dem Schluss kommen, dass Matthew jemandem entschieden zu nahe gekommen war, und dieser Jemand war nicht Milo McCabe gewesen. Hier war jemand am Werk, der ganz andere Verbindungen und Möglichkeiten hatte.

Aber wie passte Catherines letzte Bemerkung dazu? Sie hatte sich zu keiner weiteren Äußerung mehr verführen lassen, und sie waren ohne ein weiteres Wort zur Garda Station zurückgekehrt.

Konnte Padraig Cole ihnen erklären, weshalb man Samuels Leiche ausgerechnet in Donegal gefunden hatte?

Die Bar im Clubhaus war fast leer an diesem frühen Vormittag. Trotz des Sommers hatte jemand ein kleines Feuer im Kamin entfacht. Davor hockte, in einem riesigen, altmodischen Sessel, ein einziger Mann, ganz in eine Zeitung vertieft.

Es gibt Menschen, die müssen mehrmals durch eine Tür gehen, um überhaupt wahrgenommen zu werden. Padraig Cole hatte dieses Problem nicht. Seine Anwesenheit füllte einen Raum regelrecht aus. So wie er da saß, konnte Fin ihn sich gut in einem Werbespot vorstellen. Ein alter Mann, der nach vollbrachtem Tagewerk mit sich und der Welt im Reinen vor dem Kamin hockte, die Füße hochgelegt, während er den treuen Jagdhund an seiner Seite tätschelte und ein Glas goldgelben teuren Single Malt gegen die Flammen des Feuers hielt …

Der Hund und der Whiskey fehlten, stattdessen stand eine Tasse Kaffee auf einem Beistelltisch. Padraig Cole legte die Zeitung beiseite und stand auf, um sie zu begrüßen.

Ein Schrank von einem Mann, der sich trotz seines hohen Alters ohne Mühe bewegte. Ein wind- und wettergegerbtes Gesicht umrahmt von einer Halbglatze und einem sorgfältig getrimmten weißen Bart. Unter buschigen, erstaunlich schwarzen Brauen wachten dunkle Augen, dieselben Augen, die er seinem Sohn vererbt hatte. Er erinnerte Fin an Sean Connery, und ebenso wie der streitbare Schotte sprach Padraig Cole mit einem markanten kehligen Akzent.

»Guten Morgen, Officers, was kann ich für Sie tun?«

Caitlin stellte Fin und sich vor. »Danke, dass Sie sich trotz der Umstände die Zeit genommen haben.«

Cole machte eine einladende Handbewegung über die Sitzgruppe vor dem Kamin. »Dies alles passiert zu einem denkbar schlechten Zeitpunkt. Mitten im Wahlkampf.« Er setzte sich. »Böse Zungen behaupten bereits, der Tod meines Enkels hätte mir einen Mitleidsbonus beschert. Ich müsse gar nicht mehr antreten, ich hätte meinen Sieg so gut wie in der Tasche.«

Man sah ihm an, dass dies nicht die Art und Weise war, wie er diese Wahl zu gewinnen gedachte.

Fin erinnerte sich an Lilys Worte, die das Verhältnis zwischen Samuel und seinem Großvater als eher schwierig beschrieben hatten. Padraig Cole gab in der Tat nicht den trauernden Großvater.

»Ich wundere mich dennoch über Ihr Erscheinen. Der Fall liegt doch klar auf der Hand, es gibt ein Geständnis, und der Täter hat sich selbst gerichtet.«

»Wenn Milo McCabe tatsächlich der Täter war, dann hat er wahrscheinlich nicht alleine gehandelt.« Caitlin kam direkt auf den Punkt. »Könnten Sie sich vorstellen, dass die Entführung Ihres Enkels gegen Sie gerichtet war? Oder gegen Ihre Wiederwahl ins Abgeordnetenhaus?«

Cole sah sie überrascht an. »Ich habe weiß Gott einige politische Gegner, aber keinen, der zu einem solchen Mittel greifen würde. Davon abgesehen bin ich kein Mensch, der sich leicht einschüchtern lässt. Das dürfte bekannt sein. Aber was hat das mit diesem Milo McCabe zu tun?«

»Vielleicht gar nichts, aber während der Ermittlungen haben

sich weitere Hinweise ergeben, denen wir nachgehen müssen«, antwortete Caitlin vage, »und nach wie vor haben wir keine Erklärung dafür, weshalb Samuel in Cork entführt wurde und seine Leiche nun in Donegal aufgetaucht ist. Oder haben Sie eine?«

Padraig Cole zuckte mit den Achseln und sah auf die Uhr. Er hatte offenbar weder die Zeit noch große Lust, sich mit der Polizei auseinanderzusetzen. Und er zeigte es auch. »Das müssen Sie den Kidnapper fragen«, entgegnete er kurzangebunden.

»Soviel ich weiß, ist der Strand von Oran nicht allzu weit weg von Ihrem Wohnsitz, nicht wahr?«, bohrte Caitlin nach.

»Aus diesem Blickwinkel habe ich die Sache noch gar nicht betrachtet«, räumte er immerhin ein. Wenn er bisher nicht drüber nachgedacht hatte, so schien er es jetzt zu tun. Er nahm seine Tasse, aber der Kaffee war alle, so stellte er sie wieder zurück. »Die Polizei sagte, Samuel habe vermutlich einen Fluchtversuch unternommen. Er war ein mutiger Junge, manchmal etwas ungestüm. Es könnte durchaus so gewesen sein. Möglich, dass der Täter mir die Leiche vor die Tür legen wollte, um mich zu treffen.«

Eine Version der Ereignisse, mit der er offenbar leben konnte.

»Gibt es jemanden in Ihrer Vergangenheit, der Ihnen Ihre politische Karriere nicht gönnt?«

»Sie sprechen von meiner Zeit bei der IRA.« Es war eine Feststellung. Keine Frage.

»Keine Idee, wer Ihr Auto in die Luft gejagt hat?«

»Es lag kein Zettel im Briefkasten, wenn Sie das meinen.«

»Meines Wissens waren Sie Kommandant einer Brigade. Korrigieren Sie mich, wenn ich falsch liege«, erwiderte Caitlin, »aber in Ihrem Leben haben Sie sich nicht unbedingt nur Freunde gemacht.«

Wenn man genau hinsah, konnte man ein kleines Lächeln

über sein Gesicht huschen sehen. Er hatte ein bewegtes Leben hinter sich, und er schien nicht der Typ, der auch nur einen einzigen Tag davon bereute. »Das waren andere Zeiten damals«, tat er die vergangenen Jahre ab, »viele meiner Mitstreiter habe ich überlebt, ebenso viele meiner Gegner. Mag sein, dass es hier und da noch einen gibt, der mit der Vergangenheit nicht abschließen kann. Aber wenn Sie jetzt von mir einen Namen erwarten, muss ich Sie enttäuschen. Mir fällt niemand ein.«

Fin gefiel die Richtung nicht, die das Gespräch nahm. Er wollte sich nicht in den Lebenserinnerungen eines alten IRA-Haudegens verlieren. Er musste unauffällig die Kurve kriegen. »Hat sich Ihr Sohn Aidan jemals politisch engagiert? Ich meine, außerhalb seiner Musiker-Karriere?«

»Nein, ich gebe zu, ich habe es mir manchmal gewünscht. Aber mein Sohn hat seine Ansichten und ich meine«, stellte Cole fest.

»Dieser Skandal bei *Future4Families* vor zwei Jahren«, griff Fin die alte Geschichte wieder auf, »da ist ziemlich viel Geld verbrannt worden.«

»Was hat das mit Samuels Tod zu tun?« Cole sah ihn misstrauisch an.

»Aidan musste einiges einstecken. Es gab Entlassungen, vielleicht den einen oder anderen Mitarbeiter, der ihm das übel genommen hat«, half Caitlin aus, »wir gehen jeder Spur nach.«

Cole gab sich mit der Erklärung zufrieden. »Da ist ’ne Menge Blödsinn verbreitet worden. Angeblich hat Aidan innerhalb der Organisation Tipps gegeben, wie man die Spenden gewinnbringend anlegen könne. Einige Mitarbeiter haben dann ’ne Stange Geld in den Sand gesetzt.« Er lehnte sich zurück, legte die Hände auf die Armlehnen des Sessels und demonstrierte Selbstsicherheit. »Aber mal ehrlich, Aidan mag Ahnung von Musik haben, aber nicht von Geld.«

»Was ist eigentlich die Hauptaufgabe von *Future4Families*?«, wollte Caitlin wissen.

»Das sollten Sie am besten Catherine fragen, die kennt sich da besser aus«, antwortete Cole, »im Wesentlichen kümmern sich die Leute um Obdachlose, bevorzugt um Familien mit Kindern. Davon gibt es mittlerweile mehr als man glauben mag. Die Organisation vermittelt passenden Wohnraum, mittlerweile setzt sie sogar auf eigene Bauprojekte in Dublin oder Cork.«

»Vermittelt *Future4Families* nicht auch Adoptiveltern? Oder Adoptivkinder, je nachdem von welcher Seite man es sieht?«, fragte Fin.

»Das weiß ich nicht so genau, mag sein. Worauf wollen Sie hinaus?«

Fin legte eine kleine Kunstpause ein, bevor er den alten Herrn mit seiner Aussage konfrontierte. »Milo McCabe behauptete, Samuel sei adoptiert.«

Padraig Cole brauchte einen Augenblick, um die Worte zu verdauen. »Das ist ausgemachter Blödsinn!«, reagiert er ärgerlich. »Wie kommt dieser Kerl dazu, eine solche Lüge zu verbreiten?«

Fin setzte noch eins drauf. »Angeblich könne Aidan nicht der Vater von Samuel sein. Milo sagte–«

Cole wartete das Ende des Satzes gar nicht ab. »Wieso nicht? Will er damit etwa andeuten, Catherine habe meinen Sohn betrogen? Im Leben nicht!« Im Gegensatz zu Catherine kam Padraig sofort auf die naheliegenste Schlussfolgerung. Aber er war mit dem Kombinieren noch nicht am Ende angelangt. »Moment mal, Sie glauben doch nicht allen Ernstes, Aidan hätte Samuel über irgendwelche dunklen Kanäle adoptiert, oder?«

Fin und Caitlin sahen Cole an, als ob er alleine derjenige sei, der diese Frage beantworten konnte.

Cole schüttelte belustigt den Kopf. »Wie kommen Sie bloß auf diese Schnapsidee?«

»Aidan ist zeugungsunfähig. Er hat sich schon vor vielen Jahren sterilisieren lassen.« Fin lauerte gespannt auf die Reaktion. »Wussten Sie das nicht?«

Er wurde nicht enttäuscht. Coles Selbstsicherheit bekam haarfeine Risse. »Das glaub' ich nicht ...« Zum allerersten Mal während des Gesprächs schien er wirklich überrascht zu sein. »Warum hätte er das tun sollen?«

»Tja, warum tut man so was? Ein Grund wäre vielleicht, dass man keine Kinder in die Welt setzen möchte.«

»Kann man das nicht rückgängig machen?«

Fin ignorierte seine letzte Bemerkung. »Was glauben Sie, weshalb Sie so lange auf einen Enkel warten mussten?«

»Das lag nicht an Aidan, es lag an Catherine«, erwiderte Cole und war prompt wieder obenauf, »Catherine hatte bereits zwei Fehlgeburten, sie war am Boden zerstört. Catherine liebt meinen Sohn, und soll ich Ihnen was sagen? Es beruht auf Gegenseitigkeit. Diese Frau tut Aidan gut. Anders als seine erste Frau, Lucy, diese drogensüchtige Schlampe. Catherine hat ihn geerdet, sie hat ihn endlich weggebracht von Alkohol, Partys und Drogen. Sie ist ein Segen für meinen Sohn.«

»Und Sie haben sich nicht gewundert, als Ihre Schwiegertochter aus den Staaten zurückgekehrt ist mit Ihrem Enkel auf dem Arm?«

»Der Arzt hat gesagt, so was könne vorkommen«, antwortete Cole knapp, »manchmal geht die Natur seltsame Wege ...«

Auf dem Parkplatz vor den Fenstern des Clubhauses fuhr ein Wagen vor. Padraig Cole stand auf, noch ehe Fin oder Caitlin zu einer weiteren Frage ansetzen konnten.

»Wenn das alles war ...« Er war derjenige, der bestimmte, wann ein Gespräch beendet war. »Bitte entschuldigen Sie mich jetzt.«

Er verließ die Bar. Er hatte es plötzlich eilig.

Caitlin und Fin sahen ihm nach.

»Das war Rettung in letzter Sekunde«, meinte sie.

»Hast du gesehen, wer gekommen ist?«, fragte er.

»Ich glaube, es war Gerry Adams.«

»Und der andere Typ? Sah nicht nach Golfspieler aus.«

»Vermutlich sein Bodyguard.«

»Wird er wohl bis an sein Lebensende nicht loswerden.«

»Und was lernen wir daraus, Fin? Gib auf dich acht und bleib sauber.«

15. The Fisherman

»Hat's geschmeckt?«

»Ja. Doch.«

Es klang nicht sehr überzeugend. Dennoch, als Mann der Kirche sollte Dermot Keelan der Wahrheit verpflichtet sein.

Fin nahm den leergeputzten Teller an sich. Von den Blutwurstravioli mit Cider-Sahne-Sauce war nichts mehr übrig. »Würden Sie so was gerne öfter auf der Karte sehen?«

»Nun ja …« Der Pfarrer betrachtete diesen Gedanken sorgfältig von allen Seiten. »Es war halt mal was anderes. Aber wie heißt es schon in der Bibel? ›Ein Stück trockenes Brot in Frieden und Eintracht ist besser als ein Festmahl mit Zank und Streit‹.«

Fin schnaubte. »Heißt es in der Bibel nicht auch: ›Der Mensch lebt nicht vom Brot allein‹?«

Er räumte den Tisch ab, trug das Geschirr in die Küche und ließ es in die Spüle scheppern.

»Hab Geduld, Fin.« Isobel zeigte sich solidarisch. »Du wirst sie bestimmt überzeugen. Irgendwann.«

»Ja. Vielleicht«, grummelte Fin.

Immerhin hatte Isobel sein Gericht als Trost für den verpassten Wettbewerb auf die Speisekarte des Pubs gesetzt und die erste Portion hatte einen neugierigen Gast gefunden. Ein Anfang war gemacht.

Fin schluckte seine Enttäuschung runter und ging zurück in den Schankraum, um Ronan zu helfen. Nicht dass der Wirt seine Hilfe nötig hatte. Es war ein eher ruhiger Abend. Pebbles lag friedlich in einer Ecke und döste, von ihrer Intimfeindin, der roten Katze, war weit und breit nichts zu sehen. Neben dem Pfarrer saßen die üblichen Verdächtigen an der Theke, Ciarán O'Connor, der Ladenbesitzer von gegenüber, Brian, der Automechaniker, und sein Bruder Leo.

Seit Fin in Foley angekommen war, hatten sie sich bemüht, ihn in ihrer Mitte aufzunehmen. Soweit dies im Rahmen ihrer Möglichkeiten lag, denn ein Bulle war in einem Dorf, in dem kleine Gaunereien an der Tagesordnung waren, nun mal kein gern gesehener Gast. Auch wenn er noch so sehr beteuerte, ein Ex-Bulle zu sein. Mit seinen neumodischen Ideen machte er es ihnen aber auch nicht leicht.

Fin fühlte sich noch immer wie ein Fremdkörper. Ein wenig wie Diarmuid O'Rourke, der allein in der hinteren Ecke des Pubs bei einer Cola hockte und mit gebanntem Blick am Fernseher über der Theke klebte, wo gerade eine Folge Ros na Run flimmerte. Es musste eine Wiederholung sein, denn eigentlich hatte die Soap Sommerpause, aber Diarmuid war ein eingefleischter Fan der Serie und es passierte selten genug, dass er freiwillig seine Bude zuhause verließ und unter Menschen ging. Diarmuid war ein Jahr älter als Lily und hatte sich gerade mal wieder neu erfunden. Die wasserstoffblonde Mähne von vergangener Woche hatte einem kahlrasierten Schädel weichen müssen, womit er Billy MacGann äußerlich immer ähnlicher wurde. Billy »Blue Boy« MacGann, seinem Vater, wenn es denn stimmte, was man im Dorf erzählte, auch wenn Billy die Vaterschaft entschieden abstritt. Vielleicht war es ja genau das, was Diarmuid mit seinem Erscheinungsbild beabsichtigte, vielleicht kam irgendwann der Tag, an dem Billy nicht länger leugnen konnte, sein Vater zu sein.

Wenn man vom Teufel spricht …

Die Tür öffnete sich und Billy MacGann betrat das Pub im

Windschatten von Nora Nichols. Er hatte seine betagte Tante zum alljährlichen Check-up zum Arzt nach Letterkenny chauffiert. Das Ergebnis war offenbar zufriedenstellend, denn Nora hatte nichts Eiligeres zu tun, als einen Barhocker zu erklimmen und bei Ronan einen doppelten *Fisherman's Fellow* zu ordern. Billy griff derweil hinter die Theke, holte seine persönliche Flasche Whiskey hervor und maß ein großzügiges Dram ab.

Fin würdigte er keines Blickes.

»Sag mal, Billy, du kennst doch sicher Padraig Cole, oder?« Fin ließ es auf einen Versuch ankommen.

Billy schenkte ihm einen langen Blick aus seinen hellblauen Augen und schien abzuwägen, ob Fin einer Antwort würdig war. Genüsslich nippte er an seinem Glas und zupfte einen imaginären Fussel von seinem teuren schwarzen Anzug. »Natürlich kenne ich Padraig Cole«, ließ er sich schließlich herab, »die Sache mit seinem Enkel ist das Gesprächsthema schlechthin.«

»Ich wollte eher wissen, ob du ihn persönlich kennst.«

Billy wurde misstrauisch. Als ehemaliger Kämpfer der IRA hatte er eine natürliche Abneigung gegen Polizisten. Auch gegen Ex-Polizisten. Aber so wie Fin selber sich aus so manchen Ermittlungen nicht raushalten konnte, so bezweifelte er, dass auch Billy dem glorreichen Kampf für die Freiheit Irlands ein für alle Mal abgeschworen hatte.

»Warum interessierst du dich für Padraig Cole?«

»Die Polizei sucht einen Mörder und ich werd' das Gefühl nicht los, dass der alte Herr wenig Interesse daran hat, dass er gefunden wird.«

Billy lächelte von oben herab. »Ich glaube kaum, dass Padraig Cole der Garda helfen wird.«

»Es geht immerhin um seinen Enkel«, erwiderte Fin, »jemand wie Cole hat bestimmt Feinde. Wer weiß, vielleicht gibt's da einen Zusammenhang?«

»Sollte Padraig Cole rauskriegen, wer den Jungen auf dem Gewissen hat, wird er sich selber drum kümmern. Dazu braucht er die Garda nicht«, deutete Billy an.

»Mir fallen da einige Leute ein, die mit dem guten alten Paddy ein Hühnchen zu rupfen hätten.« Als Nora Nichols den Mund aufmachte, rechnete Fin damit, dass sie gleich mit ein paar Feen und Kobolden um die Ecke käme. Aber er irrte. »Padraig Cole hat 'ne ganze Menge Feinde.«

»Misch dich nicht ein, Tante Nora.«

Nora ignorierte ihren Neffen. »Ich kann mich an 'ne Zeit erinnern, als er Mitglied der Derry Brigade war.« Fin schätzte, dass die beiden etwa im gleichen Alter sein mussten. »Er war Quartiermeister der IRA.«

»Nora ...« Billys Stimme bekam einen warnenden Unterton. Er mochte es nicht, wenn seine Tante allzu tiefe Einblicke in die Vergangenheit gewährte, die möglicherweise auch seine eigene betraf.

Aber Nora ließ sich von Billy nicht den Mund verbieten. »Bei Paddy liefen damals alle Fäden zusammen. Alle Informationen, wer was wann und wo vorhatte. Er verteilte die Waffen und kassierte sie nach den Aktionen wieder ein.« Sie nippte vorsichtig an ihrem heißen Drink. »Er war nicht unbedingt einer, der was zu sagen hatte, aber die Leute haben auf ihn gehört. Er hatte Autorität. Und er hatte einen Ruf ... Es war kein gutes Zeichen, wenn Paddy Cole unangekündigt auf deiner Türschwelle auftauchte.«

»Wann war das?«

»Siebziger Jahre. Achtziger Jahre.«

»Wie lange war Cole aktiv?«

Nora entschloss sich zu einem tiefen Zug von ihrem *Fisherman's Fellow* und wischte sich den Schaum vom Mund. »Bis zum Karfreitagsabkommen.«

»Er lebt heute in Donegal, wo er eigentlich herkommt«,

mischte sich Ronan ein, der das Gespräch verfolgt hatte, »bewirtschaftet den Landsitz seines Vaters.«

»Und er ist nach 1998 nie wieder in Erscheinung getreten?«, fragte Fin.

»Die IRA hat sich an das Abkommen gehalten«, betonte Billy mit Nachdruck und goss sich einen zweiten Whiskey ein.

Noras zweifelnder Blick strafte die Antwort Lügen. »Da würd' ich nicht die Hand für ins Feuer legen.« Sie wiegte den Kopf hin und her. »Paddy war gegen das Abkommen. Er wollte ganz Irland vereint sehen und wenn nötig dafür bis zum letzten Blutstropfen kämpfen.«

»Das ist Schnee von gestern«, wiegelte Billy ab.

»Wie steht er zu anderen republikanischen Paramilitärs? Könnte er sich vielleicht der Real IRA angeschlossen haben?«

Nora schüttelte den Kopf. »Nein, mit denen konnte er nicht. Da hat er lieber die alten Seilschaften gepflegt.«

»Da war die Autobombe, die 2005 den Polizisten in Drumahoe getötet hat«, warf Ronan ein, »oder die Schießerei auf einer Beerdigung in Sion Mills ein Jahr später–«

»Blödsinn!«, ließ Billy verlauten.

»Beide Anschläge hat man mit Padraig Cole in Verbindung gebracht, aber man hat ihm nie etwas nachweisen können«, erklärte Ronan, »irgendwann hat er dann dem Drängen von Gerry Adams nachgegeben und ist in die Politik gegangen.«

»Könnte es sein, dass es jemanden in Coles Vergangenheit gibt, der mit der Entführung seines Enkels seine Wiederwahl verhindern wollte?«, äußerte Fin seinen Verdacht. »'ne kleine Erpressung vielleicht?«

»Nein, kann ich mir nicht vorstellen«, antwortete Billy.

»Wieso nicht?«

»Das traut sich keiner«, pflichtete Nora ihrem Neffen bei.

»Nicht mal die Protestanten?«

»Nicht mal die.«

Fin hatte sich seinen nächsten Satz sorgfältig überlegt. »Billy, du hast doch … Beziehungen.« Wobei er das letzte Wort besonders vorsichtig aussprach.

»Vergiss es.«

»Aber–«

»Nein.« Billy setzte sein leeres Glas langsam, aber bestimmt auf der Theke ab. »Und wenn ich dir einen guten Rat geben darf, Fin O'Malley, lass die Finger von Padraig Cole.«

Nein, es lag wohl nicht an der natürlichen Abneigung gegen Fin oder am mangelnden Willen, ihm zu helfen. Es schien eher so, dass sogar jemand wie Billy MacGann einen Heidenrespekt vor Padraig Cole hatte.

Nicht so Nora Nichols. »Paddy Cole war nie zimperlich. Er hat aufgeräumt, wenn in seiner Truppe was faul war.«

Die Tür des Pubs wurde aufgerissen, ein Schwall feuchter Regenluft fegte zwei Fremde herein. Sofort hatten sie die volle Aufmerksamkeit aller Anwesenden, sogar Pebbles war aufgewacht und schielte um die Ecke der Theke. Sie grüßten freundlich, entledigten sich ihrer nassen Rucksäcke und Anoraks und ließen sich an einem Tisch am Fenster nieder.

Pebbles knurrte leise. Fin rief sie zur Ordnung.

»Dein Hund hat ein gutes Gespür für Menschen …«, raunte Ronan.

»Übertreib nicht. Das sind doch bloß Touristen.«

»Wer's glaubt …«

Fin musste sich widerwillig eingestehen, dass Ronan wahrscheinlich Recht hatte. Nach Foley kamen keine Touristen. Dafür hatten die Dorfbewohner schon Sorge getragen. Was sollte man auch hier, jenseits der Touristenströme und fernab von allem und jedem?

Als Ronan O'Shea in seiner Funktion als selbsternannter EU-Beauftragter von Foley vor einigen Jahren nach zähem Ringen Tourismuszuschüsse von der EU erstritten hatte, waren die markanten blauen Schilder des *Wild Atlantik Way* der Preis gewesen, den das Dorf dafür hatte zahlen müssen. Aber einen Tag, nachdem *Fáilte Ireland* die Hinweistafeln aufgestellt hatte, die die Touristen über die Küstenstraße nach Foley leiten sollten, hatten die Dorfbewohner sie in einer Nacht- und Nebelaktion wieder abgebaut. Nun bemerkte niemand mehr die schmale Abzweigung, die über eine noch schmälere Brücke auf die Halbinsel *Day's Foreland* führte, und niemanden verschlug es nach Foley, es sei denn, er hatte hier etwas zu erledigen.

»Das sind nie und nimmer Wanderer. Die Schuhe und Rucksäcke sind viel zu neu und zu sauber«, wisperte Ronan, »meinst du, das sind Kontrolleure?«

»Was für Kontrolleure?«

»Na, von der EU.«

Einer der beiden Männer stand auf, kam an den Tresen und bestellte zwei Pint Guinness. Er war kein besonders auffälliger Typ, groß und breitschultrig, wie er daherkam, hätte er eine gute Figur in einem Rugby-Team abgegeben.

»Scheißwetter«, meinte er.

Fin nahm zwei Gläser. »Ja. Sommer fällt dieses Jahr aus.«

Das Wetter war immer gut für Smalltalk.

Fin beobachtete ihn, während er das dunkle Bier in die Gläser laufen ließ. Er war sich sicher, dass er ihn noch nie im Leben gesehen hatte.

Der Mann legte ein paar Münzen für das Bier auf die Theke. »Kennst du einen O'Malley?«

Fin wollte schon antworten, als Ronan neben ihm dazwischengrätschte. »O'Malley? Welchen O'Malley? Im Dorf haben wir mindestens zwanzig O'Malleys«, log er.

»Finbar O'Malley.« Der Fremde schaute sich um. »Er soll meistens hier im Pub sein.«

Ronan knuffte Fin in die Seite. »Sag mal, Ned, hast du Fin heute schon gesehen?«

Fin stieg in das Spiel ein, ohne auch nur eine Sekunde darüber nachzudenken. »Nee, wollte der nicht zum Zahnarzt?«

Brian, der neben dem Fremden stand, meldete sich zu Wort. »Hab' ihn heute Morgen getroffen, als er in den Bog wollte zum Torfstechen.«

»Aha, und wo könnte er jetzt sein?«

»Warum wollen Sie das wissen? Was wollen Sie von Fin?«

Der Mann lächelte etwas zu leutselig. »Wir sind alte Freunde aus Dublin.« Er war ein miserabler Schauspieler. »Wir sind zufällig hier in der Gegend und wollten ihn überraschen.«

»Ich glaube, Fin ist nicht der Typ, der Überraschungen dieser Art mag«, schaltete sich Ciarán vom anderen Ende der Theke ein.

»Ach, kommen Sie, ich bin sicher, er freut sich, uns zu sehen.«

Fin signalisierte Ronan, dass er keinen von den beiden Typen kannte, aber das war vollkommen überflüssig.

»Außerdem …«, fuhr der Mann fort und zückte seine Brieftasche, »es soll Ihr Schaden nicht sein …« Er legte einen 20 Euro-Schein vor Ciarán hin.

Ciarán heuchelte Interesse. »Nun ja …«

Der Mann legte noch einen Fünfziger dazu.

»Das ist aber nicht einfach zu finden«, zögerte Ciarán.

»Ist 'n gutes Stück von hier«, ergänzte Brian, »auf der Straße werden Sie möglicherweise nicht weit kommen, je nachdem, was für 'nen Wagen Sie fahren.«

»Kein Problem. Wir haben Allrad.«

»Na schön.« Ciarán schnappte sich die Geldscheine nebst einem Bierdeckel und zückte einen Schreiber.

Brian nahm seine Kappe vom Tresen. »Ronnie, Ned, ich muss dann mal. Die Frau wartet mit dem Essen.«

Fin überlegte noch, seit wann Brian verheiratet war, während er ihm nachschaute, als sein Handy klingelte. Im Display leuchtete Caitlins Name. Sicherheitshalber verzog er sich nach hinten in die Küche, bevor er sich meldete.

»Hast du Zeit?«, fragte sie.

»Wozu? Was ist los?«

»Ich glaub', ich hab' da was ...«

»Was?«

»Komm vorbei.«

Als er wieder in den Schankraum zurückkam, standen Ronan, Ciarán und Leo allein an der Theke. Billy und Nora hatten sich zu Vater Keelan gesetzt und Diarmuid schien von alldem überhaupt nichts mitbekommen zu haben.

»Wo sind die beiden?«

»Welche beiden?«

»Die zwei Fremden.«

»Waren hier zwei Fremde?« Ronan sah Ciarán und Leo an.

»Verarscht mich jetzt nicht.«

»Ach, du meinst die zwei Komiker.«

»Sie hatten es plötzlich furchtbar eilig«, erwiderte Ciarán, »waren ganz wild darauf, dich kennenzulernen.«

»Was, glaubst du, wollten die von dir?«, wollte Ronan wissen.

»Keine Ahnung«, gestand Fin.

Ciarán knisterte mit den Geldscheinen und grinste. »Halten uns wohl für Trottel ...«

»Wir haben sie zum Bog am Sliabh Dearg geschickt«, sagte Ronan.

»Aber es wird bald dunkel«, warf Fin ein, »das sind mindestens zwanzig Kilometer.«

»Oh, wir erwarten sie nicht so bald zurück ...«

Es war dieses blinde Einverständnis unter den Dorfbewohnern, das Fin faszinierte, seit er in Foley lebte. Niemand musste ein Wort sagen, jeder wusste, was er zu tun hatte. Anfangs war er selber solchen Scharaden aufgesessen, aber heute war es anders gewesen. Wer auch immer diese beiden Männer gewesen waren, was auch immer sie von ihm gewollt hatten, die Dorfbewohner hatten ihm zur Seite gestanden, ohne dass er sie darum gebeten hatte. Selbst Billy war nicht quergeschossen.

Vielleicht hatte er sich ja geirrt, vielleicht war er doch kein Fremdkörper mehr. Es war ein gutes Gefühl, dieses Gefühl von Gemeinschaft, das sich wie eine schützende Mauer um ihn legte.

Vielleicht war er ja doch endlich angekommen.

Die Tür öffnete sich wieder und Brian kam zurück. Er schüttelte die Regentropfen ab wie ein nasser Hund. »Sie sind weg.« Er wischte sich die Finger an einem öligen Lappen. »Aber ich glaube, sie werden bald ein Problem mit ihrer Benzinpumpe haben …«

16. Cold Case

Es war bereits dunkel, als Fin die Garda-Station in Letterkenny betrat. Der Officer am Eingang kannte ihn bereits und ließ ihn mit stummem Kopfnicken passieren. Die Flure auf dem Weg zu Caitlin waren leer, die meisten Büros verwaist, nur hier und da schimmerte der Monitor eines Computers hinter einer Glasscheibe. Durch eine angelehnte Tür drang das Gemurmel einer Unterhaltung nach draußen, irgendwo klingelte ungehört ein Telefon.

Die Tür zu Caitlins Büro stand offen, aber Fin hielt inne. Eine dunkle Wolke schob sich in sein Blickfeld. Sie war dunkelblond, hochgewachsen und gutaussehend.

Caitlin saß an ihrem Schreibtisch, Andrew McIntyre stand neben ihr und beugte sich zu ihr herab. Beide studierten ein Papier und wirkten für Fins Geschmack entschieden zu vertraut.

Lief da doch etwas zwischen den beiden?

Er klopfte dezent gegen die offene Tür.

Caitlin schaute auf. »Fin, prima, dass du so schnell kommen konntest.«

Andrew McIntyre sah sich bemüßigt, ihm erneut die Hand zu schütteln. »Danke, dass Sie uns helfen, Finbar.«

»Fin.«

»Bitte?«

»Einfach Fin.«

»Ach so, ja …« Er wandte sich wieder Caitlin zu. »Also wie

gesagt, sei vorsichtig, was Padraig Cole angeht. Gerade jetzt im Wahlkampf. Wenn du tatsächlich was findest, dann müssen die Beweise vor Gericht standhalten.«

»Klar, Chef.«

»Ich mach' Schluss für heute, meine Frau wartet schon seit Stunden. Aber so bin ich wenigstens um den langweiligen Teil der Gartenparty herumgekommen.« Er warf sich schwungvoll sein Jackett über die Schulter. »Caitlin, ruf mich an, wenn du was brauchst. Jederzeit. Auch zu Hause.«

Von so einem engagierten Chef hatte Fin in seiner aktiven Zeit nicht mal zu träumen gewagt. Er schaute ihm nach, wie er mit energischem Schritt den Flur hinuntereilte.

Verheiratet war er also auch noch …

Caitlin riss ihn aus seinen Gedanken. »Die Kollegen aus Cork haben uns den Obduktionsbericht von Milo McCabe geschickt.«

»Und?«

»Immerhin ziehen sie mittlerweile in Erwägung, seinen Tod nicht mehr als eindeutigen Selbstmord zu behandeln«, antwortete Caitlin, »sie haben eine nicht unerhebliche Menge an Barbituraten in seinem Blut gefunden, allerdings weit und breit keine Verpackung.«

»Wahrscheinlich hat sie ihm jemand auf welchem Weg auch immer eingeflößt, bevor er ins Auto gesetzt wurde.«

»Das Zeug ist im Kaffee gewesen.«

»Wie wir vermutet haben«, mutmaßte Fin, »da wollte jemand zwei Fliegen mit einer Klappe schlagen. Einen Mitwisser aus dem Weg räumen und ihm gleichzeitig die Entführung in die Schuhe schieben.« Und er hatte dabei keine Zeit verloren. Nur Stunden zuvor hatte Fin mit Milo McCabe gesprochen. Hätte der Mann gleich alles auf den Tisch gelegt, was er wusste, wäre er vielleicht mit dem Leben davongekommen. So hatte McCabe nichts Eiligeres zu tun gehabt, als noch am selben

Abend Aidan Cole anzurufen. Was auch immer tatsächlich der Inhalt des Gespräches gewesen war, Fin zweifelte stark daran, dass er nur sein Bedauern über den Tod von Samuel hatte ausdrücken wollen.

»Wer aber hat nun den Killer losgeschickt?«, stellte Fin die Frage in den Raum.

Caitlin kramte auf ihrem vollgepackten Schreibtisch herum. »Wart's ab …« Sie förderte eine Mappe zutage, ein einzelnes Blatt kam zum Vorschein. »Der DNA-Schnelltest von Aidan Coles T-Shirt.«

»Und?« Fin lehnte sich gespannt auf den Schreibtisch.

»Leider kein eindeutiges Ergebnis. Wahrscheinlich hatten zu viele Leute das T-Shirt in der Hand.«

»Mist!« Fin war enttäuscht.

»Aber irgendwie hat es uns doch weitergeholfen.« Caitlin lächelte. »Ich hatte mir natürlich vorsorglich die DNA-Probe von Samuel zum Vergleich kommen lassen. Und soll ich dir was sagen? Kollege Computer–« Sie streichelte liebevoll ihren Monitor. »– ist fündig geworden.«

»Fündig? Inwiefern?«

»Es gibt ein Match zu einem anderen Fall. Einem uralten Fall, der Jahre zurückliegt.« Sie musste beinahe lachen. »Ich schwöre, ich sage nie wieder etwas Schlechtes über die *Cold Case Unit*.«

»Jetzt sag schon«, drängelte Fin.

»Louise Murphy.«

»Wer bitte ist jetzt Louise Murphy?«

»Laut DNA-Abgleich zu vierundneunzig Prozent die Mutter von Samuel Cole.«

Er brauchte ein paar Sekunden, aber dann lag für Fin die Schlussfolgerung klar auf der Hand. »Von wegen zeugungsunfähig. Aidan Cole hat fremdgevögelt und dann das Ergebnis des Seitensprungs adoptiert.«

»Nicht unbedingt«, bremste ihn Caitlin aus und zog eine alte, abgegriffene Mappe hinzu, »Louise Murphy aus Dunmore in Donegal ist im Juli 2001 spurlos verschwunden, zusammen mit ihrem Mann James und dem gemeinsamen Kind. Einem Sohn, den sie zwei Tage zuvor im University Hospital in Letterkenny zur Welt gebracht hat.«

»Jetzt kapier' ich überhaupt nix mehr …«

»Es ging das Gerücht um, die drei seien nach Kanada ausgewandert. Ein entfernter Onkel von Louise lebt dort, aber sie sind nie bei ihm angekommen.« Caitlin sah Fin zweifelnd an. »Wenn sie sich tatsächlich Hals über Kopf aus dem Staub gemacht haben, dann haben sie nichts mitgenommen. Kein Gepäck, kein Geld, keine Papiere, nichts …«

Sie überließ es Fin, sich seine eigenen Gedanken dazu zu machen, und legte derweil drei Fotos auf den Tisch, ein Hochzeitsbild des jungen Paares und zwei Porträtaufnahmen der beiden. Louise war ein hübsches junges Mädchen, das keck in die Kamera lächelte, die langen Haare vom Wind zerzaust, ein Gesicht voller Sommersprossen. Aber es war das Foto von James, das Caitlin näherschob, und Fin sah auf Anhieb, warum. Der blonde Wuschelkopf, ein unsicherer Blick aus hellgrauen Augen. Man musste blind sein, um die frappierende Ähnlichkeit zwischen James Murphy und Samuel Cole zu übersehen.

»Woher hattet ihr die DNA von Louise?«

Caitlin blätterte in der alten Mappe ganz nach hinten. »Vier Jahre nach ihrem Verschwinden hat ein Torfstecher im Grenzgebiet bei Lifford ein Skelett gefunden. Die Vermutung lag nahe, dass es sich bei den sterblichen Überresten um Louise Murphy handeln könnte. Louises Mutter hatte ein paar Sachen ihrer Tochter aufbewahrt, darunter eine Haarbürste. Man hat die DNA von Louise mit der des Skeletts aus dem Moor verglichen. Aber Fehlanzeige.«

Fin ließ sich auf den Stuhl vor Caitlins Schreibtisch plumpsen. »Und jetzt verrätst du mir gleich, wie der Sohn von Louise und James Murphy in die Familie von Aidan Cole kommt.«

»Tut mir leid, da bin selbst ich überfragt«, musste Caitlin eingestehen, »ich hab' keine Verbindung zwischen den beiden Familien gefunden. Aber vielleicht kann uns Louises Mutter diese Frage beantworten.«

17. Agnes

Kaum jemand konnte heute noch mit dem Namen *Portnaroe* etwas anfangen. Das war einmal anders gewesen, damals als die gigantische Fischfabrik einem ganzen Ort Arbeit beschert hatte. Ende der siebziger Jahre war hier an der Ostküste der Halbinsel Inishowen ein goldenes, nein, ein silbernes Zeitalter angebrochen, als Tonnen von Makrelen, Heringen und Schellfisch gefangen, verarbeitet und in alle Welt verschickt worden waren, so viel, dass sich an manchen Tagen eine kilometerlange Schlange von Kühltransportern über die Küstenstraße schob.

Nach der Jahrtausendwende aber hatten Heringe und Makrelen beschlossen, sich lieber woanders zu tummeln, und die Europäische Union hatte so strikte Fangquoten verhängt, dass die Fischer immer weniger aus dem Meer holten. Viele von ihnen gaben auf und zogen fort. Vor zehn Jahren schließlich hatte man die Fabrik dichtgemacht und die Bewohner von Portnaroe mit dem Arbeitslosengeld und ihrer Langeweile allein gelassen.

Die Siedlung *Harbour Heights* stammte noch aus der Blütezeit des Fischfangs. Reihen von bescheidenen Einfamilienhäuschen, die um den schönsten Vorgarten wetteiferten, und hinter deren blankgeputzten Fenstern die Frauen der Fischer und Arbeiter auf die Heimkehr der Männer warteten.

Viel war nicht mehr geblieben vom einstigen Glanz. In den Gärten wucherte Unkraut zwischen Autowracks, die Fenster der leerstehenden Häuser waren zugenagelt, was einige, meist jugendliche Störenfriede nicht daran hinderte, sich Zutritt zu verschaffen, um ungestört einen Joint zu rauchen oder erste Erfahrungen mit dem anderen Geschlecht zu sammeln. Müll wanderte durch den Rinnstein, eine Handvoll Kinder tobte mit Fahrrädern über die Straßen.

Das Haus der O'Donnells machte eine Ausnahme. Die Fassade war in freundlichem Gelb gestrichen, die Fensterrahmen frisch lackiert, die Geranien im Kübel neben dem Eingang eine Augenweide.

»Haben Sie sie gefunden?«

Es war der erste Satz, der Agnes O'Donnell über die Lippen kam, als sie Caitlin und Fin am nächsten Morgen die Tür öffnete. Vor ihnen stand eine schmale Frau Ende fünfzig in Jeans und Pullover, das kurzgeschnittene puderweiße Haar ließ sie älter aussehen. Mit ihrer schwarzen Hornbrille erinnerte sie Fin an seine alte Geschichtslehrerin. Sie arbeite halbtags als Sekretärin bei der Gemeinde, erzählte sie, nachdem sie sie hereingebeten und in der Küche Tee serviert hatte.

»Das bringt nicht viel ein, aber seit die Fabrik dichtgemacht und Gerald seine Arbeit verloren hat, sind wir froh um jeden Penny«, sagte sie freimütig und setzte sich an den Tisch.

»Ist Ihr Mann auch zu Hause?«

»Nein, der ist im Pub unten an der Ecke. Wie jeden Tag.« Sie rührte Milch in ihre Tasse.

»Mrs O'Donnell, Sie können sich wahrscheinlich denken, weshalb wir hier sind«, begann Caitlin vorsichtig. Sie wollte der Mutter lieber nicht allzu viel Hoffnung machen. »Ihre Tochter–«

»Gerry hat sich irgendwann damit abgefunden, dass Louise nicht mehr da ist«, sagte Agnes ganz in Gedanken, »manchmal hab' ich ihn darum beneidet, können Sie sich das vorstellen? Ich habe das nie fertiggebracht. Ich habe die Hoffnung nie aufgeben können, dass Louise vielleicht doch eines Tages durch diese Tür hereinkommt.« Sie rührte noch immer in ihrer Tasse. »Verstehen Sie mich nicht falsch, aber ich weiß natürlich, dass Louise nicht mehr lebt.«

»Wie kommen Sie darauf?«

»Ich könnte jetzt sagen, eine Mutter fühlt, wenn ihrem Kind etwas zustößt. Aber ich glaube nicht an diesen Unsinn. Nicht nach all den Jahren. Ich mache mir keine Illusionen. Aber ich möchte wissen, was damals passiert ist. Und warum Louise ...« Die entscheidenden Worte wollte sie dennoch nicht aussprechen, als könne sie so das Unwiderrufliche noch eine Weile aufschieben.

»Was ist damals passiert?«, fragte Caitlin.

»Ich habe die Fragen der Polizei so oft beantwortet. Was soll das jetzt noch bringen?«

»Wir haben vielleicht neue Hinweise«, ermutigte Caitlin die Frau.

Agnes seufzte und nahm einen Schluck Tee. Überlegte, wo sie anfangen sollte. Überlegte, ob es nicht doch noch ein Wort gab, das noch nicht ausgesprochen war.

»Kanada ...«

Sie drehte die Tasse behutsam zwischen ihren Fingern. »Daran hab' ich keine Sekunde geglaubt. Louise wäre nicht einfach so weggegangen, ohne sich zu verabschieden.« Sie schaute aus dem Fenster. Schaute hinaus in den Garten. Fin entging nicht, dass sie die aufkommenden Tränen wegblinzelte. Er fragte sich insgeheim, wie oft Agnes O'Donnell die Erinnerung an ihre verschwundene Tochter heimsuchte. Der Schmerz über den Verlust hatte sich über die Jahre hinweg tief in ihre Gesichtszüge eingegraben. Aber ein Ort, wohin sie ihre Trauer tragen konnte, war ihr versagt geblieben.

Sie räusperte sich. »Ich bin hier an der Grenze zu Nordirland aufgewachsen. Ich bin mit der IRA aufgewachsen. Ich bin damit aufgewachsen, dass Menschen manchmal einfach verschwunden sind. Verräter. Spitzel.«

»Hatte Louise mit der IRA zu tun?«

Agnes schüttelte den Kopf. »Nein.«

»Vielleicht ihr Mann James?«, hakte Caitlin nach.

Sie ließ sich Zeit mit einer Antwort. »Jamie war nicht der Richtige für Louise. Natürlich wollen Eltern immer nur das Beste für ihre Kinder. Keiner ist gut genug. Aber wenn Louise was im Kopf hatte …«

»Wie haben die beiden sich kennengelernt?«, fragte Fin neugierig.

»Ein Junggesellinnenabschied in Derry, wenn ich mich recht erinnere.« Sie lächelte kurz. »Eigentlich ein charmanter Kerl, dieser Jamie. Hat allen Mädchen im Viertel den Kopf verdreht. Aber die Familie Murphy …«

»Waren Jamies Eltern auch gegen die Verbindung?«

»Eamon Murphy.« Sie spuckte den Namen voller Verachtung aus. »Kaum ein krummes Ding in der Gegend, wo er und seine Sippschaft nicht die Finger drin hatten. Schlechtes Blut …«

»Und Jamie?«

»Im Grunde war er kein schlechter Kerl, auch wenn, wie man so schön sagt, der Apfel vermutlich nicht weit vom Stamm fällt«, antwortete Agnes, »Louise war gerade mit der Schule fertig, sie wollte raus aus Portnaroe. Auf keinen Fall hier versauern und als Arbeiterin in der Fischfabrik enden. Dann ist sie schwanger geworden und die zwei haben geheiratet, ehe man's sehen konnte.« Sie stand auf, nahm die Kanne und goss Tee nach, auch wenn Fin und Caitlin ihre Tassen kaum angerührt hatten. Plötzlich hielt sie inne. »Ich habe ihn nie gesehen …«

»Wen?«

»Liam. Meinen Enkel.« Sie setzte sich wieder an den Tisch. »Ich bin Großmutter geworden und habe nie die Chance gehabt, meinen Enkel kennenzulernen.«

Zwei Tage war der Junge alt gewesen, als er mit seinen Eltern verschwand. In der Vermisstenakte war von James und Louise Murphy die Rede, das Baby nur eine Randnotiz. Zwei Tage war Agnes O'Donnell Großmutter gewesen. Wahrscheinlich aber mehr als achtzehn Jahre. Ohne es auch nur zu ahnen. Fin nahm nun doch einen Schluck Tee. »Und Jamie war der Vater?«

»Wer sonst?«

»Sagen Sie, Mrs O'Donnell …« Fin überließ Caitlin den Vorstoß auf unsicheres Terrain. »… Ihre Tochter … kannte sie Aidan Cole?«

»Wen?«

»Aidan Cole. Den Musiker.«

Agnes O'Donnell sah Caitlin mit einer Mischung aus Verwirrung und Erheiterung an. »Nein, in diesen Kreisen ist meine Louise nicht verkehrt.«

»Denken Sie noch mal nach. Vielleicht sind sich die beiden irgendwo mal über den Weg gelaufen«, half Caitlin nach, »eine Begegnung, von der vielleicht niemand erfahren durfte.«

Agnes schüttelte entschieden den Kopf. »Nein, Louise trug ihr Herz auf der Zunge. So was hätte sie nie im Leben für sich behalten können.«

Fin und Caitlin sahen einander an. Es wäre zu schön gewesen. Aber es war auch eine sehr gewagte Vermutung gewesen.

»Ist Paddy Cole nicht der Vater von diesem Musiker?«, fragte Agnes unvermittelt.

Fin nickte und schöpfte wieder Hoffnung. »Sie kennen Padraig Cole?«

»Kennen, nun ja …« Agnes zögerte. »Bei der IRA hatte sein Wort einmal Gewicht. Damals, als Derry noch eine Brigade hatte. Connor hatte sich wohl mal mit ihm angelegt. Aber das hatte nichts mit Jamie zu tun.«

»Connor?«

»Jamies älterer Bruder«, gab Agnes Auskunft, »ich hatte ihn sogar mal 'ne Zeitlang in Verdacht, mit dem Verschwinden von Louise und Jamie was zu tun zu haben. Er ist selber um Louise herumscharwenzelt und abgeblitzt, ich glaube, er hat es ihr nie verziehen, dass sie sich für seinen kleinen Bruder entschieden hat. Ein paar Tage nach ihrem Verschwinden hat sich Connor ganz plötzlich aus dem Staub gemacht. Ist Hals über Kopf nach Australien ausgewandert. Hab' gehört, er lebt wohl immer noch in der Nähe von Melbourne.«

»Sie sagten, Sie hätten Connor in Verdacht gehabt. Was hat Ihre Meinung geändert?«

Sie leerte ihre Tasse und stellte sie zurück, bedächtig und lautlos. »Wenn Sie meine ehrliche Meinung hören wollen: Ich denke, dass die IRA etwas mit dem Verschwinden von Louise zu tun hatte. Das habe ich damals schon gesagt, aber es wollte keiner hören. Auch die ermittelnden Polizeibeamten nicht.«

»Und wie kamen Sie zu diesem Verdacht?«, fragte Caitlin nach.

»An dem Tag, als Louise verschwunden ist, hat Jamie sie nachmittags aus dem Krankenhaus in Letterkenny abgeholt. Wir hatten uns für denselben Abend eingeladen, weil wir natürlich unseren Enkel sehen wollten. Als wir in Dunmore ankamen, war das Haus dunkel, niemand öffnete uns. Wir sind dann durch die Hintertür rein, und ich habe sofort gemerkt, dass etwas nicht stimmt. Louise war nie die perfekte Hausfrau, aber wir haben die Wohnung noch nie so sauber und aufgeräumt gesehen. Irgendetwas war passiert. Wenn es Spuren gegeben hatte, dann haben sie sie beseitigt.«

»Wer sie?«

»Die IRA.«

»Was macht Sie da so sicher?«

»Wenn in Paddy Coles Bezirk etwas vorfiel, hätte er davon Wind bekommen müssen. Ich habe ihn nach Louise und Jamie gefragt, aber er antwortete, er wisse von nichts. Nur das, was die anderen alle erzählten. Dass die beiden nach Kanada wollten.« Agnes blickte von Caitlin zu Fin. »Glauben Sie mir, ich merke es, wenn mich jemand anlügt.«

Kanada.

Niemand hatte daran geglaubt, aber niemand hatte gewagt, Zweifel zu äußern oder unangenehme Fragen zu stellen. In Zeiten vor dem Karfreitagsabkommen war die Angst groß gewesen, selber ins Visier der IRA zu geraten. Allein der bloße Verdacht, man könne den Briten etwas über eine geplante Aktion gesteckt haben oder das geheime Waffenversteck verraten haben, war lebensgefährlich gewesen und hatte die Menschen in Derry oder Belfast gelähmt. Die Strafgerichte der IRA waren gnadenlos gewesen, Spitzel und Überläufer wurden ohne Erbarmen liquidiert. Aber nicht immer war der wahre Täter denunziert worden, manchmal traf es übermütige Jugendliche, die einfach nur ihre Kräfte hatten ausprobieren wollen, oder es traf Unschuldige, Menschen, die vielleicht etwas gesehen hatten, das sie nicht hatten sehen sollen. Sie verschwanden, aber sie waren nicht vergessen, auch wenn niemand mehr ihre Namen erwähnte.

Nach dem Karfreitagsabkommen häuften sich die Meldungen in den Zeitungen. Manchmal waren Arbeiter beim Straßenbau in einem einsamen Moor auf menschliche Überreste gestoßen oder ein reuiger Ex-IRA-Kämpfer wollte sein Gewissen erleichtern und gab den Ort preis, wo Jahre zuvor eine bedauernswerte Seele ihre letzte Ruhe gefunden hatte. Mit jeder Meldung wuchs die Hoffnung vieler Familien, die endlich Gewissheit haben mussten, was aus Vater oder Bruder geworden war, auch wenn die Wahrheit schmerzlich war. Die Sehnsucht, endlich Frieden zu finden, war größer.

Auch wenn der Bürgerkrieg vorbei war, das Spiel mit der

Angst hatte weiter funktioniert. Es hatte denjenigen Macht gegeben, die nach wie vor das Sagen hatten. Jene wie Padraig Cole.

War sie das, die Verbindung, nach der sie gesucht hatten?

»Das wird deinem Boss nicht gefallen«, meinte Fin.

»Glaubst du, McIntyre hält seine schützende Hand über Padraig Cole, nur weil er im Dáil sitzt und mit Gerry Adams Golf spielt? Da bist du auf'm ganz falschen Dampfer.« Caitlin schaltete einen Gang runter, während sie im Schneckentempo hinter einem verirrten Wohnmobil über die schmale Küstenstraße zockelte. »Aber wir sollten trotzdem nicht den objektiven Blick für das große Ganze verlieren, nur weil uns eine Lösung präsentiert wird, die uns gerade gut in den Kram passt.«

»Du denkst an Connor Murphy?«

»Im Moment denke ich daran, diesen Idioten da vorne zu verhaften«, fluchte Caitlin. Sie versuchte zu überholen, aber das Wohnmobil blockierte die gesamte Straße.

»Schön, also Connor Murphy. Warum nicht? Australien ist zwar ganz schön weit weg«, sagte Fin, »aber Connor Murphy könnte natürlich auch als Täter in Frage kommen.«

»Als Täter wofür?«

»Sammys Entführung. Vielleicht hat er erst jetzt nach all den Jahren per Zufall rausgefunden, was damals mit der Familie seines Bruders geschehen ist? Hat rausgefunden, dass sein Neffe noch lebt–«

»Du weißt, ich mag keine Zufälle«, unterbrach Caitlin, »und warum sollte er nach so vielen Jahren plötzlich Interesse an seinem Neffen zeigen?«

»Wenn diese Murphys so eine Blut-ist-dicker-als-Wasser-Familie sind, hat er ihn vielleicht entführt, um ihn heim in den Schoß der Familie zu holen?«, fabulierte Fin ins Blaue hinein.

»Nein, das glaube ich nicht. Aber angenommen, dieser Murphy hat spitzgekriegt, dass Padraig Cole was mit dem

Verschwinden von Louise und Jamie zu tun hat, dann macht ihn das natürlich erpressbar«, folgerte Caitlin, »ich fürchte nur, Padraig Cole ist niemand, den man einfach mal so erpresst.«

Fin dachte über diesen Gedanken nach. Möglich, so wie andere Gedanken auch. »Aber vielleicht war es auch ganz anders. Vielleicht wollten Jamie und Louise den Jungen gar nicht«, wagte er einen neuen Einwurf, »eine ungewollte Schwangerschaft und sie waren vielleicht froh, ihn los zu sein. Aidan und Catherine wollten ein Kind. Padraig Cole hat vermittelt ...«

Es war wie ein Wettstreit zwischen Fin und Caitlin, wer die Rolle des Advocatus Diaboli besser spielte. Aber es gab kaum eine wirkungsvollere Methode, während einer Ermittlung die Fäden zu entwirren, als den jeweils anderen mit Gegenargumenten aus dem Tritt zu bringen. Es waren diese Momente, in denen Fin spürte, wie gut sie beide aufeinander eingespielt waren. Wäre er tatsächlich noch bei der Garda, zusammen in einem Team mit Caitlin da Silva, die Verbrecher Irlands hätten sich warm anziehen können.

»Dann würde alles auf eine illegale Adoption hinauslaufen«, schloss Fin, »trotzdem bleibt am Ende eine Frage offen: Wo sind Jamie und Louise?«

Caitlin strubbelte ihre kurzen schwarzen Haare, was sie immer tat, wenn sie ihre Gedanken sortieren musste. »Schätze, es gibt nur einen, der uns diese Frage beantworten kann.«

»Ich würde mein Geld auf Padraig Cole setzen ...«

»Dann müssen wir uns wohl noch mal mit dem alten Herrn unterhalten. Dieses Mal vielleicht etwas ausführlicher.«

»Dann sollten wir aber drauf achten, dass die Beweise vor Gericht standhalten«, äffte Fin McIntyres Stimme nach, »was wohl so viel heißt, dass ich mich raushalten soll.«

»Im Gegenteil. Ich denke, ich weiß, was wir tun könnten.« Caitlin lächelte. Fins Eifersucht war so offensichtlich, sein

Missfallen konnte ihr unmöglich entgangen sein. »Vorausgesetzt, du bist bereit, mitzuspielen.«

Er ahnte, worauf sie hinauswollte. »Hältst du es für eine gute Idee?«, fragte er zweifelnd.

»Es ist meine einzige.«

»Du könntest Ärger kriegen.«

»McIntyre wird mitspielen.«

Sie fuhr an den Straßenrand, holte ihr Smartphone raus und wählte eine Nummer. »Mal schauen, ob wir 'ne Genehmigung kriegen.« Es dauerte eine ganze Weile, bis sich am anderen Ende jemand meldete. »Hallo, Megan, ist McIntyre in seinem Büro? … Wann erwartest du ihn zurück? … Nein, ich brauch' ihn dringend. Danke.« Sie unterbrach die Verbindung, suchte eine neue Nummer aus ihrem Verzeichnis und wählte. Es dauerte nur wenige Sekunden, bis ihr eine Stimme erklärte, dass der Teilnehmer vorübergehend nicht erreichbar sei. »Okay, wenn das so ist …« Sie probierte eine weitere Nummer und musste dieses Mal nicht lange warten. »Kann ich bitte den Assistant Commissioner sprechen? … Tut mir leid, wenn er gerade zu Tisch ist, aber es ist wichtig … Danke, ich bleib' dran.«

Caitlin hatte sich noch nie um Hierarchien geschert. Wenn es sein musste, dann marschierte sie direkt nach oben durch. So wie in diesem Fall.

Fin fiel etwas ein. »Gestern Abend waren zwei komische Vögel im Pub.« Er erzählte im Telegrammstil von der merkwürdigen Begegnung.

»Keine Ahnung, was die von dir wollten?«

»Nicht den blassesten Schimmer.« Seit gestern Abend hatte er sich den Kopf zerbrochen. »Vielleicht hat Paddy Cole die zwei Pappnasen geschickt.«

»Warum sollte er?«

»Vielleicht ein Einschüchterungsversuch?«

Caitlin verzog zweifelnd das Gesicht. »Kann ich mir nicht vorstellen. Ist nicht sein Stil.« Sie hielt sicherheitshalber die Hand übers Mikrofon. »Aber immerhin wussten sie, dass du aus Dublin bist. Wer weiß, was die sonst noch von dir wissen. Ich würd's nicht auf die leichte Schulter nehmen– ... ja, guten Tag, Commissioner Flannagan, Inspector Caitlin da Silva von der Garda Letterkenny. Tut mir leid, Sie beim Essen zu stören. Aber ich habe ein Anliegen, das nicht warten kann ...« Sie schilderte in kurzen Worten, was sie vorhatte.

Während Fin ihrem Plan zuhörte, kam ihm ein Gedanke, den bisher noch keiner ausgesprochen hatte. Eine Möglichkeit hatten sie bisher völlig außer Acht gelassen. War es denkbar, dass die Gefahr für Samuel Cole gar nicht von außerhalb der Familie gekommen war? Hatte der Junge selber diese Gefahr heraufbeschworen? Hatte er am Ende von sich aus herausgefunden, wer er wirklich war?

18. Longport House

»Ich habe nicht viel Zeit« war das Erste, was Padraig Cole zur Begrüßung sagte, als Fin vor Longport House aus dem Land Rover kletterte. Er hatte nur widerwillig einem erneuten Treffen zugestimmt und erst eingelenkt, als Caitlin vorgeschlagen hatte, er könne ebenso gut in die Garda Station nach Letterkenny kommen, wenn ihm dies lieber sei. Einigermaßen überrascht war er dennoch, als Fin alleine bei ihm auftauchte. Fast alleine.

»Ich hoffe, es stört Sie nicht, dass ich den Hund dabei habe. Eigentlich gehört er meiner Tochter, aber während der Schulferien hat sie ihn bei mir geparkt.« Pebbles sprang aus dem Wagen und schnüffelte sofort neugierig an Coles Hosenbeinen. »Wenn ich sie allein zu Hause lasse, zerlegt sie mir mein Mobiliar.«

Cole ließ die Hündin an seiner Hand schnuppern und streichelte ihren Kopf. »Ich hatte auch 'nen Hund, einen Labrador. Barney. Musste ihn leider im letzten Herbst einschläfern lassen. Vierzehn Jahre alt ist er geworden.«

Wie aus dem Nichts tauchten zwei Schatten an Fins Seite auf. Er hatte keine Chance zu reagieren. Zwei Paar Hände tasteten ungeniert seine Kleidung ab und sie hatten Übung darin.

»Haben Sie Angst, dass ich bewaffnet bin?« Er hielt den Atem an.

»Ich bin achtzig Jahre alt geworden, weil ich in meinem Leben immer vorsichtig war.«

Auf Waffen hatten es die Männer gar nicht abgesehen. Mit Hilfe eines kleinen Senders hatte einer der beiden die kleine Abhörwanze unter Fins Hemd schnell gefunden. Unsanft riss er das Klebeband von der nackten Brust.

»Ihr Handy.« Es war keine Bitte, es war ein Befehl.

Fin kam ihm zähneknirschend nach. Ein wesentlicher Teil ihres schönen Plans löste sich gerade in Wohlgefallen auf.

Padraig Cole schien fast ein wenig beleidigt, dass man ihn derart unterschätzt hatte. Dennoch setzte er ein höfliches Lächeln auf. »Kommen Sie, Officer, gehen wir in den Garten. Da sind wir ungestört. Den Hund können Sie mitnehmen.«

Sie ließen das Haus zur Linken liegen und folgten einem Kiesweg, der zu einem parkartigen Garten führte. Gestutzte Buchsbaumhecken und niedrige Mauern begleiteten den Weg, dazwischen lagen gepflegte Rasenstücke und blühende Staudenrabatten in der warmen Nachmittagssonne. Rosenbüsche in verschiedenen Farben standen in voller Blüte, umschwärmt von Bienen und anderen brummenden Insekten. Fin konnte sich gut vorstellen, dass jemand wie Padraig Cole nach Feierabend hier der Gartenarbeit frönte, wenn das politische Tagewerk erledigt war.

»Ich habe übrigens Erkundigungen eingezogen. Sie sind gar kein Officer, Sie sind nicht mal mehr Mitglied der Garda«, erklärte Cole ungerührt, »also ist Ihr Besuch wohl eher privater Natur, nehme ich an.« Seine Stimme hatte einen leicht süffisanten Unterton.

Fin hielt es für das Beste, die Bemerkung unkommentiert zu lassen.

Cole blieb ohne Vorwarnung stehen und wandte sich dem Haus zu. »Meine Familie lebt hier seit 1860. Die Engländer hatten den Landsitz zerstört, aber meine Vorfahren haben ihn wieder aufgebaut«, erklärte er, »Longport House war schon immer ein Bollwerk des Widerstandes. Während der *Troubles* hat es uns so manches Mal als Hauptquartier gedient.«

In der Tat hatte das Haus wenig von einem repräsentativen Landsitz. Grau und schmucklos, ein trutziger, düsterer Klotz, der im Lauf der Jahrzehnte scheinbar planlos um etliche Wirtschaftsgebäude erweitert worden war und nun eher einer Farm ähnelte als einem Familiensitz. Aus einem Stall ertönte das Muhen von Rindern, Fin sah einen Farmarbeiter, der im Hof mit einem Traktor beschäftigt war.

»Ein Haus mit Vergangenheit«, stellte Cole nicht ohne Stolz fest.

»So wie Sie ein Mann mit Vergangenheit sind.«

»Seit die Engländer ihren Fuß auf irischen Boden gesetzt haben, hat meine Familie gegen sie gekämpft.« Gemächlichen Schrittes setzte er seinen Weg fort. Fin folgte ihm, Pebbles bei Fuß. »Sind Sie aus Donegal?«

»Nein. Aus Derry.«

»Es ist heute friedlich. Kein Vergleich zu damals. Hat Ihre Familie auch gegen die Briten gekämpft?«

»Mein Vater war Polizist«, gestand Fin freimütig, »ich bin Protestant. Genau genommen von Geburt eigentlich Brite. Das, was Sie jahrelang bekämpft haben.«

Cole warf ihm einen kurzen Blick zu. »Nun, man kann es sich nicht immer aussuchen.«

Er bückte sich, riss einen grünen Stängel aus dem Kies und warf ihn achtlos zur Seite, Unkraut oder was auch immer seinen Blick gestört hatte. »Und Sie sind also Polizist geworden. Genau wie Ihr Vater.«

Es war kein Thema, das Fin vertiefen wollte. Schließlich war er wegen etwas anderem hier. Er pfiff Pebbles zurück, die sich ein paar Meter entfernt hatte und ausgiebig die Wurzeln eines üppig blühenden Busches beschnüffelte.

»Lassen Sie den Hund ruhig …«

»Lieber nicht. Sonst kann ich für Ihre Blumenrabatten nicht garantieren. Wenn Pebbles erst mal ’ne Maus wittert, gibt’s für sie kein Halten mehr. Sie buddelt sich durch bis Australien.«

Pebbles kam angetrottet und schloss sich den beiden Männern an.

»Sie glauben also immer noch, dass mir jemand meinen Platz im Dáil streitig machen will?« Padraig Cole kam von selber auf den eigentlichen Grund für dieses Treffen.

»Nein.«

Fin und Caitlin hatten sich eine Strategie zurechtgelegt und gemeinsam beschlossen, die Karten gleich auf den Tisch zu legen. Vielleicht konnten sie den Überraschungsmoment nutzen.

»Louise Murphy.«

Wenn Padraig Cole überrascht war, so zeigte er es nicht. Er verzog keine Miene, blieb stattdessen vor einem Baum stehen und schaute an seinem Stamm entlang bis hoch in die Krone. Wie er so dastand, aufrecht mit geradem Rücken, die Hände in den Hosentaschen, hatte er eher die Attitüde eines englischen Großgrundbesitzers, weniger die eines jener Rebellen, die die Engländer einst bekämpft hatten. »Eine Japanische Zeder«, gab er ungefragt Auskunft, »mein Urgroßvater hat sie gepflanzt. Hat sie aus Asien mitgebracht. Er ist rumgekommen in der Welt.«

Auch wenn der Baum für Fin wie ein gewöhnliches Nadelgewächs aussah, versuchte er, ein angemessen beeindrucktes Gesicht zu machen. Er wusste, er musste dem alten Herrn Zeit lassen. Padraig Cole war es gewohnt, die Zügel in der Hand zu halten und selber das Tempo einer Unterhaltung zu bestimmen. Man durfte ihn nicht drängen.

Sie setzten ihren Weg fort, gelangten in einen abgelegenen Teil des Gartens, wo trotz Schattens ein Meer aus Blumen bis tief ins Unterholz hinein blühte.

»Louise war zur falschen Zeit am falschen Ort.«

»Sie ist Sammys leibliche Mutter, nicht wahr?«

Cole ging nicht darauf ein. Seine Hand, die gewohnt war, den Spaten oder die Axt zu führen, knipste beinahe zärtlich ein paar welke Blüten aus einem Strauch.

»Im Grunde war es Jamies Schuld …«

Fin hatte die nächste Frage auf der Zunge, aber er hielt sich zurück. Er sah Cole an, signalisierte ihm, dass er bereit war, zuzuhören.

Sie gingen weiter, der Kies knirschte unter ihren Schuhen.

»Wir erwarteten eine Lieferung Waffen von ein paar Freunden aus–« Er schüttelte den Kopf. »Egal, tut nichts zur Sache. Jemand hat die Aktion verpfiffen. Der britische Geheimdienst ist auch nach dem Karfreitagsabkommen noch sehr aktiv im Norden und dankbar für jede Information.« Er sah Fin an. »Die IRA hat sich nach dem Abkommen nicht einfach in Luft aufgelöst. Sicher, wir haben wie vereinbart all unsere Waffen abgegeben. Zumindest jene, die wir nicht versteckt haben. Ich habe den Briten nie getraut. Bis heute nicht. Auch wenn die Zeit der Helden und Märtyrer vorbei ist, es herrscht noch immer Krieg. Und es wird erst Frieden sein, wenn der Norden und der Süden unter der Fahne der irischen Republik vereint sind. Leider sind die Briten extrem nachtragend. Und Verräter hat es immer gegeben. Bis heute.«

Fin konnte sich gut vorstellen, dass Padraig Cole ein unbequemer Politiker war, wenn er im Dáil in Dublin das Wort für die Sinn Féin ergriff.

»Ich war mir sicher, dass irgendwer aus der Familie Murphy gesungen hatte. Die Murphys haben selten einen Unterschied zwischen Freund und Feind gemacht, so lange am Ende die Kasse stimmte«, fuhr Cole fort, »Eamon, der Vater, konnte es nicht gewesen sein. Ihm hätte ich es nie zugetraut. Wir haben siebzehn Monate eine Zelle in Long Kesh geteilt, da lernst du Menschen kennen …« Er merkte, dass er abschweifte. »Ich hatte zuerst Connor in Verdacht, seinen Ältesten. Dem war nichts und niemand heilig. Der hat für Geld alles gemacht. Aber ein Vögelchen hat mir gezwitschert, dass sein kleiner Bruder James möglicherweise seine Finger im Spiel hatte. Also haben wir beschlossen, uns ein wenig mit Jamie zu unterhalten. Ganz zwanglos, versteht sich. Eigentlich wollten wir ihm nur ein bisschen Angst machen. Er sollte wissen, wo sein Platz ist. Im Laufe unseres … Gesprächs … haben wir festgestellt, dass tatsächlich er es gewesen war, der uns an die Engländer verpfiffen hatte. Wollte seinem großen Bruder wohl nacheifern, ihm zeigen, was er für 'n toller Kerl ist.« Er seufzte. »Und er brauchte Geld. Er hatte keine Arbeit, aber eine Familie zu ernähren. So was nutzen die Briten gnadenlos aus.«

Er blieb vor einer Bank stehen, die völlig von Zypressen umwuchert war. Fin rechnete damit, dass der alte Mann sich setzen wollte, aber Cole machte keinerlei Anstalten.

»Wir fuhren zu ihm hinaus. Wir wussten, samstags nachmittags ging seine Frau immer in den Nachbarort, um ihrer Schwester in ihrem Café zu helfen. Er würde also alleine sein. Aber er war nicht da, also warteten wir auf ihn. Wir waren zu dritt.«

Zwei breite Stufen aus hellem Granit führten zu einem Teich voller Seerosen. Libellen tanzten über die dunkle Wasserfläche, Vögel zwitscherten im Schilf, als müssten sie mit dem Vorspiegeln einer Idylle einen Kontrapunkt setzen zu dem, was Padraig Cole zu erzählen hatte.

»Als Jamie endlich kam, war er nicht alleine. Louise, seine Frau, war bei ihm. Er hatte sie gerade aus dem Krankenhaus abgeholt, wo sie einen Tag zuvor das gemeinsame Kind zur Welt gebracht hatte. Niemand hatte das auf dem Schirm gehabt«, nahm Cole seine Erzählung wieder auf, »wir hätten das Mädchen lieber rausgehalten, aber sie ließ sich nicht abwimmeln. Und Jamie hatte nichts Besseres zu tun, als den starken Mann zu markieren. Es wurde eine hitzige Angelegenheit. Was dann geschah ... ich weiß es nicht mehr. Es gab ein Handgemenge. Jamie hatte plötzlich einen Revolver. Schüsse fielen. Dazwischen Louise ... Am Ende hatten wir zwei Tote.« Er hielt inne. »Und eine Tasche mit einem neugeborenen Baby.«

Für einen Moment legten die Vögel eine Pause ein, sogar die Grillen hielten mit dem Zirpen inne. Aber wahrscheinlich bildete sich Fin das nur ein.

»Wir haben ihre Leichen in einem Moor begraben.«

»Sie waren zu dritt, sagten Sie?«

»Außer mir noch Derek McEllroy und sein Bruder Tom.« Er sah Fin an. »Sie brauchen sich die Namen nicht zu merken. Sie sind beide tot. Bei einer Schießerei mit der UDA zwei Monate später ums Leben gekommen.«

Wie praktisch, dachte Fin. »Und die Familien von Jamie und Louise? Haben die keinen Verdacht geschöpft?«

»Wir haben das Gerücht gestreut, die beiden seien nach Kanada ausgewandert. Ich gebe zu, eine blödsinnige Idee. Wirklich geglaubt hat das natürlich niemand«, räumte Cole ein, »Jamies Vater war überzeugt, das Verschwinden seines Sohnes hätte möglicherweise mit den Drogengeschäften zu tun, in die Jamie und Connor verwickelt waren. Ich habe ihn in seinem Glauben bestärkt. Wie hätte ich ihm sonst unter die Augen treten können? Aber ich denke, er ahnte, dass die IRA die Finger im Spiel hatte. Dass Jamie Mist gebaut hatte. Auch weil sein Bruder Connor kurz drauf die Koffer gepackt hat und abgehauen ist. Australien, glaube ich. Sie alle haben es irgendwo gewusst. Im Lauf der Jahre sind einfach zu viele Menschen verschwunden und nie wieder aufgetaucht.«

Er betrachtete sein Spiegelbild im Teich und zupfte nachdenklich an seinem grauen Bart. »Ich bin nicht stolz auf diese Tat. Louise war unschuldig. Ihr Tod verfolgt mich seit diesem Tag.«

»Haben Sie deshalb ihr Baby gerettet?«

»Was hätte ich tun sollen? Ich konnte den Kleinen schlecht ersäufen wie einen Wurf Katzen.«

»Wie edelmütig.« Fin konnte sich die Ironie nicht verkneifen. »Wessen Idee war es, das Kind als das von Aidan und Catherine auszugeben? Ihre? Oder die Ihres Sohnes?«

»Ich gebe zu, es war eine Schnapsidee«, gestand Cole, »im Nachhinein ist man immer schlauer. Ich hätte es nicht tun sollen.«

Er beobachtete Pebbles, die ihrerseits ganz fasziniert schien von den Goldfischen, die im Teich umherschwammen.

»Ich liebe Aidan, aber ich habe ihn vernachlässigt, als er klein war. Ich war nie da, und vielleicht wollte ich dies alles mit einem Schlag wiedergutmachen«, erklärte Cole, »ich habe mir gewünscht, dass Aidan später mal mit seinen Kindern verantwortungsvoller umgeht, als ich es getan habe, und ich war froh, als er in Catherine eine so wundervolle Ehefrau gefunden hatte. Aber es stellte sich kein Nachwuchs ein, die Ehe und besonders Catherine litten darunter, das war nicht zu übersehen–«

»Und da kam Ihnen der kleine Waisenjunge gerade recht.«

»Wie man's nimmt. Ich hab' den Kleinen ins Auto gepackt und bin nach Dublin gefahren. Aidan ahnte von allem nichts, ich habe ihn regelrecht überrumpelt, das war zugegebenermaßen nicht fair von mir. Er hatte nicht den Hauch einer Chance …« Er erinnerte sich an den wohl entscheidenden Moment. »Aber da war es schon zu spät. Catherine schmolz sofort dahin …«

»Hat sie denn nicht wissen wollen, woher das Baby so plötzlich kam?«, fragte Fin verwundert.

»Selbstverständlich!«, antwortete Cole. »Aber ich hatte mir natürlich eine Geschichte zurechtgelegt. Ich habe ihr erklärt, das sei das Baby der Tochter meines besten Freundes. Eine ungewollte Schwangerschaft mit vierzehn, es sei zu spät gewesen für eine Abtreibung, eine Schande für die Familie, die Zukunft versaut, glauben Sie mir, ich habe mich richtig ins Zeug gelegt, ihr das Kind schmackhaft zu machen. Aber das war gar nicht nötig. Catherine war nur zu gern bereit gewesen zu helfen.«

»Jetzt mussten Sie sich nur noch eine Geschichte ausdenken, auf welchem Weg das Baby glaubhaft zu Catherines eigenem Kind wurde.«

»Das war der kompliziertere Teil. Aber es hat geklappt. All die Jahre hat niemand Fragen gestellt.«

»Bis auf Samuel ...«

»Ja, bis auf Samuel.« Padraig Cole wandte sich ab und setzte seine Wanderung fort. Offenbar fiel ihm das Erinnern im Gehen leichter. »Er fing an, Fragen zu stellen. Kam mit ein paar alten Fotos an. Keine Ahnung, in welcher Mottenkiste er die gefunden hatte. Jedenfalls hatte er plötzlich die fixe Idee, dass Aidan und Catherine nicht seine leiblichen Eltern seien. Ich gebe zu, das Verhältnis zwischen Aidan und Samuel ist in den letzten Jahren angespannt gewesen. Ich habe es auf die Pubertät geschoben, aber manchmal habe ich mich schon gefragt, ob der Junge was ahnte. Er hatte weder etwas von Aidan noch von Catherine, im Gegenteil, er wurde Jamie mit jedem Tag immer ähnlicher. Auch wenn ich der Einzige war, der das sehen konnte. Aber was sollte ich machen? Ich konnte ihn ja schlecht umtauschen ...«

»Wollen Sie damit sagen, Samuel ist tot, weil er seinem leiblichen Vater immer ähnlicher wurde?«

»Nein, Unsinn!« Cole blieb stehen und wandte sich zu Fin, der ihm gefolgt war. »Ich gebe zu, es fiel mir schwer, dem Jungen in die Augen zu schauen. Sein Anblick erinnerte mich immer an den Tag, an dem ich versagt habe. Aber sein Tod ...« Seine Stimme war klar und fest, als dulde sie weder Zweifel noch Widerspruch. »... sein Tod war ein Unfall!«

»Ein Unfall?«

»Aidan und Samuel waren nachmittags aus Baltimore nach Longport House gekommen. Am Wochenende sollte es eine große Feier zu meinem achtzigsten Geburtstag geben. Catherine war noch in Dublin, wollte aber abends nachkommen. Ich hatte einen Streit mit Samuel, eigentlich eine Lappalie, aber dann wurde es heftiger und er ist die Treppe im Haus runtergefallen.«

»Ein Unfall?«, wiederholte Fin fassungslos. »Warum haben Sie keinen Krankenwagen gerufen?«

»Er war tot«, antwortete Cole kurzangebunden und ging mit schnellen Schritten weiter. »Und es war meine Schuld.«

Fin lief ihm nach. »Wenn es wirklich ein Unfall war, wieso haben Sie seine Leiche verschwinden lassen?«

»Das war Aidans Idee. Ich wollte erst nicht, aber ... Er meinte, wegen der Wahlen und ... Ich muss wohl den Kopf verloren haben«, versuchte sich Cole an einer wenig überzeugenden Erklärung, »ja, ich weiß, es war ein Fehler!«

»Und die angebliche Entführung?«

»Ich hab' es nicht übers Herz gebracht, Catherine die Wahrheit zu sagen. Sie hing so an Sammy. Da hab' ich die Entführung erfunden.«

Sie hatten den Garten einmal durchquert, als Padraig Cole beschloss, dass es genug war. Er machte sich auf den Rückweg.

Fin konnte es nicht glauben. »Es war kein Unfall, das glaube ich Ihnen nicht!«, fuhr er den alten Mann an. »Was ist wirklich passiert?«

»Es war ein Unfall!«, behauptete Cole beinahe trotzig. »Aber denken Sie doch, was Sie wollen!«

»Und Milo McCabe?«, versuchte Fin, ihn aufzuhalten. »War das auch ein Unfall?«

»McCabe hat gekriegt, was er verdient hat. Hat versucht, uns zu erpressen. Da hat er sich leider die Falschen ausgesucht!« Cole verlangsamte seine Schritte nicht.

»Und Matthew Clarke?«

»Wurde zu neugierig. Leider hat er meine Warnung nicht ernst genommen.«

Das Geständnis kam rasch und freimütig. Er wusste, Fin hatte nichts gegen ihn in der Hand.

»Mr Cole, Sie haben Blut an Ihren Händen. Sie mögen eine lebende Legende sein, aber für die Morde werden Sie sich verantworten müssen!«, rief Fin ihm hinterher.

»Ich bin Soldat. Und es ist Krieg. Und in jedem Krieg gibt es Opfer«, beharrte Cole, »aber Sie werden mir nichts davon beweisen können!«

»Doch, Mr Cole, ich kann es beweisen!« Fin war stehengeblieben. »Ich habe Zeugen für diese Unterhaltung.«

Cole fuhr herum, sah ihn herausfordernd an. »Meine Leute haben Sie gefilzt. Und ich kenne meine Leute. Sie sind verdammt gründlich.«

»Stimmt, Ihre Leute haben mich gefilzt.« Er beugte sich zu Pebbles hinunter, zog das Hundehalsband unter dem langen Fell hervor und hielt es so, dass Padraig Cole die Wanze sehen konnte. »Aber nicht den Hund …«

Fin hörte die beiden Einsatzfahrzeuge der Garda vor Longport House vorfahren, hörte Türen schlagen und Stimmen, aber er ließ Padraig Cole nicht aus den Augen. Der alte Mann wollte etwas sagen, aber er überlegte es sich anders. Er wusste, wann er verloren hatte. Er zog eine Augenbraue hoch und sah plötzlich wieder aus wie Sean Connery. Sein Blick eine Mischung aus Verachtung und Erheiterung, vielleicht sogar mit einer Spur von Anerkennung, dass er einen gleichwertigen Gegner gefunden hatte. Wenigstens dieses Mal.

19. Oran's Steps

»Er mag Jamie und Louise auf dem Gewissen haben, aber nicht Sammy«, meinte Fin, »vielleicht hat er geholfen, die Leiche zu beseitigen, mehr aber auch nicht.«

Caitlins Miene verriet, dass sie seine Zweifel teilte. »Solche Verletzungen zieht man sich nicht zu, wenn man eine Treppe im Haus runterfällt. Es muss irgendwo da draußen passiert sein.« Sie hatte die ganze Unterhaltung natürlich mitgehört. »Er hat schon seinen Anwalt angerufen.« Sie wies mit dem Kopf nach hinten, wo Padraig Cole in einem der beiden Einsatzfahrzeuge Platz genommen hatte und in aller Seelenruhe darauf wartete, zur Garda Station gebracht zu werden.

Zwei Farmarbeiter standen vor einem Schuppen und schauten neugierig herüber. Außer den beiden schien sich niemand für die Verhaftung von Cole zu interessieren. Trotzdem wurde Fin das Gefühl nicht los, beobachtet zu werden. Als er sich dem Haus zuwandte, glaubte er, in einem der Fenster im ersten Stock Aidan zu sehen, der die Szene verfolgt hatte.

»Ich geh' mal nachsehen, ob ich irgendwo mein Handy auftreiben kann.«

»Wir fahren schon voraus nach Letterkenny.«

»Ich komme nach.«

Er stieg die Stufen zum Eingang hoch. Das kunstvolle Relief über dem einst repräsentativen Portal war ausgewaschen, das Familienwappen kaum noch zu erkennen. Die Tür aus massiver dunkler Eiche stand offen. Die düstere Eingangshalle empfing ihn mit jenem muffigen Geruch, der alten Häusern mit dicken feuchten Mauern eigen war. Über einem Sessel lag eine alte Regenjacke, lehmbespritzte Gummistiefel standen auf dem Boden daneben.

Eine feuchte Schnauze stupste seine Hand an. Er hatte gar nicht bemerkt, dass Pebbles hinter ihm reingeschlichen war.

Fin blieb stehen, als er Schritte auf der alten Holztreppe hörte, die die Halle dominierte. Aidan Cole tauchte auf und blieb auf einer der mittleren Stufen stehen, er trug verblichene Jeans und eine ausgeleierte Jacke über dem T-Shirt, seine Linke balancierte ein Glas.

Hatte er nicht dem Alkohol abgeschworen? Oder hatte ihn die ganze Situation doch am Ende überfordert?

Sie musterten einander, warteten ab, wer von ihnen die Partie eröffnen würde. Im Grunde war es Fin egal, also konnte ebenso gut er den ersten Zug riskieren. »Ist es hier passiert?«

»Was passiert?«

»Ihr Vater hat ausgesagt, Samuel sei eine Treppe runtergefallen und habe sich tödlich verletzt.«

Aidans Miene blieb undurchsichtig, seine Augen schweiften rastlos mal hierhin, mal dorthin. Die Hand, die das Glas hielt, zitterte. Hatte er irgendetwas eingeworfen?

»Angeblich war es ein Unfall«, fuhr Fin fort, »waren Sie dabei?«

Für einen Augenblick schien Aidan zu überlegen, welche Antwort am besten zur Aussage seines Vaters passen könnte, aber schließlich entschied er sich für eine andere Strategie. »Wenn es ein Unfall war, weshalb verhaften Sie ihn dann?«

Fin ging die paar Schritte bis zum Fuß der Treppe und sah zu ihm hinauf. »Es war kein Unfall. Und es ist auch nicht hier passiert, oder?«

Eine Stimme aus dem oberen Stockwerk fuhr zwischen sie. »Aidan? Mit wem sprichst du?«

Catherine.

Aidan kam mit raschen Schritten die Stufen herab, knallte das Glas auf einen kleinen Tisch, dass ein Rest Flüssigkeit überschwappte, und packte ihn unsanft am Arm. Trotz seines malträtierten Knies war er erstaunlich flink auf den Beinen. Ehe Fin sich versah, wurde er in Richtung einer Hintertür geschoben. »Kommen Sie!«

Er hatte gar keine andere Wahl. Aidan riss die Tür auf. Ein untersetzter, älterer Mann tauchte plötzlich auf, als ob er hinter der Tür auf sein Stichwort gewartet hätte. Fin kam das Gesicht bekannt vor.

»Danke, Dominic, ich komme allein zurecht!«, schnauzte Aidan den Alten im Vorbeigehen an.

Fin warf einen Blick über seine Schulter. Der kleine alte Mann schaute ihnen wortlos hinterher. Der Mann vom *Lyon's Inn*. Der Mann, der auf Matthew geschossen hatte.

»Wer war das?«, wagte Fin eine Frage, als sie außer Hörweite waren.

»Dominic Kelly. Das Faktotum meines Vaters.« Man hörte Aidans Stimme an, dass er ihn nicht mochte. »Eine naive Seele. War nicht besonders helle, als er noch Rennen geritten ist, aber nach dem Unfall ... Vater hat ihm damals geholfen, seitdem ist er ihm treu ergeben. Kümmert sich um alles ...«

Er überließ es Fin, sich auszumalen, worum im Einzelnen sich Dominic kümmerte, und drängte ihn durch einen Flur nach draußen in den Hinterhof. Fin merkte, dass Pebbles an ihren Fersen klebte, aber Aidan ignorierte die Hündin. Er ging auf einen schlammbespritzten Jeep zu und bedeutete seinem Gast, einzusteigen. Fin folgte der Aufforderung.

»Hat dieser Dominic sich auch um Matthew gekümmert?«

Aidan drehte den Zündschlüssel.

»Und um Milo McCabe?«

Aidan legte den Gang ein, trat aufs Gaspedal und packte das

Lenkrad. Der Jeep rutschte auf dem unbefestigten Boden, Kies spritzte, als er sich halb um die eigene Achse drehte. Pebbles tauchte plötzlich vor dem Kühler auf.

»He!« Fin griff ins Lenkrad und zog nach links, ehe der Wagen einen Satz nach vorne machte. Im Seitenspiegel sah er eben noch, wie die Hündin in einer Staubwolke verschwand. Sie bellte, rannte dem Wagen hinterher. Dann rammte Aidan einen Torpfosten und der Spiegel flog ins Gebüsch.

»Was sollte das?«, brüllte Fin.

Aidan schaute stur geradeaus auf die Straße.

Er hatte getrunken. Und nicht zu wenig.

Und Fin wurde bewusst, dass er kein Handy hatte. Was auch immer hier gerade passierte, er war im Notfall auf sich allein gestellt. Er hoffte, dass er es nicht brauchen würde. »Wohin fahren wir?«

Aidan antwortete nicht.

Der Jeep bretterte über schmale Wirtschaftswege zwischen Wiesen und Feldern hindurch. Äste und Brombeerranken peitschten über die Windschutzscheibe. Aidan ging nur in den Kurven kaum merklich vom Gas. Fin war froh, dass ihnen niemand begegnete. Er hatte keine Ahnung, wo sie waren, geschweige denn, wohin der Weg sie führte. Die Sonne stand bereits tief zwischen den Bäumen. Einmal konnte er zwischen den Hügeln einen Blick aufs Meer erhaschen.

Nach einigen Kilometern und einer scharfen Rechtskurve bog Aidan auf einen Parkplatz ein. Der Boden war unbefestigt, ein verwittertes Schild bat darum, seinen Müll wieder mit nach Hause zu nehmen. Der Jeep war das einzige Fahrzeug weit und breit.

Fin ahnte, wo sie waren. Er hatte diesen Parkplatz schon in den Nachrichten gesehen.

Aidan stieg aus. Er folgte ihm. Nur ein paar Schritte, und sie waren am Meer. Oder besser, über dem Meer.

Aidan war stehengeblieben, nur wenige Meter von der ungesicherten Felskante. »Sie wollten doch wissen, wo's passiert ist …«

Oran's Steps.

Fin erinnerte sich, dass er im vergangenen Sommer mit Lily hier gewesen war. Sie waren unten am Fuß der Klippen am Strand entlangspaziert, hatten Robben beobachtet und Papageientaucher, die im Schutz der Felsen ihre Bruthöhlen gefunden hatten. Wind und Wasser hatten den grauen Granit über tausende Jahre gebrochen, so dass er nun wie eine steile Treppe zum Meer hinabführte. In einem Land wie Irland, wo man immer schnell mit einer Geschichte bei der Hand war, wurde allerdings ein sagenhafter Baumeister für die Entstehung dieser meterhohen Stufen verantwortlich gemacht. Fin wusste nur, dass irgendein Riese bei der Namensfindung Pate gestanden hatte. Zu welchem Zweck der Kerl die an sich völlig nutzlose Treppe in den nackten Fels geschlagen hatte, war ihm entfallen.

Nur eine schmale Straße führte zu den Klippen, zu schmal, um die Touristenströme zu bewältigen, die den Wild Atlantik Way erkundeten, und so waren die *Oran's Steps* nie Teil von Irlands berühmter Küstenstraße geworden. Hier war man noch allein mit sich und der Natur.

Bei gutem Wetter ging der Blick von hier aus bis hinüber zur Halbinsel von Inishowen. Aber der hereinbrechende Abend hatte Nebelschwaden mitgebracht, die sich in Fetzen gleich klebriger Zuckerwatte zwischen den Felsen festgesetzt hatten. Das Meer war kaum zu ahnen, die Brandung, die rund fünfzig Meter unter ihnen auf einen schmalen Streifen Strand rauschte, kaum zu hören. Nur ein fernes Nebelhorn durchdrang hin und wieder gedämpft die graue Suppe.

»Sammy wollte unbedingt zu den Klippen bei Gilduff, die angeblich als Drehort für den nächsten Star-Wars-Film herhalten sollen. Er hatte sich in den Kopf gesetzt, dass es hier irgendwo sein musste. Wir haben uns verfahren und sind dann hier gestrandet …«

Ein sanfter Wind zauste die Nebelgespinste und trieb sie über die Klippenkante ins Land hinein. Die Sonne war längst in den Wolken verschwunden, eine blasse Scheibe hinter einem milchigen Schleier. Ein paar Möwen kreuzten wie geisterhafte Aliens durch das Nichts. Im aufkommenden Dunst stellte sich Fin riesige Raumschiffe vor, die majestätisch über die bizarre Felslandschaft einschwebten und zur Landung ansetzten. Es brauchte nicht viel, um sich fernab des vertrauten Heimatplaneten in einer fremden Galaxie zu wähnen. Die Szenerie war so unwirklich wie die Situation, in der er sich gerade befand.

Aidan hatte keinen Blick für die Magie des Ortes. »Der Junge war sauer, ich war sauer, ein Wort hat das andere gegeben. Ich hab' ihm vorgeschlagen, zurückzufahren und es an einem der nächsten Tage noch mal zu versuchen. Er wollte nicht. Und plötzlich sagte er, ich habe ihm gar nichts zu sagen, schließlich sei ich ja gar nicht sein Vater.«

Er schaute sich um, als suche er etwas, ging ein paar unsichere Schritte an der Kante entlang bis zu einer grasbewachsenen Stelle. Fin zog es vor, zu bleiben, wo er war.

»Er wollte wissen, wer wirklich seine Eltern sind. Ich sagte ihm, ich wüsste es nicht. Er hat mir nicht geglaubt. Wir sind in Streit geraten.« Aidan blickte in den Nebel, etwa dorthin, wo er weit unten das Meer ahnte. »Es gab eine Rangelei.«

»Und er ist gestürzt.«

»Nein.« Aidans Stimme war hart und kalt. »Ich habe ihn hinuntergestoßen.«

Fin war sich nicht sicher, ob er Aidans Worte richtig verstanden hatte.

»Ich konnte ihn nicht mehr ertragen.«

Doch, er hatte richtig verstanden.

»Dann bin ich nach Hause gefahren und habe es meinem Vater erzählt.« Er hatte noch immer das Meer als willigen Zuhörer. »Dominic hatte einige Mühe, den Leichnam unten am Fuß der Klippen zu bergen. Eigentlich sollte er ihn verschwinden lassen, aber er hatte keine Zeit. Dad brauchte ihn unten in Cork. Also versteckte er Sammy erst mal unten am Strand. Er wollte sich später um ihn kümmern. Es konnte ja niemand ahnen, dass die Leute beim Donegal Clean Up ausgerechnet hier nach Müll suchen würden …«

Durfte Fin wirklich ernst nehmen, was er da hörte? Wie viel davon war Wahrheit, wie viel dem Alkohol geschuldet? Und warum erzählte ihm Aidan das alles?

»Als Catherine am Abend aus Dublin kam, haben wir ihr die Geschichte mit der Entführung aufgetischt. Wir konnten ihr die Wahrheit nicht sagen, sie wäre daran zerbrochen.« Endlich sah er Fin an, seine Miene war ernst. »Ich hätte es nicht tun sollen. Damals. Ich hätte nie in die Idee meines Vaters einwilligen und dieses Kind aufnehmen dürfen. Aber wie er da eines Abends mit dieser Tasche vor unsrer Tür gestanden hat wie der Weihnachtsmann persönlich … Hat blöde gegrinst … Catherine war auf der Stelle hin und weg von dem kleinen Schreihals.«

»Hat er Ihnen etwas über die Herkunft des Babys erzählt?«

Sein Achselzucken deutete an, dass es ihm in diesem Moment im Grunde egal gewesen war. »Irgendein Balg von irgend'ner kleinen Nutte. Er hat mir eingeschärft, kein Wort darüber zu verlieren. Und wer meinen Vater kennt, der weiß, man tut gut, sich an solche Anordnungen zu halten.« Für einen Augenblick legte sich eine düstere Hilflosigkeit über sein Gesicht. »Als kleiner Junge habe ich Angst vor diesem Mann gehabt. Ich weiß, was er bei der IRA getan hat. Ich weiß, zu was er fähig war. Zu was er immer noch fähig ist. Wahrscheinlich habe ich deshalb mitgespielt. Außerdem … es war nicht ganz legal, aber wem erzähle ich das … Meinetwegen, dachte ich, wenn das der Preis war, den ich bezahlen musste, um meine Ehe zu retten, dann sollte es eben so sein.«

»Warum sollte die überraschende Geburt in Amerika über die Bühne gehen?«

»Weit genug weg von Irland. Wir wollten blöden Fragen aus dem Weg gehen.«

»Wie haben Sie das Baby in die Staaten gebracht?«

»Catherines Vater mussten wir einweihen. Er hat seinen Privatjet zu Verfügung gestellt. Dann brauchten wir nur noch die Unterschrift eines Arztes, aber das war das geringste Problem. Der senile Hausarzt hätte gegen eine entsprechenden Bezahlung auch bezeugt, dass Catherine einen Elefanten zur Welt gebracht hätte.« Aidan lächelte über seinen Scherz. »Die Idee mit der Geburt auf hoher See kam übrigens von dem alten Herbert. Überrumple die Leute mit einer guten Story und sie fressen dir aus der Hand.«

»Trotzdem, ein gewaltiger Aufwand und gefährlich viele Mitwisser …«

»Der alte Syms sah das eher pragmatisch. Er hatte sich schon Sorgen gemacht. Als der erhoffte Enkel ausgeblieben ist, sah er schon sein Firmenimperium in Gefahr. Er war an 'nem Punkt, wo er mit allem einverstanden war.«

»Sie müssen Ihre Frau sehr lieben.« Fin war vorsichtig mit dem, was er sagte. Er wollte den Redefluss auf keinen Fall unterbrechen.

»Wie man's nimmt …« Er wandte sich ab und balancierte ein paar Schritte an der Klippenkante entlang. »Ich weiß natürlich, welchen Spitznamen ihr die Medien gegeben haben. Seifenprinzessin. Sie hatte nie in ihrem Leben Geldsorgen und sie wird auch nie welche haben. Sie wird eines Tages das Erbe ihres Vaters antreten. Und glauben Sie mir, Mr O'Malley, es ist beruhigend, das zu wissen.«

»Das sagen ausgerechnet Sie?« Fin war einigermaßen überrascht von dieser Äußerung.

»Natürlich habe ich damals mit meiner Band 'ne Menge Kohle gemacht«, gestand Aidan mit schlecht gespielter Bescheidenheit, »ich hab' aber auch 'ne Menge ausgegeben. Hab den falschen Leuten vertraut. Und schon mal 'n paar hunderttausend verspekuliert. Nachdem ich meine erste Band aufgelöst hatte, wurde es noch weniger, aber die Tantiemen flossen immer noch reichlich. Mit der zweiten Band lief es am Anfang nicht wirklich rund, ich wollte was anderes machen, kreativer sein, nicht unbedingt ein Massenpublikum erreichen. Was aber überhaupt nicht im Sinne einer Plattenfirma ist. Es sei denn, man hat seine eigene. Da kommt eine Investition zur nächsten und irgendwann ist es einfach beruhigend zu wissen, dass immer Geld da sein wird ...« Er beugte sich gefährlich weit über den Klippenrand und spähte in den Dunst. »Verstehen Sie mich nicht falsch, Catherine ist eine bezaubernde Person, aber ich habe schon aufregendere Frauen kennengelernt ...« Er schwankte kurz, aber ehe Fin reagieren konnte, hatte er sein Gleichgewicht wiedergefunden. »Wussten Sie, dass *Future4Families* Catherines Idee war?

Sie hatte das dringende Bedürfnis, ihr Glück mit anderen teilen zu wollen. Andere, die nicht auf der Sonnenseite des Lebens stehen. Kinderlose. Obdachlose.« Seine Stimme geriet ins Stocken. »Ich selber hatte eigentlich nie Kinder haben wollen, im Grunde genommen bin ich als Vater ein absoluter Versager. Wie bei so vielen anderen Dingen im Leben auch ...« Fin hatte nicht bemerkt, wie plötzlich die Pistole in Aidans Hand gekommen war.

»Mr Cole ...«

Aidan schien genauso überrascht. Er sah Fin an, dann die Waffe, ehe er sie fest mit der Hand umklammerte und gegen seinen Kopf richtete.

»Lassen Sie den Blödsinn!« Etwas Besseres fiel Fin auf Anhieb nicht ein, »Für den Club der 27 sind Sie schon zu alt.«

Aidan lächelte. »Wenn Catherine die Wahrheit erfährt, wird sie mich verlassen. Alle werden mich verlassen.«

Fin hatte keinerlei praktische Erfahrung mit Selbstmordkandidaten. Reden sollte ja angeblich helfen. Aber würde Aidan Cole wirklich ernst machen?

»Hören Sie, Aidan, selbst wenn es eine Untersuchung zu Sammys Tod gibt, so gibt es doch keine Zeugen für das, was geschehen ist.« Er ging langsam und vorsichtig ein paar Schritte auf ihn zu. »Vielleicht bilden Sie sich ja nur ein, dass Sie ihn gestoßen haben. Vielleicht war es in Wahrheit anders. Vielleicht ist er ausgerutscht?«

»Catherine würde mir das nicht glauben«, erwiderte Aidan ungerührt, »sie weiß, dass ich den Jungen nie wirklich gemocht habe.«

»Wenn man bedenkt, auf welche Art und Weise Samuel in Ihr Leben kam, könnte man dafür sogar durchaus Verständnis haben.« Fin machte auf einfühlsam.

»Halt, das ist nah genug!«

Fin blieb keine fünf Schritte vor Aidan stehen, als dieser die Pistole herunternahm und langsam auf ihn richtete. Er hob beschwichtigend die Hände. »Okay, okay, alles in Ordnung …«

Aber Aidan ließ nicht von ihm ab. Er legte den Kopf schief und lächelte. »Haben Sie im Ernst geglaubt, dass ich mein Leben einfach so wegwerfe und da runterhüpfe?«

Fin verstand nicht ganz. Plötzlich erschien Aidan Cole stocknüchtern. Hatte er ihm das alles bloß vorgegaukelt?

Erst jetzt entsicherte Aidan die Pistole. »Ich glaube, unsere Wege werden sich hier trennen, Mr O'Malley.« Er riskierte einen Blick über den Rand der Klippe. »Wir haben Flut. Möglicherweise wird man Ihre Leiche nie finden.«

»Das ist Mord, Aidan.« Fin überlegte fieberhaft, wie er die

Situation entschärfen konnte. »Wie wollen Sie meinen Tod erklären?«

Aidan schien eine Sekunde zu überlegen, aber er hatte längst eine Lösung für dieses Problem. »Ich bin am Boden zerstört über den furchtbaren Tod meines Sohnes. Ich kann nicht weiterleben ohne ihn und bin bereit, ihm in den Tod zu folgen«, deklamierte er mit pathetisch anmutender Stimme, »Sie, Mr O'Malley, werden mich davon abhalten. Der Dank der Musikwelt wird Ihnen gewiss sein. Schade nur, dass Sie nichts davon haben werden, weil Sie bei dem Rettungsversuch tragisch verunglücken ...«

»Das glaubt Ihnen kein Mensch«, entgegnete Fin, auch wenn er sich da nicht ganz so sicher war, »ich bin nicht der Einzige bei der Garda, der eins und eins zusammenzählen kann. Sie können mich nicht einfach so aus dem Weg räumen wie Milo. Oder Matthew Clarke.«

»Milo, dieser Blutsauger!«, spuckte Aidan verächtlich aus. »Wollte mich erpressen! Dachte, er wüsste was über mich, das er an die Presse verhökern könnte. An diesen ... diesen Idioten Clarke! Gar nichts wusste er.«

»Trotzdem hat ihr Vater ihn ermorden lassen, oder?« Fin konnte schlecht einschätzen, wie sicher Aidan mit der Waffe war. Konnte er ihn erreichen, bevor er abdrückte? Ehe er selber über die Klippe ging, würde er Aidan den Vortritt lassen.

»Diese Pistole–« Für den Bruchteil einer Sekunde hielt er sie hoch, damit Fin ihn ja nicht missverstand, ehe er sie wieder auf sein Gegenüber richtete. »Diese Pistole gehört meinem Vater. Von wegen, die IRA hat all ihre Waffen abgegeben. Mein Vater hat noch genug davon zu Hause in seinem Schrank liegen. Er wartet doch nur darauf, dass er sie wieder rausholen kann!« Er wurde wütend. »Wissen Sie, warum ich nie Kinder haben wollte?« Er sah Fin erwartungsvoll an, aber als keine Antwort kam, war ihm das auch recht. »Meine Mutter ist früh gestorben. Ich bin bei einer Tante aufgewachsen, weil mein Vater nie da war. Er hatte keine Zeit für mich, er hatte Wichtigeres zu tun, er musste ja die Welt retten. Oder zumindest die Briten aus Irland vertreiben. Als ich noch klein war, hieß es, er sei auf See, wenn er mal im Knast saß. Er hat sich überhaupt nicht für mich interessiert. Mit meiner Musik konnte er nichts anfangen. Weder mein Erfolg noch das ganze Geld haben ihn beeindruckt. Ja, wenn ich Bomben gebastelt hätte und damit britische Polizeiposten in die Luft gejagt hätte, das wäre was anderes gewesen.« Er steigerte sich in seine Rage hinein. »Erst als er durch das Karfreitagsabkommen praktisch arbeitslos wurde, hat er entdeckt, dass er einen Sohn hat. Hat angefangen, sich in mein Leben zu mischen. Hat geglaubt, er müsse meine Ehe retten, und mir dieses Kuckuckskind aufs Auge gedrückt. Als wollte er mir mein Versagen vor Augen führen, dass ich nicht in der Lage war, für Nachwuchs zu sorgen. Dabei war er doch derjenige, der versagt hat. Bei mir versagt. Ich wollte keine Kinder! Und ich wollte Sammy nicht! Was sollte der Junge mit einem Vater, der dauernd unterwegs ist? Ich weiß aus eigener Erfahrung, wie sich das anfühlt. Er hätte eine bessere Familie verdient! Eine Familie, die ihn–«

»Die hatte er«, entfuhr es Fin, »aber Ihr Vater hat sie ermordet.«

Aidan hielt inne und starrte ihn an. »Was?«

»Wie ich sehe, hat er Ihnen nie erzählt, wie er tatsächlich zu dem Baby gekommen ist.« Fin musste den Moment der Verwirrung nutzen. »Jamie und Louise, so hießen Samuels leibliche Eltern. Sie wurden erschossen, ihre Leichen im Moor verscharrt. Aber da war dieses Baby …«

Aidan schüttelte unsicher den Kopf. »Das ist nicht wahr …«

»Vielleicht war es gar nicht so selbstlos, was Ihr alter Herr da getan hat, als er Ihnen das Baby bescherte.« Fin ließ es auf eine Provokation ankommen und klatschte ihm die Anklage mitten ins Gesicht. »Ohne es zu wissen, haben Sie ihm dabei geholfen, die Spuren seines Verbrechens zu verwischen.«

Aidan wich zurück.

Die Grasnarbe, durch den Regen der vergangenen Tage aufgeweicht, gab unter seinen Füßen nach. Er schwankte, versuchte das Gleichgewicht zu halten. Fin sprang nach vorne, wollte ihn packen, aber er kam zu spät. Aidan rutschte über die Felskante, kein Laut kam über seine Lippen. Die Pistole verschwand in der Tiefe, während seine Arme durch die Luft ruderten und seine Hände Halt suchten. Im letzten Augenblick gruben sich seine Finger ins nasse Erdreich, umklammerten Gras und Wurzeln.

Fin warf sich auf den Boden und griff beherzt zu, erwischte einen Arm und den Kragen seiner Jacke. Hielt ihn fest. Aber er hatte das Gewicht des anderen unterschätzt. Er lag bäuchlings auf der Klippe und merkte, wie er über das feuchte Gras gezogen wurde. Er wusste nicht, wie lange er den Mann halten konnte, ohne selber in den Abgrund zu rutschen.

»Kommen Sie, Aidan, ziehen Sie sich hoch!«, herrschte er ihn an.

Aidan starrte ihn panisch an, als ob ihm erst in dieser Sekunde klar wurde, dass er gerade dem Tod näher war als dem Leben. Er fing an, mit den Füßen nach Halt zu suchen und strampelte ins Leere, was seine Lage nicht besser machte.

»Hilfe! Helfen Sie mir!«, schrie er.

Fin stemmte sich gegen die Kante. »Verdammt, zappeln Sie nicht so rum!«

Die Grasnarbe bröckelte, löste sich auf unter dem Gewicht der beiden Männer und regnete in die Tiefe. So sehr sich Fin wehrte, der Abgrund rückte bedrohlich näher.

Was erzählten die Leute? Dass in solchen Situationen, den Tod vor Augen, das ganze Leben vor einem Revue passierte?

Blödsinn!

Eine ganze Menge Gedanken schossen ihm durch den Kopf. Die Frage, wie lange es wohl dauern würde, bis ihre beiden Körper unten aufschlugen. Ob man ihre Leichen jemals finden würde. Und ob es das wert gewesen war.

Er wollte nicht sterben. Er wollte Aidan Cole aber auch nicht loslassen.

Vielleicht war es dieser letzte Gedanke, der ihn von einem Kriminellen unterschied. Ihm war ein Leben etwas wert. Egal wessen Leben.

»Lassen Sie mich nicht los!«, brüllte Aidan.

Fin war für eine Sekunde versucht, genau das Gegenteil zu tun. Aber er wusste, er würde dieses Arschloch retten. Er spürte ein Brennen in seinen Schultern, fühlte, wie seine Arme länger wurden. Muskeln, von denen er bisher gar nichts ahnte, protestierten mit stechendem Schmerz. Eine unbändige Wut stieg in ihm auf. Er riss sich zusammen, mobilisierte seine letzten Kräfte und stemmte sich gegen den Abgrund, zog den schweren Körper Stück für Stück nach oben. Hielt nicht eher inne, bis er ihn auf sicherem Boden hatte.

Er streckte sich lang hin und rang nach Atem. Er löste den Griff um Aidans Arm erst, als er spürte, wie der Körper des anderen unter Schluchzen bebte.

»… nicht loslassen …«, japste eine gebrochene Stimme.

»Oh, keine Ursache … nichts zu danken«, stieß Fin keuchend hervor.

Ja, er hatte ihn gerettet. Aber er war sich nicht so sicher, ob es ihm die Musikwelt tatsächlich danken würde.

20. Dry Hill

Das Heidekraut stand in voller Blüte. Das leuchtende Lila bildete einen kräftigen Kontrast zum Grau des Himmels, konnte aber nicht darüber hinwegtäuschen, dass der Sommer, der keiner gewesen war, nun endgültig zu Ende ging. Dünne Schwaden von Nieselregen zogen aus dem Tal über den Hügel, klebten Wasserperlen an herbstbraune Grashalme und nährten den sumpfigen Moorboden. In der Ferne rollte der farblose Atlantik vom steten Westwind getrieben gegen die Küste.

Fin dachte, dass es schlechtere Orte für die ewige Ruhe gab.

Er hockte mit Caitlin unter der Heckklappe eines Polizeiautos, vom Regen einigermaßen geschützt, und trank milchigen Tee aus einer Thermoskanne. Sie waren zum Warten verdammt, während die Beamten der Spurensicherung mit Hacken und Schaufeln vorsichtig nach den sterblichen Überresten von James und Louise Murphy gruben. Viel gab es nicht zu sehen, man hatte ein weißes Zelt aufgestellt, um die fragliche Stelle vor der Witterung zu schützen.

»Padraig Cole ist nicht davon abzubringen, die Schuld an allem auf sich zu nehmen«, sagte Caitlin.

»Wahrscheinlich will er damit das wiedergutmachen, was er im Leben seines Sohnes vermasselt hat.«

»Hätte ihm mal früher einfallen können. Damals, als Aidan ein kleiner Junge war und den Vater gebraucht hätte«, entgegnete sie, »da rebelliert er ein halbes Leben gegen seinen alten Herrn und als der ihn dann endlich wahrnimmt, läuft alles schief.« Sie schüttelte den Kopf. »Die Beziehung zwischen Vätern und Söhnen kann manchmal ganz schön kompliziert sein. Übermäßige Liebe schadet ebenso wie grenzenloser Hass.«

Fin wärmte seine klammen Finger am warmen Becher. »Glaubst du, bei Müttern und Töchtern ist das anders?«

Caitlin antwortete nicht. Sie war bei ihrer Mutter aufgewachsen. Den Vater hatte sie nie kennengelernt.

»Gibt's was Neues von Aidan?«

»Die Ermittlungen gegen ihn laufen«, antwortete sie, »im Augenblick ist er auf eigenen Wunsch in einer Klinik. Angeblich Nervenzusammenbruch.«

»Warte mal, bis die Einzelheiten durchsickern, das wird ein gefundenes Fressen für die Aasgeier von der Presse.«

Eine Böe wehte Regen ins Wageninnere. Caitlin schlug den Kragen ihrer Jacke hoch. »Catherine Cole hat ihre Koffer gepackt und ist zu ihren Eltern in die Staaten. Ich denke nicht, dass wir sie vor dem Prozess noch mal wiedersehen.«

»So hat eine Lüge erst eine Ehe gerettet, nur um sie Jahre später doch zu zerstören.«

Caitlin füllte ihre beiden Becher nach. »Es ist gut, dass Mord nicht verjährt. Den Platz im Dáil kann sich Padraig Cole abschminken. Aber wenigstens hat er uns den Ort genannt, wo er Jamie und Louise begraben hat.«

»Schon eine Idee, wie du es Agnes O'Donnell beibringst?«

Sie seufzte. »Sie hat es immer schon gewusst. Jetzt kann sie endlich abschließen. Immerhin, mit etwas Glück gibt es bald eine Cold Case Akte weniger auf meinem Schreibtisch.«

Sie saßen eng beieinander, so dass sie die Wärme des anderen durch ihre Regenjacken spüren konnten, tranken ihren Tee und warteten.

Natürlich hatte Padraig Cole seinem Anwalt sofort gesteckt, dass es bei den Ermittlungen nicht mit rechten Dingen zugegangen war. Angeblich sei er von einem Privatdetektiv verhört worden, der sich als Officer der Garda ausgegeben hatte. George Solomon war natürlich nur zu gerne darauf angesprungen, aber sein Protest war im allgemeinen Mediengetöse untergegangen. Auch wenn Chief Inspector McIntyre Fin dazu ermutigt hatte, sich einzumischen, und der Fall dank unkonventioneller Methoden am Ende aufgeklärt worden war, lag es doch in seinem eigenen Interesse, in seiner Abteilung für klare Verhältnisse zu sorgen.

»Ich soll dir von Andrew ausrichten, dass er sich für deine Hilfe bedankt«, begann Caitlin, »aber in Zukunft möchte er doch lieber ohne deine Mitarbeit auskommen.«

»Und du? Willst du auch ohne meine Mitarbeit auskommen?«

»Ich habe vor, sämtliche Verbrecher in Donegal hinter Schloss und Riegel zu bringen. Ich glaube nicht, dass ich das alleine schaffe.« Sie beugte sich vor und lächelte ihn an. »Bist du dabei?«

Er wiegte den Kopf hin und her, als wäre sowohl das Für als auch das Wider eine zentnerschwere Last

»Es ist wegen Andrew, nicht wahr?«, deutete Caitlin sein Zögern, »ich weiß, du magst ihn nicht besonders.«

Er schüttelte den Kopf. »Nein, es ist nicht wegen Andrew.«

Es ist nicht nur wegen Andrew, hätte er richtigstellen müssen, aber er behielt es für sich.

»Seit ich dich kenne, war ich in mehr brenzligen Situationen als in meiner gesamten Laufbahn bei der Garda«, meinte Fin halb im Scherz.

»Aber du musst zugeben, selbst wenn wir nicht immer einer Meinung sind, können sich unsre Ermittlungsergebnisse sehen lassen«, hielt Caitlin dagegen, »wir wären ein gutes Team.«

»Mag sein, aber du weißt, dass ich nicht mehr in den Polizeidienst zurückkann. Und eigentlich möchte ich auch lieber was ganz anderes machen …«

Wenn er ehrlich war, hatte er begonnen, dieses Leben zu mögen, das er führte. Er wollte die Freiheit, das zu tun und zu lassen, wozu er Lust hatte, nicht tauschen gegen eine geregelte Arbeit. Auch wenn er mit seinem Geld mehr schlecht als recht über die Runden kam. Auch wenn es bedeutete, alleine in seinem kleinen Cottage in Foley zu hocken. Es machte ihm nichts mehr aus. Wenn er Gesellschaft brauchte, dann musste er nur über den Hof ins Pub gehen. Er würde die schrägen Vögel vermissen, die jeden Abend vor seiner Theke hockten.

Wenn ihm der Sinn danach stand, konnte er nach Dublin fahren und seine Tochter besuchen. Oder sie kam ihn besuchen. Wenn es sein musste, auch mit Pebbles im Schlepptau.

Matthew war von Cork nach Dublin verlegt worden, aber noch weit davon entfernt, aus der Klinik entlassen zu werden. Immerhin hatten ihm die Ärzte eine gute Prognose mit auf den Weg gegeben. Er hatte noch ein oder zwei Operationen vor sich, einige Wochen Reha, und mit etwas Glück würde er fast wieder der Alte sein.

Er wünschte es ihm. Auch wegen Susan.

Und dann war da immer noch Caitlin. Er wollte an dieser Beziehung arbeiten. Dazu musste er ja kein Polizist sein. Vor allem sollte er nicht zulassen, dass sich sein Magen verknotete, wenn er nur den Namen McIntyre hörte. Ihn einfach zu ignorieren, könnte da ein Anfang sein.

In die Zeltplane kam Bewegung. Ein Beamter der Spurensicherung im weißen Overall signalisierte, dass sie was gefunden hatten.

»Na, dann wollen wir mal …«

Caitlin kippte ihren Rest Tee weg und machte sich auf den Weg. Fin hatte es nicht so eilig. Er sah ihr nach und leerte in aller Ruhe seinen Becher. Die Toten würden nicht davonlaufen.

Sein Handy klingelte.

Die Nummer des Anrufers wurde unterdrückt.

Neugierig meldete er sich.

»Schade, dass meine Leute Sie vergangene Woche nicht angetroffen haben.«

Er vernahm die leise Stimme der Schneekönigin.

»Sie waren das also, die mir diese beiden Komiker auf den Hals gehetzt hat.« Warum war er nicht schon früher darauf gekommen?

»Bei Personal darf man heutzutage nicht wählerisch sein. Da muss man nehmen, was man kriegen kann.«

»Was wollen Sie eigentlich von mir?«, fragte er zunehmend gereizt, »Ich habe Ihnen nichts getan.«

»Aber meinem Vater«, war die knappe Antwort.

»Hass macht hässlich«, entfuhr es Fin.

Er vernahm ein leises Lachen am anderen Ende der Leitung. »Ich habe Zeit. Viel Zeit«, erwiderte sie, »ich sehe, dass Sie im Augenblick zu beschäftigt sind, aber wir sollten uns bei Gelegenheit wirklich mal treffen.«

Fin stand ohne Hast auf und schaute sich unauffällig nach allen Seiten um.

Drüben auf dem Hügel gegenüber entdeckte er sie. Ein schwarzer Van parkte in einer Kurve, neben ihm stand eine schmale Silhouette in einem langen dunklen Regenmantel. Ihre roten Haare leuchteten mit den Farben des Heidekrauts um die Wette.

»Wir sehen uns.«

In ihrer Stimme lag keine Spur von Groll, als sie das Gespräch beendete, in ihren Wagen stieg und ohne Eile davonfuhr.

Fin

»Da ist schon wieder jemand, der nach dir fragt, Fin.« Ronan steckte den Kopf zur Küche herein. »Soll ich mich um ihn kümmern?«

Die Art und Weise, wie er das letzte Wort aussprach, verhieß nichts Gutes.

Fin wischte sich die Hände an einem Küchenhandtuch ab. Er war gerade dabei, Gemüse zu schnippeln, eine Arbeit, die Isobel nur zu gerne ihm überließ.

Es war Samstagabend, das Pub war voll, und sie hatten alle Hände voll zu tun. Fin hatte weder Zeit noch Lust, sich mit einem weiteren Lakaien der Schneekönigin auseinanderzusetzen.

»Wer ist es?« Fin war im Durchgang zum Schankraum stehengeblieben und spähte hinaus.

»Der Kerl da hinten in der Ecke.«

Der Mann saß alleine an einem Tisch und widmete seine ganze Aufmerksamkeit dem Essen vor seiner Nase. Fin sah nur einen schmalen langen Rücken in einem karierten Sakko und flachsblonde Haare, die am Hinterkopf schon etwas dünn wurden.

Ihm rutschte das Herz in die Hose.

»Immerhin hat er deine Ravioli bestellt«, ließ Isobel hinter ihm verlauten.

Fin warf das Handtuch in eine Ecke. »Ich übernehm' das.«

Er schlängelte sich durchs vollbesetzte Pub, umrundete alle Tische und überlegte fieberhaft, was er sagen sollte.

Der Mann war eben dabei, sich den Mund mit einer Serviette abzuwischen und den leeren Teller von sich zu schieben.

»War alles zu Ihrer Zufriedenheit, Mr Faraday?«

Der Mann schaute auf und lächelte. »Mr O'Malley, nehme ich an. Fin O'Malley?«

Fin nickte beklommen. Was wollte Mitch Faraday hier? Blöde Frage. Essen. Was er auch getan hatte.

Der Sternekoch wies auf den Teller. »Ich habe gerade vorzüglich diniert. Die Ravioli waren ausgezeichnet. Der Nudelteig, alle Achtung, ich wünschte, die Jungs in meiner Küche würden einen so dünnen Teig hinbekommen. Und die Füllung erst, die Blutwurst, ganz hervorragend gewürzt. Diese dezente Thymiannote, nicht zu viel, nicht zu wenig. Und die Cider-Sauce ...« Er geriet regelrecht ins Schwärmen. »Nehmen Sie eine spezielle Sorte für die Sauce?«

»Nein, es ist derselbe Cider, den wir hier im Ausschank haben«, antwortete Fin zurückhaltend.

»Es ist schade, dass wir uns nicht schon in Dublin kennengelernt haben«, sagte Mitch Faraday, »ein Notfall, sagte man mir?«

»Äh, ja, war aber alles halb so schlimm«, murmelte Fin ausweichend.

»Das Rezept hat mich neugierig gemacht. Nun hätte ich ja versuchen können, es nachzukochen, aber es ist nicht dasselbe als wenn der Urheber selber Hand anlegt.« Faraday sah sich im Pub um. Sah das in die Jahre gekommene Interieur. Die vergilbten Fotos an den Wänden, die trotz frischem Anstrich das allgemeine Rauchverbot Lügen straften. Die dicke Schicht dunkle Patina auf den alten Tischen, die man mit dem Fingernagel abkratzen konnte. Die Stühle, von denen kein einziger mehr gerade auf seinen vier Beinen stand. Und die Barhocker, denen lediglich Nora Nichols noch ihr Gottvertrauen oder was auch immer schenkte. In Dublin und andernorts mochte man es *Vintage* nennen, im *Fisherman* in Foley war es einfach nur alt, aber echt. »Ich habe noch nie von diesem Lokal gehört, meines Wissens nach wurde es auch noch nie in irgendeiner Zeitschrift besprochen, oder?«

Fin schüttelte den Kopf und versuchte angestrengt, die ungeniert neugierigen Blicke der anderen Gäste zu ignorieren.

»Bei wem haben Sie kochen gelernt, Mr O'Malley?«

»Bei Isobel.« Ehre, wem Ehre gebührte.

»Isobel?«

»Sie ist die Frau des Besitzers.«

»Sie haben nie eine Kochschule oder was Vergleichbares besucht?«

»Nein. Ich bin wohl Autodidakt.«

Faraday schlug die Speisekarte auf, die auf dem Tisch lag. »Scheint mir eine eher traditionell ausgerichtete Küche zu sein. Bis auf wenige Ausnahmen. Der Fisch auf rotem Bohnenmus mit Algenrisotto geht wahrscheinlich auch auf Ihr Konto, oder?«

Fin nickte. »Die traditionelle Küche ist beileibe nicht die schlechteste, man muss sie halt hin und wieder mal variieren oder mit Neuem ergänzen.«

»Mein Credo«, erwiderte Faraday zustimmend und warf einen Blick in die Karte, »können Sie mir ein Dessert empfehlen?«

»Sie sollten die hauseigene Whiskeymousse mit karamellisierten Birnenspalten probieren«, riet Fin.

»Hört sich gut an.«

»Einen Espresso dazu?«

»Gerne.«

Fin räumte den Tisch ab.

»Sagen Sie, Mr O'Malley, Sie suchen nicht zufällig nach einer neuen Herausforderung …?«

Fin O'Malleys erster Fall

272 Seiten, ISBN 978-3-941657-25-0, 13,90 €

Für Detective Sergeant Fin O'Malley kommt es knüppeldick. Frau und Tochter lassen ihn sitzen und sein Chef schiebt ihn aufs Abstellgleis. Er soll in einem Nest an der nordwestlichen Küste Irlands einen Verdächtigen aufspüren, der schon zehn Jahre tot ist. Hier in Foley, zwischen redseligen Iren und schweigenden Lämmern, beißt Fin erst mal auf Granit. Besonders bei Charlotte Quinn, die Kirchenfresken repariert und in einem einsamen Leuchtturm wohnt.

Spannend und mit viel Humor erzählt Carolin Römer in ihrem Krimierstling eine Story, wie sie nur in Irland spielen kann. Hier tauchen ehemalige Piraten auf, atheistische Pfarrer, untergetauchte IRA-Leute, trinkfeste Großmütter, unsichtbare Kobolde, verschwundene Rennpferde – und eine geheimnisvolle Meerjungfrau ...

Fin O'Malleys zweiter Fall

294 Seiten, ISBN 978-3-941657-86-1, 13,90 €

Vor dem verfallenen Herrenhaus Greed Castle stolpert Fin O'Malley über eine Leiche. Weil er selbst unter Verdacht gerät, ermittelt der ehemalige Dubliner Detective wieder. Doch die abergläubischen Dorfbewohner sind keine große Hilfe bei seinen Nachforschungen. Nora Nichols ist überzeugt, dass irische Kobolde sich gerächt haben. Als Fins Tochter Lily verschwindet, wird es ernst.

Fin O'Malleys dritter Fall

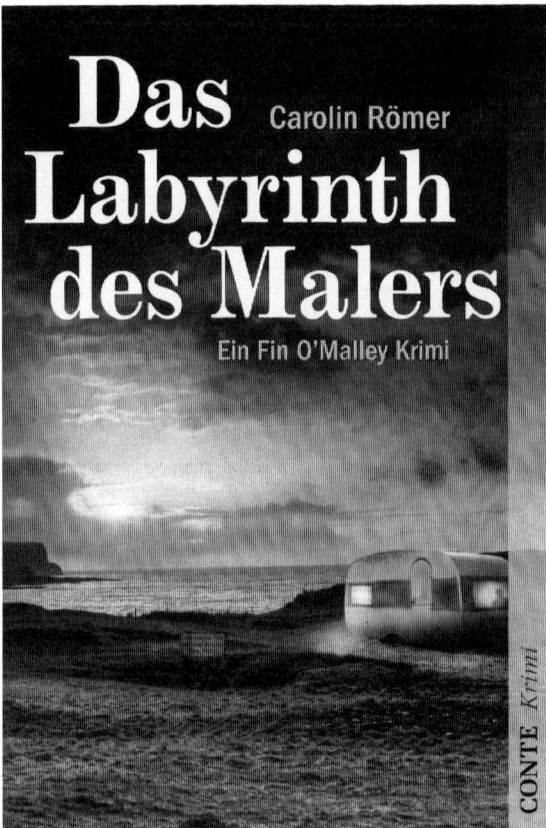

272 Seiten, ISBN 978-3-95602-056-8, 13,90 €

Fin O'Malley begibt sich unfreiwillig auf eine Art Pilgerreise. Der Croagh Patrick will bestiegen werden, doch die wilde irische Landschaft meint es nicht gut mit Fin. Er verläuft sich im Nebel des Septembertages und landet bei Séamus Le Brun, einem alten Maler, der allein in seinem Wohnwagen am Meer haust. Als dieser in die Luft fliegt, sieht die Polizei keinen Handlungsbedarf, doch Fins Spürsinn ist geweckt, besonders als im ausgebrannten Wrack zwei Goldmünzen gefunden werden. Der alte Sonderling hütet ein Geheimnis!

Fin begibt sich auf Schatzsuche. Und er ist nicht der einzige. Je tiefer er gräbt, desto unübersichtlicher wird der Fall. Und Fin muss feststellen, dass Kobolde auch nicht mehr das sind, was sie einmal waren.

Fin O'Malleys vierter Fall

268 Seiten, ISBN 978-3-95602-110-7, 13,90 €

Winter in Donegal und Fin O'Malley hat den Weihnachtsblues. Selbst ein Mord kann ihn nicht dazu bewegen, wieder in den Polizeidienst einzutreten. Als er erfährt, dass es sich bei dem Toten um seinen Cousin Raymond handelt, will er sich lieber ganz raushalten: Mit der nordirischen Verwandtschaft hat er schon vor Jahrzehnten gebrochen.

Erst eine neue Mitarbeiterin in Caitlins Abteilung kann schließlich seinen Ehrgeiz wecken. Ein weiteres Opfer führt die Ermittler in die Unterwelt von Derry, wo ein längst vergessenes Verbrechen an die Oberfläche schwappt. Aber dann öffnet sich die Tür in Fins Vergangenheit weiter, als ihm lieb ist, und seine Loyalität wird auf eine harte Probe gestellt.